明代

明代王廷表传奇

陈怀志 著

团结出版社

第十七章
民望率徒拜师父　用修报国戡叛逆

杨慎在阿迷一住就是半年多。其间，王廷表邀他游览了阿迷城内及郊外的山水名胜，目睹了泸江河、南洞河滔滔滚滚的壮观；观赏了明正统年间修建于黄连坡至邓山坡高丈余、长达三里的古城墙，登上张安命名的东“迎旭”、西“望广”、南“朝宗”、北“拱极”四座城楼，并极目远方，眺望阿迷四野风光，又到民间查访，找名望乡贤谈心，为编纂《阿迷州志》积累了许多素材。

其间，王廷表还邀杨慎在学宫讲学两个多月，与众弟子聆听杨慎讲《史记》《三国志》“古音余”“奇字韵”和“经学”。王廷表也主讲了“地理学”“诗韵”、《易经》《老子》，并抒发了阅读汉史、宋史的许多感想，还吟咏和讲解了杨慎的《临江仙·滚滚长江东逝水》和《六州歌头·吊诸葛亮》。王廷表评价说：

“吾友升庵杨子，乃至音神解，奇藻天发，率意口占，警绝莫及。常语表曰：李冠、张安国《六州歌头》声调雄远，恨少有继者。乃援笔为吊诸葛词，妥帖排奡，可并苏、辛而轨李、张矣。表尝评杨子词为本朝第一，而《六州歌头》在升庵长短句中第一。杨子笑曰：‘子岂欲为稼轩之岳珂乎？’”廷表说到此，哈哈大笑，“我与升庵，可谓伯牙、子期也！”

“老师适才所言岳珂，是否岳飞之孙？”杨绍庵问。

“钝庵贤弟，你就给大家讲讲这个典故吧。”杨慎笑道。

廷表略一沉思，说：“岳珂字肃之，号倦翁、亦斋、东几。岳飞孙，岳霖子，南宋著作家。宋宝庆二年（1226）户部侍郎、淮东总领兼制置使，著述甚多。因恨秦桧陷害其祖岳飞，作《金陀粹编》和《吁天辩诬集》。岳珂特别赞赏辛弃疾之词。”

“老师，你所言李冠、张安国是哪个？”李廷玠问。

“李冠，宋词人，有《六州歌头·项羽庙》。张安国即南宋文学家张孝祥。孝祥在建康留守席上所作《六州歌头·长淮望断》愤慨国事，悲壮苍凉，南宋宰相张浚为之感动而罢席。”杨慎说。

众弟子听罢，都为两位老师知识渊博而赞叹不已。正赞叹间，廷表话锋一转，笑对杨慎说：“升庵兄，你见多识广，学富五车，令小弟望尘莫及。今日，弟就当众人之面，拜兄为师，请兄切莫推辞。”

“状元公，我们都愿为你之弟子，就收下我们吧！”众人齐声道。

“这使不得！”杨慎摇了摇头说，“慎何德何能，岂敢收徒？”

“状元公的才德，如雷贯耳，我等佩服之至。”韦经邦说，“但乞老师莫嫌弃我等，就让我等多学点知识吧！”

“请大家跪下，行拜师礼！”廷表话音刚落，众人一齐跪下叩首礼拜。

“这不是强人所难吗？”升庵苦笑，朗声道，“好！就充个数吧！但若授学不精，还望列位见谅，多多包涵。”

杨慎在阿迷收弟子的第三天，知州王一麟登门拜访王廷表。他告诉大家，通政司发来快报，杨一清又入阁当首辅。王颖斌、王廷表、杨慎闻讯，喜不自禁，都为朝廷启用忠良而庆幸欢呼。正笑说着，忽有驿站邮差送来一信，杨慎拆信一看，顿时大惊失色。众人惊问，才知杨慎之父杨廷和病重，卧床不起。

杨慎闻父病，坐立不安，立即告辞众人，飞马赶回戍所，叫黄峨、杨怀先行后，即乞准归蜀，又匹马从昭通古僰道返新都看望父亲。父见慎来，笑颜顿开，病情顿时好了许多。七月，杨廷和病体康复，杨慎携妻黄峨返回永昌戍所。

明嘉靖六年（1527）十一月，滇中寻甸土司安铨发动叛乱，骚扰抢掠嵩明、杨林、木密、马龙等州，击败参政黄昭道，攻陷寻甸、嵩明，杀死指挥王升、唐功等，知府马性鲁弃城而逃。安铨又勾结武定土司凤朝文，于十二月进一步扩大事态。当时，武定土知府凤诏母子因事留在省城，凤朝文就欺骗凤诏的部属和老百姓，说凤诏已投敌被杀，官军要把凤诏的将士及武定黎民斩尽杀绝。凤朝文以此大肆煽动民族仇恨，杀了同知袁倖全家和其他官吏，并与安铨合兵围攻昆明，引起滇中上下骚动，民不聊生。

在这紧急关头，杨一清奏明嘉靖，朝廷下令撤了巡抚傅习之职，派欧阳重继任，又派左都御史伍文定以兵部尚书名义提督云南、四川、贵州、湖广等地军队入滇参战。

凤朝文叛乱时，适逢升庵辞父偕妻黄峨回戍所途中，目睹叛军攻城略地，杀人放火，为害惨烈，许多无辜百姓家破人亡，升庵心如刀绞，失声痛哭。升庵虽身处逆境，却忧国忧民，虽为罪犯，却临危不惧，毅然赴难，振臂高呼："我以身报国的时候到了！"喊罢，束衣整装，率领旅童及步骑百余人，前往支援木密的守城将士。他率先冲进城里，与副使张峨制定固守城池计策。第二天，叛军攻城，守州土舍陆绍先率兵战于城下，升庵立即披挂上阵，促令城中兵士开门助战，配合城外将士破敌。状元公亲自参战和指挥，奋勇当先，激励了城内外将士英勇杀敌的士气，越战越勇，杀得叛军节节败退，叛军见势不妙，不得不弃城落荒而逃。最终，凤朝文和安诠被官军擒获击毙，平定了叛乱。

在这场战斗中，升庵表现出临危不惧、拯救苍生而“见义不敢后身”的高尚品质。叛乱平定后，升庵写了首长诗《恶氛行》，真实地记录了引起事变的原委，说明了叛乱的起因是由汉官的敲诈压迫所激起的，而当政者临乱又无力防守，任叛军烧杀抢掠，给百姓造成了莫大的灾难。他愤怒地写道：“堂堂之阵谁主兵，喁喁公等皆儒生。贼来不肯令出哨，贼去但解抬空营。岂无雄武士，奋身思一决；咫尺辕门不肯前，怒发冲冠气填咽！”义正词严地揭露朝廷用人不当，带兵官员胆小如鼠，而真正的英雄武士却无用武之地的现实，表达了升庵报国无门的悲痛心情。

话分两头。

明嘉靖六年（1527）伊始，张璁、桂萼又呈奏章，请驱逐杨廷和私党。明世宗朱厚熜出于对杨廷和和杨慎的愤恨，立即下诏将杨惇斥为庶民，廷和之女婿余承勋被勒令去职。同时，擢升张璁为礼部尚书兼文渊阁大学士，预机务。

第二年六月，杨一清等监修《大礼全书》结束，更名为《明伦大典》，世宗为之作序。世宗还下诏说：杨廷和因议礼抗君，藐视朝廷，犯下大罪，法当戮市，念其有功，削籍为民。又擢升张璁为少傅兼太子太傅、礼部尚书谨身殿大学士，桂萼加少保兼太子太傅。

明嘉靖八年（1529）九月，杨一清因不肯依附张璁，被迫致仕。张璁则“苍蝇附骥尾而致千里”，摇身一变，晋升为内阁首辅，桂萼也左右逢源，被召入内阁。当年六月二十一日，杨廷和去世，享年七十一岁。八月，杨慎闻父死讯，奔告巡抚欧阳重同意后，回新都奔丧。十一月杨慎还滇，黄峨因是长子媳，留蜀主持家务。是年，升庵已四十二岁，黄峨三十二岁。

父亲走了，杨慎悲痛之余，似乎少了些牵挂，但妻子与自己天各一方，又令他难以释怀。有什么办法呢？从政为民的愿望看来是结束了，但人生的价值总得体现呀！想着，他情不自禁地自言自语起来：“慎苟非生执政之家，安得遍发皇史宬诸秘阁之藏，既得之，苟非生有嗜书癖，亦安从笥吾腹；既兼有是，苟非投诸穷裔荒徼，亦不暇也。”

言罢，他铁定了心：刻苦钻研学问，致力著书立说，广泛收授门徒，传承中华文化，培育一代人才，无愧此生！他越想越觉得，自己要做的事很多很多，自己的责任是何等之重大！想罢，他立即付诸行动，跋山涉水，四方奔走，短短的几年内，在张志淳、王白庵、王颖斌等长辈和王廷表、张含、叶瑞、杨士云等朋友的帮助下，在滇南、滇西、滇中等地招收了数以百千计的弟子，经孜孜不倦、认真授课，培育了一大批人才。

在升庵培育的人才中，最有名的是“杨门七子”，他们是：张含、王廷表、李元阳、唐锜、杨士云、吴懋、胡廷禄。这七人中，有汉人，也有少数民族，后人说：“七子文藻，皆在滇云，一时盛事。”有人又说：“杨门七子”的活动与成就，堪与苏轼门下的秦观、黄庭坚、张耒、晁补之、陈师道、李荐“苏门六君子”相提并论。

王廷表，阿迷人，生于明弘治三年（1490），比升庵小两岁，与升庵是总角之交。廷表于明正德九年（1514）中进士，是阿迷历史上第一位进士，致仕回乡后，致力钻研学问，教授士子，曾六次邀升庵到阿迷，游历山水，诗酒唱和，其乐融融。廷表之所以能编纂多部书籍，是与升庵的砥砺扶植分不开的。

张含，生于明成化十五年（1479），字愈光、号禺山，比升庵长九岁，永昌人。张含之父张志淳，是成化年间进士，官至南京户部右侍郎，与升庵父杨廷和为莫逆之交。张含虽然少富诗才，但在科举场上却不得志，二十八岁中举后，屡试春闱不第，于是无意于功名，肆力于诗学。终于在与升庵的交往中，成为明代著名诗人，成为“所造独高”的“海内诗翁”。

李元阳，大理人，生于明弘治九年（1496），字仁甫、号中溪，明嘉靖五年（1526）进士，授翰林院庶吉士，任户部主事、监察荆州知府等职。元阳与升庵关系十分密切，升庵游大理，住在李宅，升庵寓居安宁，元阳常去拜访。元阳是“杨门七子”中较著名者，他当官时为民兴利除弊、颇著政声，弹劾权势，刚正不阿，因此为朝廷难容，遂去任闲居，闭门不出，专研学问。元阳平生好学，藏书数千卷，写诗作文，援管辄就，世人拿他与白居易和苏轼相比。

唐锜，生于明弘治六年（1493），字子荐、号池南，晋宁人。明嘉靖五年（1526）进士，曾任定远令、监察御史、河南按察司佥事等职。辞官归乡后，苦研学问。与升庵漫游各地，诗酒唱和，常常受到升庵赞扬。

杨士云，生于明成化十五年（1479），字从龙、号宏山、又号九龙真逸，大理白族，世居喜洲。自幼聪明好学，工于文辞，二十二岁乡试第一，三十三岁登进士，授翰林院庶吉士、工科给事，因看不惯官场的黑暗，便乞病归里。当时云南巡按御史等大臣相继推荐他出仕，但都被他拒绝了，宁肯以是终老，贫居一世。升庵十分赞赏他急流勇退、高尚其志的情操。两人常邀董难等学生一同游览唱和，佳作不少。

吴懋，字德懋、号高河，大理人，李元阳的女婿。明嘉靖十九年举人，授顺天府通判，官至知州。与老师升庵交游，师生唱和颇多。

胡廷禄，是升庵寓居安宁时期认识的昆明人，字在轩、号学原。明正德十二年进士，由南京户部郎中，出任河南按察司副使，因在武宗纵淫巡游渡河时触犯皇威而被削籍归滇，从此足迹不至公门。他返乡那年，顾应祥做云南巡抚，顾离滇时，两人置酒饯行，难舍难分。升庵谪滇，两人格外亲热，往来甚密，相与唱酬。升庵居高峣后，与他仅隔一滇池，二人常驾舟往返，同游滇池，赋诗唱和。

杨门七子中，两人为举人，五名为进士，都颇有才识，是科举场上的胜利者。他们为人正直、仕途不彰，多是政治斗争中的牺牲品。他们仰慕升庵的气节文章，与之交游，寄情山水、题咏唱酬、琢磨诗文、切磋经史、考究风情、著书立说，学有所成，开启一代学风，有的甚至享誉海内，是一支促进云南各民族文化交流和发展的重要力量。据史料统计，云南在元代以前，著书者凤毛麟角，整个元代，总计可考的著述只有八种。明初至正德一百五十年间，文士渐出，但著书者也仅二十余人，著书四十余种。嘉靖以后至明末一百二十余年间，著书者竟多达一百五十余人，著述达二百六十余种。这些作者多受杨升庵直接或间接的影响。——此是后话，不做详述。

有诗为证：

政坛匿迹路何寻，培育人才人共钦。
至圣若知应笑慰，云南桃李化成林。

第十八章
邀王沓同赏八景　与知州共注民情

杨慎走后，王廷表静下心来做自己该做的事。为了完成编纂《阿迷州志》的心愿，他用两年多的时间查阅了大量有关阿迷历史、文化、经济、地理等方面的资料；与众弟子游历了阿迷多处风景名胜；又多次拜访了老州同王沓、先后拜访了知州王一麟和赵升的玄孙赵迪，多方面了解了阿迷的实情。数日前，已退职赋闲在家的老州同王沓将一篇《八景图记》送给他，嘱他看后提出宝贵意见，并约他找机会一齐游览阿迷八景。

王沓，字宗伯，湖广人，监生。明弘治十二年（1499），任中央六部之户部属官，督粮辽东，常年往来北地，终因被贪官谗言相害，悟彻高处不胜寒，自请降职，于明弘治十七年（1504）到阿迷州任州同，先后协助王元、张经等知州处理政务，新州同毕宸、何珠相继上任后，侯相、宁钺、李夔、王一麟等知州又将他留在州衙任总管。王州同“抵州一意民事，暇时访民间疾苦，因得遍览山川胜概”，将“州之山水摘为八景，并撰成一篇《八景图记》”。王知州年老离职后，因喜爱阿迷山水神奇，认为是一方福祉，就不愿回到故乡，而将家眷迁来，在阿迷久住了。

王廷表得《八景图记》，如获至宝，立即认真阅读起来，文载：

昌黎在潮，有鳄鱼文；东坡在黄，有赤壁赋；永叔在滁，有醉翁亭记，皆所以发胸中之自得，关闾阎之苦乐也。予以不职，来佐此州，亦即州之山水，摘为八景，岂敢比拟昔贤？顾以出处，窃有所异，而因自感，久而有所自得，而不能忘言焉。予自登第，尝梦历南方山水，时为部属，恒以督粮辽左，往来北地，不知所兆，既以言不合时宜，避罪南来，所历山川，恍然梦中所见，是知人之出处，信有一定，非人所能为也。故抵州一意民事，暇时访民间疾苦，因得遍览山川胜概。如龙游南洞，鱼跃北江，晚日照山，晓月坠岭，温塘春浴可以疗疾，冰泉夏灌可以却炎，火井之昼有烟光，禄丰之冬有积雪，皆益于其民，而适于吾心。顾四境，历四时，盖无地无时不可乐焉。其为一州之景，抑何厌于多耶？吾固不敢拟韩、苏、欧阳诸贤，然而身心不知其在远地，而欲与吾民同苦乐者，或庶乎其不易也。故取景以自乐，且知吾今之得乐于此者，又何莫非一定之数耶？后之人幸勿徒以予为耽于山水者也。

廷表连读几遍，他终于知道，王昚所摘“阿迷八景”为：“龙游南洞”“鱼跃北江”“晚日照山”“晓月坠岭”“温塘春浴”“冰泉夏灌”“火井烟光”“禄丰积雪”。抚卷沉思，不觉自言自语起来：

“为官一任，关心百姓疾苦之余，为山水命名，此乃盛事，怎能说是‘沉溺于山水’呢？对！应该好好考察一番‘阿迷八景’，说不定可以唱响故乡呢！”想着，他立即向王昚家走去。

“钝庵贤侄，哪阵风将你吹来了！”

“王叔，我以为，自然界陶醉人者，莫过于山水之风。前辈将阿迷山水打造为八景，必将让后世钦慕。八景惠风，迷人呀！”

“让后世钦慕不敢当。此‘图记’已草就多年，但一直没机会让贤侄雅鉴。”王昚说，“我想，若能因八景而使阿迷名扬于外，吾愿足也。”

“后生今日来，就想邀前辈一起亲历八景，不知意下如何？”

“我自当奉陪，并想邀知州王一麟大人同往，不知何日启程？”王沓说，“至于八景之名是否确切，还请贤侄赐教。”

“赐教不敢！”廷表说，“以叔父之见，该先光顾哪一景呢？”

“依我看，此时正是仲冬季节，可由远及近，再由近及远。”王沓说，“先到禄丰，返东山，此二处需十天左右。再游南洞，品冰泉，沐温塘，览西岭，最后观火井。贤侄以为如何？”

“一切听从叔父安排。”廷表说，“我还要邀几个朋友同往。今天准备，明天出发。好吗？”

“一言为定。”

禄丰积雪之景位于阿迷州城东二十五里的马者哨乐蒙村。禄丰山实为“六峰山”，取吉祥之意为“禄丰”，与乌冲山对峙，海拔六千余尺。有谚语说“东山马者哨，风吹老虎叫”。禄丰山“晓旦云表之势，盛夏凝寒，隆冬积雪”，与“长夏无冬，春秋相连”，素有“天然温室”的阿迷坝区相比，气候截然相反。冬季置身禄丰，犹如走进北国，瑞雪飘飘，银堆玉砌，蔚为壮观。

王廷表、王沓、何珠、韦经邦、杨绍庵、赵文明、伍承佑等人与请来的向导穿着厚厚的棉衣，戴着绒帽，伫立山下，放眼雪山，只觉得神清气爽，心中不断升腾的热情早已将刺骨的寒冷融化。廷表不觉赞出声来：

“离开四季如春的阿迷平坝，置身此地，我仿佛离开了红尘，步入了天堂。此地真可谓‘自然景致果然美，北国风光南国兼’呀！”赞着，又对王沓说，“叔父摘取此景，独具慧眼，令人佩服！但侄儿想，是否能将‘积’雪改为‘映’雪呢？”

王沓凝思片刻，爽快地说：“积与映都是动词，但‘映’能透出光来，更能增添许多动感之美！谢谢贤侄了！”

“各位，今晚就在乐蒙村住宿，不知各位意下如何？”廷表说。

“好！”王沯应和道，“这里彝民聚居，我们正可借机了解彝民风俗习惯，增加些知识。廷表，你不是准备撰写《阿迷州志》吗？民风民俗、方言土语及谚语理应入志呀。”

“听叔父所言，侄茅塞顿开。”廷表笑道，“若有朝一日，州志遂意，当记贤叔一大功也！”

“我建议，多到百姓家走走，时间可以多一两天。”杨绍庵说。

“好！子曰：‘既来之，则安之。’走着瞧吧。”廷表说。

屈指算来，王廷表一行为游禄丰山赏景、了解民情而走家串户已经耗去了五六天的时间。第七天，终于回到东山。东山又名乌冲山，离州城十五里，因常有群鸦俯冲而来，朝觐东山而得名。东山高耸云汉，峭壁嵯峨，满山古木参天，杂树丛生，滴翠流苍。每到晴天傍晚，夕照落晖，横峙山腰二十余里，犹如一条长长金色飘带，轻轻曼舞，极为美丽壮观。而每天早上，常有白云环绕山腰，恍如玉带轻轻飘悠，令人着迷。远看东山数峰连绵，恰似一条长龙，卧伏蠕动，呈现的是静态之美和动感之美。

王沯向王廷表等人介绍了“晚日照山”的奇景，令廷表等又是一番赞叹。可惜，当日天阴，天上又飞着片片碎雪，未能看到“白云环山腰”“夕晖照晚晴”的壮景。不过，能置身东山，一睹其风采，与一派绿顶铺白、圣洁而生机勃勃的壮景融为一体，大家已心满意足了。

“晚日照山的壮景，并非在近处看，而须在远处观。”王沯解释道。

“对！”廷表点头笑道，“其实，这一景观在州城或西山登高远眺，能时而看到。”

“老师，为乌冲山留首诗吧！”杨绍庵对廷表说。

“是呀，老师，借景抒怀，非诗不可。”韦经邦说。

“好，待我想想。”廷表沉思片刻，吟道：

乌去层栖绕曙哗，茑披巉径入云赊。
高撑远映三峰玉，百媚丛开二月花。
跻岭醉临丹凤穴，倚天晴见赤城霞。
振衣策马神皋丽，芝畹石桥春日斜。

“妙哉！‘高撑远映三峰玉，百媚丛开二月花。’妙不可言！此颔联可谓神来之笔，将东山的壮景写绝了！”王沓抚掌赞道。

“还有颈联‘跻岭醉临丹凤穴，倚天晴见赤城霞。’虚实互补，若非椽笔，安能得之？”韦经邦也赞叹起来。

在阿沙黑中寨住了一宿，王廷表一行骑马慢慢走下山来。按计划，该游览冰泉夏灌、温塘春浴等景观了。可廷表、王沓一商量，认为此二处景观有季节性特点，只能等到春夏来临。为此，决定先观龙游南洞，再赏鱼跃北江及晓月坠岭，最后到布沼坝欣赏火井烟光。

经过近两个月的奔波、跋涉，至明嘉靖八年（1529）正月，他们游览了四个景点，最后只剩冰泉、温塘等处了。

游南洞时，王廷表被其秀丽风光所陶醉，赋得一首《游丹壶洞天》，诗曰：

山腾天柱撑南极，水淼银潢下沃焦。
洞冷灵湫黐石滑，雨晴高树练云飘。
黄精岭斸寒千里，瑶莫村横月半宵。

舆马不堪归浊世，五更清梦入层霄。

二月初，王廷表一行进入布沼坝，观看了火井烟光。

布沼，位于州西北七十里处。其地盛产露天褐煤，明代初，当地人就开始用土法开采。白天站在高处观煤海，看到的是烟波滚滚，银幕飘忽；晚上，则见火光冲天，漫舞翩跹；此火虽经暴雨浇洗，也不熄灭。这是深厚的煤层遇到空气和一定的温度自燃的情景，是布沼坝特有的自然现象。

“老师，这是野火吗？”目睹烈焰腾腾、烟雾环绕的壮丽景观，赵文明不解地问。

“你有来过吗？”

“这是头回。”

“这不是野火，更不是磷火。”廷表说，“布沼遍地是乌金，这乌金遇到一定的温度，与空气结合，就会自然燃烧。而这里煤层极厚，又形成煤海，故烧起来就是一大片，即使下大雨也浇不熄。”廷表说着，不觉诗思泉涌，随口吟道：

彩幢空忆昔年游，云岭横飘石窟秋。
火井焰腾烧冻泪，斗山梁兀贮尖愁。
乾坤老伴长宵卧，风雨寒随十日留。
极浦村深正寥落，芦花送客晚悠悠。

观罢阿迷八景之六景后，廷表说：“几个月来，大家日夜奔波，都累了，歇息一段时间再说。”他又请大家进了一次酒馆，让大家边饮酒边畅所欲言，谈谈此行的感想。酒席上，大家兴高采烈，各自总结了自己的心得体会，又是吟诗，又是作对，将酒宴开成了一次诗会。廷表见大家高兴，兴致勃勃、发自内心畅谈了自己对阿迷八景冠名的看法，他说：

“王老前辈为八景所取之名，极有新意。此八景实可誉为阿迷的名号。说八景好，其中有一大特点，就是八景历四时，贯穿春、夏、秋、冬；顾四境，融入东、西、南、北。因此，我想，八景之名是否可斟酌斟酌？尽量将东南西北、春夏秋冬八字嵌入冠名中，让人一目了然。不知各位意下如何？”

“我举双手赞成。”王昚首先笑吟吟地表态，“我摘八景，只是一时兴起、一家之言，若得各位细细推敲，让景名易读易记、特色更鲜明，当然再好不过了。”

“我也赞成。”杨绍庵说，“想必王老师胸有成竹了？”

王廷表说：“我构想了几个名字，但不知是否合适？”

王昚笑道：“贤侄就直截了当说吧！叔我洗耳恭听。”

王廷表听罢，发表了自己的看法，他建议，将八景名改为：东山晚照、南洞通灵、西岭鹤鼈、北江赤壁、温塘春沐、冰泉夏坐、火井秋烟、禄丰映雪。前四景首字嵌入东、西、南、北四字，使四方一目了然。第五、六、七景嵌入春、夏、秋三字，最后一景虽未嵌冬字，但有雪字嵌入，一看就知是冬令了。

“好！”王昚笑道，“改得不错，我赞成。”

“我也赞成。”何珠补充说，“东山景是否可称东山玉带呢？”

“其实，景观之名也见仁见智。”杨绍庵说，“景观之名，也不必刻意定称呼，只要叫得响就行。”

“好。那过些日子，我们再商量游览温塘和冰泉。”廷表说，“歇息几日，我想邀王老前辈一同去拜会王一麟王大人，向他叙一叙我们游览八景的感想，听听他为打造阿迷八景的意见。此次游历山水，王一麟大人因公务在身，未能同往，实在可惜！”

“好！贤侄确定时间后，再告诉我。”

“一言为定！”

仲春二月，春光明媚，万象更新。

清晨，王廷表步出家门，经连云街，到东门，转孝封里，达文庙街，转入阿迷州署衙时，见王澄已站在州府照壁前。二人招呼毕，即敲开了州衙大门。老州院见是常客王进士与退役州同王大人，无须通报，就引导二人步向客厅。

州署是阿迷州最为宏伟、宽敞的建筑，因几乎年年修葺，面容堂皇而崭新。转过照壁，即是大门，进入大门，就是仪门，左为督捕厅，右为土地祠。督捕厅右前方是仪门，穿过仪门，即是大堂。大堂后是二堂、三堂、四堂及主楼等主体建筑，连成一线，辉煌壮丽而森严肃穆。大堂左右有土地祠、科房、差房、箭道、马店、花厅、书房、监狱、库房、水阁、茶房、大厨房等建筑。

老州院将王廷表、王澄引入大堂后客厅坐定，即呼唤差役沏好茶，请二位慢饮，就向知州书房走去。约莫半盏茶的工夫，知州王一麟从大堂后步入客厅，一见二人，即笑容满面道：

“二位大人游历阿迷八景，兴致如何？下官因公务在身，未能同往，深感遗憾。二位今日来此，有何见教？”

“王大人，两个多月未见，大人又消瘦了许多。身为阿迷父母官，公务繁忙，也得自我保重呀！此番览八景，大人未能同往，诚为可惜。”廷表道。

“既为州官，当办州事，义不容辞。”王一麟说，“八景欣赏完了吗？二位肯定见景生情，又有大作了！”

“我们一行数人，都各有诗作联作，但比起钝庵，就逊色了。”王澄说。

“其实不然，各有千秋嘛！”廷表笑道。

“钝庵兄，将大作吟上一首，让弟长些见识，好吗？”王一麟说。

“大作不敢当！将拙作呈上，请大人指教，理所当然。就献一首《游盘江》吧。此诗是游北江赤壁所作，词不达意，还请二位大人不吝赐教。”廷表说罢吟道：

当年夹路柳条新，今日遨游碧树春。
此地风光元不恶，一尊谈笑自相亲。
江边草舍情留客，岭畔云崖夜作人。
欲向鹿门问遗逸，绕山明月照闲身。

“‘欲向鹿门问遗逸，绕山明月照闲身’，此乃画龙点睛之笔！”王一麟赞道，“要叩文人雅士遗佚了啥子？回答是：‘环绕山间的明月照着安静清闲的人。’钝庵兄，你是在自命清高，诉说无官一身轻吗？”

“唉！身不由己呀！”廷表叹道。

“其实，贤侄岂是清闲之人。”王畓笑道，“身闲心不闲者，是最忙碌的人。譬如，贤侄不是在悄悄地做着光照千秋的事吗？但愿贤侄心想事成，《阿迷州志》早日问世。”

“写州志是鉴古知今的大事，乃有志者所为。”王一麟说，“不知钝庵还需啥子素材？”

“我想用两年时间走遍东傍甸乡、南乌甸乡、西集甸乡、北禄丰乡，了解阿迷的民风民俗、山川地理形势，凡可入志的事物，都想收集一些。”廷表说。

“很好！二位还有啥子话要说？”

王畓将游览阿迷八景的情况诉说一番，特别讲到王廷表为八景易名之事，并请王知州能以公文形式将八景名称最后审定。接着，王廷表做了补充，重点说明官定景点名称的必要性。

静静听完两人的话，王一麟阐述了自己的观点，他的看法是：

八景之名，仁者见仁，智者见智。用王甃所定之名可以，用王廷表欲改之名也行。他赞成廷表所冠之名，原因是四方与四时一目了然。但他又认为，一个景点，可冠数名，老百姓怎样称呼都行，不必急急忙忙以官家名义盖棺定论，一切顺其自然为好。他还认为，阿迷八景只是阿迷景观之一部分，说不定后人还会打造出阿迷十景，甚至十八景也未可知。他又说，阿迷的狮子山、善觉寺、西门龙潭、楷甸观音阁坡等都是很不错的景观，都可以认真打造打造……

“大人所言极是。”王甃信服地点头说。

“大人之见解，可谓高远。佩服、佩服！”廷表也表示赞同。

“好！”王一麟突然话锋一转，忧郁地说，“数日前，快马来报，东傍甸乡磨石冲与菖蒲塘发生山林土地纠纷，打起群架，还伤了人。我已派何珠带十余个衙役去解决，不知情况如何。我心不安，打算明天出发，现在想准备一下。二位若无其他要事，就到此为止吧！”

“王大人，我跟你一起去！”王廷表自告奋勇道。

王一麟略一沉思，欣然道：“王兄愿同往，最好！兄德高望重，有说服力，有兄同往，我就如释重负了！”

“德高望重不敢当，但我愿为阿迷各村寨、各民族的和睦相处尽微薄之力。”廷表说，“明天一早，我在东门外等大人。好吗？”

“好，明天早上再会。”

王一麟、王廷表带领一班人马直奔磨石冲。到达目的地时，已是第三天上午。州同何珠头日傍晚就听快马来报，王大人估计明日就到，因此，他一早就在村口迎接。一见王一麟，他就将事情的经过叙述一遍，将处理的结果也做了汇报。

“既然双方矛盾还没完全解决，那我们就一起去解决吧。”王一麟说，“你赶快将双方头人以及毕摩请来，共同协商解决办法。”

“好！就在磨石冲祭龙树下集中。”何珠立即派出几个衙役，分头找人。

一个时辰后，双方头人已到齐。王一麟、王廷表先请双方讲述了各自的情况，讲述了矛盾激化的原因，也听了各自对解决问题的意见。听完后，王一麟说：

“各位乡亲父老，下官到贵地数年，已到一些村寨解决过一些纷争。其实，都不是啥子大事。都是同乡人，为了几片山林、几亩田地，争个你死我活，打个头破血流，值得吗？我希望大家静下心来，妥善解决。”

“王大人，村前那片山林，祖祖辈辈都属磨石冲，菖蒲人却要霸占，‘狗揽三堆屎’，贪得无厌，这合情合理吗？”磨石冲毕摩愤怒地说。

“你们磨石冲先占我们村旁的水浇地、山上的雷响田，‘豁（缺）嘴喝豆腐，双掳’，这不是欺人太甚吗？”菖蒲塘村长暴跳如雷。

一时间，大龙树下吵吵嚷嚷，乱成一片。听到吵闹声，双方站在不远处观望的村民纷纷呼喊着围过来，不少人手里还提着木棍、锄头，攥着石头、砍刀，端着杆子、火药枪。一场火并一触即发。王一麟和何珠带去的二十几个衙役看势头不妙，也紧握刀枪一齐围拢过来，将王一麟、王廷表、何珠围在中间，做好保卫上司的准备。

王廷表看在眼里，略一沉思，立即拨开衙役，高声喊道：“乡亲们，听我说一句。你们这样嚷麻麻，摆出要拼骚命的架势，能解决问题吗？大家先坐下来，不管多大的事，我们一定认真解决，包你们双方满意！”

“你说话算话吗？你是知州？”有人起哄起来。

王一麟站出来，高声说：“我是知州王一麟，先请大家安静！”

“刚才说话那人是哪路神仙？他说能包我们满意，他咋个包？”

那人话音刚落，廷表大声说："告诉乡亲们，我名叫王廷表……"

王廷表话刚落音，菖蒲塘毕摩高声问："你是不是阿迷城里的王进士？"

"这位大人就是王进士。"王一麟说，"王大人曾在浙江、北京、四川当过大官，破了好多案子，解决了不少民事纠纷，老百姓都喊他青天大老爷！他说话是算数的！"

人们交头接耳，纷纷议论起来。

"乡亲们，我提议，先解决山林土地问题。"王廷表说，"关于土地和山林，原是哪家的就归哪家。都是乡亲嘛，早不见晚见，和睦相处多好呀！"

"土地山林可以解决，还请官府给我们划划界线，立几块碑。"磨石冲毕摩说，"但我们被打伤的人咋个办？"

"我们村也有十多人被你们打伤，又该如何处理？"菖蒲塘村毕摩吼起来。

"大家别争了。"王廷表大声说，"打伤的人，双方登记一下，该治疗的治疗，伤太重的，可抬到州城找郎中，也可抬到我家，找我老婆。"

"医药费谁付？"有人嚷起来。

"医药费我神着。"廷表果断地说，"好了，就这样定：我付给每个村子三十贯宝钞，由各村头人根据伤情轻重，发给伤者，不足部分，各村想办法。好不好？"

"青天大老爷，有你这句话，我们就满足了！医药费哪能让大人出呢？我们村自己神着！"菖蒲塘头人激动地说。

"我们村也自己解决，绝不能让王大人破费！"磨石冲毕摩喊。

"一言既出，驷马难追！"廷表头一昂，大声说，"请各村派人到城里王家大院找我就行！若我不在，就找我老婆伍瑶琴。对了，我给你们各写一个条子。”

一时间，大龙树下欢声雷动，赞声盈耳。

两村纠纷解决后，廷表决定到各村各寨走走，了解各方面的情况，以收集《阿迷州志》资料。王一麟也打算借机游历山水，同时访查察民情，于是，他将何珠和大部分衙役打发回城，只留下三人，与王廷表结成旅伴，在不少村寨留下了足迹。

经近两个月的徒步或骑马旅行，王廷表和王一麟等人游历了马者哨、中和营以及碑格的二十余个彝、壮、苗、回等各种少数民族聚居的村寨，也访问了汉族和少数民族杂居的一些村庄，了解到了各民族先民世居及民风民俗等情况。王廷表将所见所闻及多年来的记忆，做了详细的记录。

在王廷表的记事本上，留下了如下文字：

阿迷州东至歪头山一百二十里接开化府（今文山），南至雷公哨五十里接蒙自县界，西至沙扎哨九十里接建水州界，北至盘江三十里接弥勒州界。阿之南北广距八十里，东西延袤可三倍。约略全形大势，有如弧之挽而半张。全境面积约一万零八百余方里。

阿迷境内原为彝族先民世居，境域“悉属彝居，漫无足纪，大抵处于游动牧耕的经济状态”。西汉时，彝族部落酋长名唤阿宁。元、明以后，渐有蒙古、汉、回、壮、苗等民族迁入，但土著彝人仍是人口最多的民族。各民族又有许多不同的称谓。

彝族有改苏、阿扎、阿哲三个支系。

改苏支系，自称改苏泼、倮倮泼，他称倮倮，为地方土著民族。主要居住在阿迷坝、小龙潭坝和西部山区。有部分散居于马者哨的三家，大庄的桃树、龙潭，羊街的红土、古城、卧龙谷等地的倮倮，先民自滇东北经泸西、弥勒迁入。

阿扎支系，他称仆喇，聚居于境内东部山区，散居于阿迷各地。先民自昆明方向迁入。按语言、习惯的差异，可细分为五部：呆占泼居碑格的碑格、小寨、下来者、架吉等村；阿尼泼居羊街的宗舍、马桑箐、期不底等村；腊拨泼居碑格的架吉、鲁姑母、落坡洞、大庄老寨等村；阿洒黑泼居乐白道的酒房、红石岩，马者哨的阿沙黑大寨、中寨、冲门等村；底高泼居中和营的大平寨、八家寨、米朵、马者哨的葫芦塘、乐白道的阿德邑、大庄的桃树等村。

阿哲支系，先民自滇东北金沙江一带沿南盘江迁徙流入。自称阿哲泼，他称阿哲，聚居于小龙潭的灯笼山、部分居于乐白道的楷甸和马者哨的冲子两村。改苏支系语言多与汉人相同，与汉人便于语言交流。阿扎和阿哲与外族语言不通，交流起来较困难，常需彝族中的知识分子“毕摩”，又称巫师、贝玛、白玛沟通、翻译。

彝族各支系的衣着服饰各不相同。改苏支系“男用布疋缠头，盛夏不解；女戴细冠，曳裙至地”。阿扎支系“山居火耕，迁徙靡常，衣麻，披羊皮，弩矢随身”；“男子束发裹头，插鸡羽”；“妇女青布裹头，青布长衣，常负瓜蔬入市贸”。阿哲支系“男性者对襟衣、外褂、扭裆裤、赤足或穿草鞋，手戴银镯”；“妇女顶绣花头帕、帕沿垂状流苏，帕上银蝴蝶盘挂串铃、耳吊银环、着拐领衣、方围腰、浅裆小管裤、赤足或穿布鞋”。

彝族有不少传统节日、活动和民族禁忌。如正月初二“送火星”，在村北钻木取火，各户取火种返家生火，终年不熄；初六日，各家主妇备供品路祭“牛王马祖”，祈六畜兴旺、四季平安；农历二月初由“毕摩”主持“祭龙”“送月亮”，求风调雨顺、驱邪消灾；六月二十四火把节，上山取松明做成火把，傍晚点燃，男女老少手执火把，绕田间一周，最后将火插在田埂上，诱杀害虫，确保粮食大丰收……

彝族禁忌有：妇女不参与祭祀，不摸堂屋左中柱，正月初一不串门，媳妇洗脚不用公伯挑来的水；龙日后二天不入龙树林；妇女分娩忌外人入房……

境内回族源于元代末期。其时，云南平章政事赛典赤重孙赛尔拾迪在临安总管府任职，其子孙亲族散居石屏、阿迷、马龙、寻甸等地，阿迷境内始有回族。明初有江南回民随军入滇。境内除碑格外，均有回族居住，有大分散、小聚居的特点。以大庄、羊街新寨、城区为多，中和营次之。

农村回民大都务农，居城内者多从事工商，经营饮食、缝纫、屠宰、皮毛、鞍辔、贩运粮畜等业。回族有较高的生产技能和灵活的经贸方式，故所处之地经济较为发达。

回民普遍讲汉语方言，部分字词的卷舌音较为突出。回族“有文字，状类昆布卷束然者，惟未能举族识之”。

回族信奉伊斯兰教，在聚居的村寨、地区建有清真寺，作宗教活动场所。节日多与宗教活动密切结合，主要有“开斋节”（回历十月一日）、“小斋节”，又称“古尔邦节”（回历十二月十日）和“圣诞节”（回历六月八日）。回历九月把斋，“届期群聚清真寺礼拜诵经，每日除早晚披星而食外，均勿容杂物及茶水入口”。三十天后开斋，为“开斋节”，又称“大斋节”，当天各家上坟为逝者祈祷；男性净身更衣到清真寺参加大会礼，阿訇颂读《古兰经》，再行礼拜。节日的活动大致相同，圣诞节最为隆重。

回族服饰“男用白布缠头，盛夏不解；妇女多用青帨束发”。宗教活动时头戴白帽外，平时多与汉族无异。“丧礼一项，既不酬筵席，亦不信风水，旋死旋葬，省时节财”，“葬则以白布缠尸，掘地窑而安居”。“丧家富有财产者取资散济孤贫，意在为亡人悔过消愆，乐居西土计也”。

回民忌食猪、马、骡、驴和猛兽肉，忌食动物的血和未经阿訇宰杀的动物，忌饮酒抽烟，忌挂有人物形象或动物的画。

境内壮族多为明代自广西一带迁徙而来，有侬人、沙人、黑土老三个支系，分别自称“布依”“布沙”“布土”。多“依水楼居”“泽居水耕”，从事农业生产，种植稻谷，耕作精细。有石、木、铁、银各业手工匠人，善竹编，生产水平与汉族地区相近。壮民重视建房，且多为土木结构楼房，人畜分住，牢固宽敞。聚居于中和营的格勒冲、小新寨、小龙潭、汉木白等村，杂居于羊街的宽寨、期不底下寨等村，以及大庄的仁寿等村。

壮族有自己的民族语言，无文字，在与汉族长期交往中，很多人“能习汉语”“知读书”，能使用汉文。壮民祭奉多神，各支系神名不一，同时保留着万物灵崇拜。二月份，各村“祭花”，六月二十四，以染红、黄、蓝、紫四色糯米饭并杀鸡祭献雷神。依人在正月二十九日过“小年”，土老在春节结束后过小年，“胜似春节。”

壮族男性多着青衣对襟上衣、阔边大裤、青蓝帕缠头。妇女服饰各支系不一：依人绾发于顶、插簪、缠黑帕，覆镶有小银泡的绣花头巾，穿无领斜襟黑短衣，衣襟、衣角、袖口均镶银纽扣、绣花边、下着细褶黑桶裙，桶裙臀部后摆成鸡尾形，穿尖顶圆口绣花鞋。沙人头缠黑帕，着白色圆领斜襟阔衣，领边袖肘以黑布镶围，下着大脚裤或长裙，穿尖顶圆口花鞋。土老束发缠头、黑帕覆顶，手、耳佩银镯、银环，着青黑圆领斜襟短衣、长裙，袖口裙边白布镶滚，胸腹系绣花方巾。

壮民实行一夫一妻氏族外婚。有入赘和兄死嫂转为弟妻的“转房”婚俗。盛行“坐家”，女方于婚后第三天即回娘家“坐家”，农忙或年节由夫家接回短住，怀孕或分娩后始定居夫家。在壮民家里，无论主客，忌跷“二郎腿”，以示相互尊重。家门挂草帽或树枝喻家有产妇或牲畜下仔，忌外人入户。孕妇不得跨人衣物、攀爬果树。长幼一堂，幼辈须选矮于长辈的凳椅入座……

明洪武十六年（1383），土官普宁和归附明朝，自此以土官为土知州。普氏土知州世袭七代，先后为：普救、普哲、沙保（普宁）、沙虚（普显宗）普柱、沙费。其间，普哲子宁年幼，由妻沙保代袭；沙保卒，由次女沙虚袭；普柱死后，其正妻沙费袭。明正统元年（1436）始设汉官知州，以四川人张安为之，普氏土知州渐废。早在宣德年间，普氏降为东山土巡检，历第八代普觉、第九代普安、第十代普纳、第十一代普明。而普纳之土巡检于天顺年间被裁去，此后至今数十年间，普氏无权无势，销声匿迹。据说，近几年，普氏第十二代孙普德化正在马者哨一带邀买人心、扩大势力，伺机东山再起……

阿迷的语音，与蒙自、个旧相近，有的语音与石屏存在差异，读不出嘬口呼，如：远近，读为眼近；君子，读金子；吃鱼，读吃益；云南，读银南；金玉良缘，读金艺良言……

秦始皇统一中国后，“书同文，车同轨，统一度量衡”，但文字统一了，各民族语言仍然存在，方言俗语仍然存在。“方言”一词就出自汉代杨雄《輶轩使者绝代语释别国方言》一书，其《方言》一书，是华夏历史上第一部方言学著作，而且是中国古代方言学最重要的一部著作。唐皇甫冉《同诸公有怀绝句》诗曰：“移家南渡久，童稚解方言。”阿迷及临安府各州县，如阿迷、石屏、建水、蒙自、个旧一带有许多土语方言俗话，源远流长、丰富多彩，涉及社会生活的方方面面，有相当一部分能读出音来，却写不出字来。能用文字表达的则有八成以上相当于古代的通假字，即“通用”或“借代”，因此，形成“重音不重形”“音同意不同”“有音无意”的现实。方言往往根据各地、各民族的发音和习惯而用字，如“吃饭”的方言，有的地方写“莽莽”，有的地方写“茫茫”，也有的写“牤牤”；又如货物价廉即“便宜”，有的地方写“相因”，有的写“相茵”，也有的写“相殷”或“相因”，还有的地方写“乡音”。这些土语各具特色、口口相传、融会贯通、形象生动、诙谐幽默、有声有色、雅俗共赏、情趣盎然、感人至深。略记如下：

理不抻——理不顺、理不清。酿、整酿、整些酿——什么、哪样、干什么。皮坨——拳头。怪古龙神、怪哩古董——装扮、举止、言行不符合常规。根：量词，个的意思，如那根人，这根会议。支——这的意思，如支种人；今的意思，如支日，即今天。那哈——什么时候。崴——做生意亏本；脚扭伤。花开——解剖、剖开、切开。消开：掀开、打开、揭开。煤（嘿、墨）者黑也——两眼一抹黑，看不清东西。扎叽叽——冰凉。喝哄：谎话哄人、骗人。卯窍——奥妙、诀窍。冷屁松松——做事慢腾腾，不当回事。一梆（锅）烟：一袋烟，一支烟。牤嘟嘟、胖嘟嘟——小孩胖得逗人喜爱。干滋（吱）白怪——无缘无故发脾气。妹、爱妹——长辈对儿童的爱称。日鼓鼓——用眼睛瞪着人看不起人的样子。脏眯日眼、脏巴拉施、花子跌夺、邋里邋遢、日绷龙夙——都是特别脏、不修边幅的意思。七牤八牯（古）——很傻的样子。睺准冷板——看准机会、抓住时机。有根有扣——说话做事有条有理。笑眯啰呵——兴高采烈的样子。甩、摔、干（去声）、肿、剔、挺、搒、搓等——都是吃的意思。馕斋——吃饭；肿脖子——吃饭（含贬义）。涨脖子——很生气的样子。虎哩哗啦——吃饭很快、狼吞虎咽；房屋倒塌的声音。憨逋噜粗、憨眯日眼——形容很憨很蠢。憨粗粗——憨态可掬。惯势——宠爱、溺爱。满东东（满洞洞）——形容物品装得很满。挨一擦二——一个一个排列着。睺：随便看看的意思，如睺睺。冲嗑子、款嗑子——闲聊。喏喏——哄小孩睡觉。朒朒（嘎嘎）——用肉哄小孩。牤牤（杧杧）——用饭哄小孩。爱嫫——妈妈、母亲、娘。血虎冽拉、血糊沥拉——鲜血淋淋。拜——不要、别的意思，如拜整、不要整、别干。足着——脚或手扭伤；憋着（一肚子气）。单个——自己，一个。眼泪巴沙——

眼泪汪汪。墨（嘿）日——明天。苦鲁楚——翻来覆去睡不着觉。凶——聪明伶俐。假巴意思——假惺惺。克（客）——去的意思，如克（客）哪呢，即去哪里。老颠东——人老了，丢三落四，说话东拉西扯。纵个：怎么，咋个。纵说——怎么说。交接——吩咐、嘱咐、交代。散（闪）兴——感到很痛快、很舒服。心拜（罢）厚——不要贪心。默、默拉——认为、希望、妄想。白淡无根——平白无故、好像没听到别人说话，让人白说；没有任何根据。沰（夺）——戳、捅、被雨淋、筷子夹菜东戳西戳。氽入水——一头扎进水里。头日（上平声）——前一天。打失——丢失。肿气——特别生气。神着——敢承担、承受、顶着。勾头滴水——没精打采的样子。耍（甩）麻人——愚弄人、哄骗人。眼泪巴沙——一把鼻涕一把泪，伤心的样子。潽——器皿中的液体太满而溢出。搲——舀的意思。擤——捏着鼻子用气吹鼻涕。挞——用脚踢、踹。搌——用轻柔的物品擦拭液体。垰垰——角落。覅——不要的快读。啦——着的意思，如提啦一袋米。蒙梭（松）雨——蒙蒙雨。滗（逼）水——用碗或瓢在水极少的地方打水。拿俏——借一技之长摆架子。包摊——对别人的错误不揭发，有意包庇袒护。翁——好多人聚（围）在一起，如翁了不少人。日气——很生气。戳气——憋着一肚子气。无（没）命栽死——不要命地奔跑。费力拔气——形容费尽力气。碜——害羞、难堪、不要脸。独巴猴——孤独；吃独食。辣造（糙）——勤快、有本事。酒醉嘛哩——醉醺醺的样子。鬼喊辣叫——叫声很凄惨吓人。逗着——遇着、碰着。玉（艺）梅（酶）——玉米。痨病滴夺（沰）——一身痨病，显得没精打采。鼓着——违抗、不听话。克膝头——膝盖。矮夺夺、矮达达——形容个子很矮。捧泡——巴结讨好献殷勤。宰着——有超人的好主意好办法。大声拔气——声音叫得很大。强干白——无理取闹、强词夺理。一抻床——一张床。岔巴——意为多管闲事，多嘴多舌。滑（华）刷——心里感到很舒坦。拘——客气地谦让，如拜拘、不要拘。默默三、么么三三——赞叹别人的口气。昵叽——这么、这样、是这样，如昵叽多、昵叽好、昵叽点。打失——丢失、遗失。侯、歪——意为富裕或有权势。款款——说说讲讲，如款款家常。挺憨、挺愣、大日愣（楞）——骂人很憨很呆。日捞、日吵——痛骂人。日白扯谎——专说谎话骗人。恶掐恶估——做事霸道蛮横不讲理。拐账——事情做糟做错。白话——谎话。戳得——挑拨离间。踹、膪——女人横蛮不讲理。跷脚——死亡（含贬义）。勾、勾逼——滚、滚蛋。扯渣筋——找麻烦。躲猫猫——捉迷藏。戳得——善于钻营、善于挑唆、挑拨离间。渣筋——爱贪小便宜或纠缠不清。嘎——语气助词，肯定的意思，如你说呢嘎。过着——传染上。掼跤——跌倒、摔跤。扯渣筋——找麻烦。抻舒舒、抻拖——身材好、苗条俏俊。拼骚命——拼命。浑夺夺——水太浑浊。栽棵——秧苗。一窝啰——一群。交接——吩咐、嘱咐、交代。尾随——跟在后面。丫队——插队。鬼得狠——特别机灵。大跩跩——趾高气扬、目中无人。嗝噔——讲话断断续续、不顺畅。薅——用网或手掌半握捕蝇、蚊；薅秧。牛屎巴螂——屎壳郎。屎鸪鸪——戴胜鸟。杆子——长矛。小哩食气——小气、吝啬。圆鼓楞胀——吃得太多、肚子滚圆。拦巴塞路——挡住别人的路。短——截住、拦住。弯机古扭——弯弯曲曲。有把力气——有一身力气。酸汤各——番茄、西红柿。塞——讽刺、挖苦。木——笨、反应迟钝。柴头柴脑——头脑简单、不灵活、没知识。后头——后面。火烧（焦）火燎——心里不安、烦躁。扽——用线或绳捆住物体猛力一拉。抄袋——上衣口袋。疲——性子慢、动作慢，如“快点，怎么这么疲”。糟包——被物体所撞生出的肿块。直杠杠——尸体僵硬挺直；说话直来直去。火通骨——胫骨。子背——脊背、背脊骨。欺㞞怕恶——欺软怕硬。块——身体魁梧结实、个头粗大。酒醉麻哩——酒醉神志不清的样子。二麻二麻——喝酒要醉的样子。叵着——横下心来豁出去，要拼命的样子。相殷（相因）——价钱便宜。日不得之杆气——忍不下这口气。四称——身体部位比例较均匀。吃糊——麻将的吃和，引申为干得成事。重（下平声）另——从头来、重新做。烟姑巴——烟渣。泡饮食——不出力、不费心得来的饮食。呢（上平声）——的，如你呢、我呢、是呢、好样呢等；又里的意思，如克（客）哪呢，即去哪里。干（去声）架——打架。闷——不爱说话、性格孤僻。油子——滑头。压盖（界）——人品、模样、技艺、规模、质量等方面，或某方面超过其他的。

还有诸如：裹二连三、孔宠孔宠、小猫抓心、勾头滴水、歪巴扯扭、憨眯日眼、笨眯日眼、鬼眯花眼、潮心寡肝、圆箍楞蹬、依老卖膪、花里胡哨、花子滴夺、毛头龙松、七扯六曳、大口马牙、吃火草烟、茅司、傻逼、板扎、雄起、吊荡、嘴得、攮人、宰着、嚼精、之份、拜冲、纵整、理麻、交接、嘿嘿（上平声）三、日脓包、两嘎子、雨麻麻、花咕叽、嚷麻麻、聒啰啜、矮柮柮、黑夹夹、绿瞎瞎、瞎戳戳、白生生、俏生生、黄梗梗、清酥酥、甜咪咪、滑刷刷、齐刷刷、厚铛铛、神抖抖、讨媳妇、倒插门、扯个野、刹水气、鬼火绿……

王廷表还趁王一麟等人在杨柳冲等地访民情之机，独自走进仆喇人最集中的阿沙黑大寨，想细细了解该民族的风俗习惯，并想找到十余年前在城里看布告巧遇的仆喇小爷王杨葛，准备让他派几个童少到自己家里去学习文化，以提高少数民族素质。

那天，他走到仆喇大寨旁密林里，突然发现，有一群人在秘密囤积大量粮草，并听见“叮叮当当”仿佛打铁的声音。循声走去，突然发现山坳里一间宽敞的土掌房，内有二十余人在热火朝天地打铁，制造刀、枪、剑、戟，还看见有人将几大包硫黄、硝石藏在隔壁一个很隐蔽的山洞里。“他们制造武器，储藏硫黄、芒硝干哪样？难道准备干架？跟谁干呢？”王廷表皱起了眉头。

疑虑间，王廷表蓦地想起当年仆喇小王爷“官逼民反”的话，不觉大吃一惊。“不入虎穴焉得虎子，我一定要将此事了解清楚，若他们真的要造反，我一定要想方设法，协助知州将事端消灭在萌芽时期，以保阿迷安定。”廷表心里说着，立即大踏步往寨里走去。

“站住！你是酿人？来干些酿？”离寨还有大约二百余步，斜刺里突然闪出两人，手提杆子，大声喝问。

“我名叫王廷表，想见你们王爷。请通报一声。”廷表平静地说。

“你有酿事？”

“我和你们小王爷是老朋友，想和他谈点重要的事。”

“你有些酿重要事？”

“见了你们王爷再说。”

“好，你等着。”其中一人说罢，走进寨里。约莫半袋烟的工夫，寨里走出十多个人来。廷表远远地就认出来，中间那位即是小王爷。待小王爷走到近处，他就主动打招呼：“王爷，多年不见，别来无恙？”

“你是？”

“在下王廷表。十余年前我们在阿迷城里遇见过。”

“哦！想起来了！那天看布告，我们说过话。”又突然话锋一转，“你说你是王廷表，可是在台州府、四川当官，为官刚正廉洁、大名鼎鼎的王进士？”

“是。但大名鼎鼎不敢当！”

“贵人大驾光临，鄙人杨葛有失远迎，失敬！失敬！请！”又喊道，“杨小彪，快去通报老王爷，说有贵人到！”仆喇小王爷说着，与王廷表肩并肩，一起走进寨子一间宽敞的正三间瓦房里。

瓦房大门头上悬一匾，上书“杨氏祠堂”，天井两边，各摆一排木栏，栏孔里插着刀、枪、剑、戟各种兵器，每件兵器后站着一个威风凛凛的彪形大汉。大堂正中屋檐下悬一匾，上书“聚义厅”三个隶书大字。大堂正中墙壁上挂一幅关公画像，两边悬一副对联：

忠义仁慈，九州垂典范；
刚强智勇，万代仰英雄。

像前摆一把太师椅，椅上披着老虎皮。年约六十开外的仆喇老王爷端坐椅上。两边墙壁下是一排凳子，凳上坐着各仆喇寨头目。小王爷走到老王爷身边耳语几句，老王爷即从虎皮太师椅站起，表示迎接，笑容满面说：

“贵人光临，小寨不胜荣幸！请坐！敬茶！”

仆喇王话刚落音，廷表刚落座，仆人已将茶端放桌上。

“王大人屈驾寒寨，有何见教？”仆喇王笑问。

“在下这回到东山各村寨走走，意在游山玩水，路过贵寨，特来拜访。”廷表说。

“谢谢大人关心。”仆喇王笑道，“听说，大人在外为官，因被奸臣陷害而被狗皇帝勒令致仕，是吗？”

“是。不过，那是多年前的事了，我早已不放心上了。”廷表说，“最近，我招收了一些弟子，传授知识，想到山寨远离州城，没有学堂，就想与各位相商，能否派些儿童、少年到州城读书。”

“此事慢慢商量。大人还有何贵干呢？”

“对了！”王廷表略一沉思，单刀直入，“王爷，我见贵寨在制造武器，储藏硫黄、石硝，好像还听到练兵的喊声。为酿要练兵呢？是与邻寨闹矛盾了吗？还是……”

“我们练兵，是为了保卫村寨，以防不测，绝无他意！”仆喇王说。

“唉！王爷，如今苛捐杂税不断增加，百姓度日艰难。如此下去，必然会引起人民不满，最终造反，若走到那步，百姓就遭殃了！”王廷表投石问路。

“是呀！”仆喇王一声叹，愤然道，“如今，税赋种类多如牛毛，什么春税、秋税、茶税、房税、酒税、盐税、贡税、国税、地皮税、车船税、山林税、田亩税、人丁税、兵丁税，应有尽有，不应有的也有，这么多苛捐杂税，弄得民不聊生、鸡犬不宁，苛政猛于虎呀！我只盼望社会太平，百姓安居乐业。可是，赋税年年加码，弄得多少人家啼饥号寒、妻离子散。人们都说我家很侯，家财万贯，但那是‘只见鱼吃水，不见鱼撒尿’。可如今也一年不如一年，捉襟见肘了。”

“王老爷，容兄弟说一句。”杨葛插进嘴来，“税种年年增，税赋年年加，我仆喇寨百姓早已承受不了。我爹为了百姓能渡过难关，年年要拿出数百两银子救济村民交税，我们家都快无米下锅了。这日子哪天能熬到头呀！”

“王大人，还记得小人吗？”坐在聚义厅内的一人突然站起来问。

“你是？”王廷表注目一看，不觉大吃一惊，“你是李丙？”

“对！恩公，那年您离开新都，回阿迷后，巡抚大人亲自审案，我的两个兄长已被斩首示众。我因您临走留下‘李丙看来尚有良心，建议细细审理’的话，最后被认定未参与害老母而被释放了。”

“你咋会跑到这里来了呢？”廷表有些不解。

“我到阿迷找亲戚，亲戚没找到，却因冻饿昏死在州城墙角下，是小王爷救了我。”李丙含泪说，“我们老王爷、小王爷都是好人，慈悲为怀，心地善良，见我无处栖身，小王爷就收我为义弟，我就在仆喇寨入赘安家了。多年来，王爷省吃俭用，总将积蓄拿出来救济灾民、帮助村民交税……”

“哦！是这样！”廷表点了点头。

“王大人，您为官清正廉洁、德高望重，能否请州衙少收点税赋呢？说实话，若长此以往，百姓就没活路了，社会势必要大乱了！”老王爷严肃地说。

“好！我尽力！”

“廷表兄，还记得我吗？”廷表话刚落音，老王爷左侧一个中年人突然起身作了个揖，笑道。

“你是？”廷表定睛一看，不觉大吃一惊，“啊！你是张嘉彦！兄弟，你为酿在这里？”

“王大人，说来话长呀！”张嘉彦叹口气说，“十年前，我考了个秀才，后来参加乡试，到了贡院门口，竟要人人搜身。这简直是土匪行为！我一怒之下，不考了。”

“嘉彦，这就是你的不是了。”廷表不无遗憾地说，“他搜他的身，你考你的试多好。他搜不出酿，证明你的清白。你考好试，彰显你的才气。这不是一举两得吗？”

“这是对人格的侮辱！”张嘉彦愤然道。

“廷表，我是邹渊，还记得吗？”老王爷右侧一人站起来。

“啊！是你？邹渊。”廷表认出了当年的伙伴，惊问，“你和嘉彦为酿都在这里？”

“说来话长。”邹渊苦笑笑，缓缓哭诉，“那年，我也看不惯科场那一套，就和嘉彦罢考了。我们回到阿迷，在布沼开了个小煤矿，事业正红火，当地乡绅眼红，与官府勾结，将我们的矿霸占了，还罚我们白金三千两。我们无钱交，他们就抄了我们的家，弄得我们两家无立锥之地。我娘一急，断了气，不久，妻子也饥寒交迫，走了……后来，我和嘉彦日不得之杆气，一怒之下，将两根恶绅砍了！”

“唉！背时儿子生干疮，我爹我娘都被逼死了……”张嘉彦也痛哭起来。

廷表一听，怜悯之心油然而生，忙抹着眼泪安慰：“二位节哀。廷表不知这些，对不起！”少顷，又问，“那你们为何到东山来了呢？”

“上天无路，入地无门，听说东山王爷仁慈仗义，我们就投奔王爷来了。”邹渊说，“到了东山，王爷晓得我们有点文化，就提拔我二人为军师，又负责教乡亲读书识字。我已经在这里娶妻生子了，嘉彦的儿女都十几岁了。对了，和我们一起入伙的还有十多人呢。”

廷表一听，心生疑虑，就来个投石问路：“王爷，您这里也不富裕，怎么一下子收留这么多人？您承受不了呀！”

“王大人，实不相瞒。”老王爷用坚决的口气说，“若再这样下去，我将率众造反，讨个公道！俗话说：‘钓鱼要忍，拿鱼要狠。’百姓一忍再忍，忍无可忍时，是会狠狠地惩治那些贪官污吏的！到那时，就‘乌龟跌在石板上，硬斗硬’吧！他妈的！你不让我活，我也不让你好过！”

“士为知己者死！别嘤啦我们就是干干饭的饭桶，只会肿脖子，手无缚鸡之力。若王爷揭竿起义，我定当一马当先，纵使马革裹尸，也在所不辞！”张嘉彦慷慨陈词。

“是的，俗话说，滴水之恩，当涌泉相报。王爷是我们的再生父母。若王爷义举，我当为父母尽节，为王爷尽忠，纵然肝脑涂地，也无怨无悔！”邹渊疾言厉色。

“张先生、邹先生告诉我们，道教祖师爷老子说：‘民不畏死，奈何以死惧之。’若造反，我一定奋勇当先，以死拒敌，绝不退缩半步！留个好名声给后代。”李丙大声呼喊。

“王爷，各位贤弟，此事从长计议。”廷表婉言道，“须知，战火一燃，遭殃者，百姓也！请王爷三思。我回城后，必定劝知州大人根据阿迷实际，设法尽量少捐税……”

“王大人，若真能这样，百姓就有盼头了。”老王爷说，“不过，我揣摩，这比登天还难。狗改变不了吃屎习惯，官府会改变贪婪的本性？这好比太阳从西山顶上爬出来，可能吗？对了，王大人，若真到了万不得已之时，我揭竿起义，你能否屈驾当我的总军师呢？”

“这恐怕不行。”廷表说，“但我相信，问题总会解决。你们就听好消息吧！”

“钝庵兄，此番入山，收获如何？”王廷表正准备记录探访仆喇寨、巧遇普氏后裔普德化、观摔跤等情况，听到有人说话，停住手中笔，抬头一看，见王一麟站在身旁，忙笑道：“王大人，你何时回来了？一天跑几个村寨，辛苦了！快，坐下喝碗茶。你问我收获如何？实话不瞒大人，我收获满东东呢！你看，这么多素材，若无此行，岂有此收获？谢谢王大人了！”

“何谢之有！”王一麟说，“此次东境一行，有兄做伴，不亦是弟之荣幸吗？兄台夜夜秉松明疾书，不过子时不就寝，当注意身体呀！”

“谢谢大人关心！”

“莫开口就是大人，好不好？”王一麟故作嗔态，又问，“仁兄收到些啥子素材，可透点让小弟听听吗？”

“我已将彝、回、壮、苗等民族现状及山区风土人情、风俗习惯一一记下，这对今后编纂州志大有裨益。”廷表说。

“兄长是否考证过阿迷的汉族及其他民族？”

“做过些研究。贤弟请看，这是我近几年记下的资料。”廷表说着，从布包里取出一本自己装订好的小册子递给王一麟。

王知州将小册子轻轻翻开，一段长长的文字清晰在眼前：

阿迷原为彝族先民世居，元、明以后，渐有蒙古、汉、回、壮、苗等民族迁入。最先迁入的是蒙古族，始于元代。阿迷现在的伍姓、杨姓多为蒙古望族。伍氏是元世祖忽必烈亲征云南时，留下的军政要员，始祖是忽必烈的第九子、镇南王脱欢的第六子宣德王必答失里。必答失里有三兄弟，长兄兀吃都（伍吃都），世袭阿迷；二弟他喇都，世袭陆良；三弟里食答（侣食达），世袭石屏。明代沐英征讨云南时，三兄弟审时度势，顺应历史潮流，内附明朝，他喇都之长子他镇东还随沐英出征作战，屡立战功，故深得沐英器重，为三兄弟赐姓：伍、他、侣，侣与李读音相谐，石屏侣姓多改称李。

阿迷部分杨姓也是蒙古族后裔，始祖是普鲁海牙将军。普鲁海牙，生于蒙古，仕元，官至武德将军、大理路总管。移住路南，明洪武初傅友德、沐英征伐云南，海牙抵御明军，战死路南（石林）。沐英念其为其国尽忠，可谓忠勇义士，将其厚葬于路南城南紫玉山之巅。二世祖名泰，易姓杨，隐居不仕，后子孙遍及各地。改姓原因是否出于元朝灭亡，惧明帝反目，为避祸所至？待查。

蒙古族至云南，分三种类别：随军征战而留守；出镇云南行省的云南王或梁王后裔；致仕云南官员。

阿迷城中现有数十姓氏，其中杨、伍、赵、万、尚、邹等为六大姓，人口最多、历史最悠。六大姓中，后四姓为明代迁入。大明改土归流，随着各种军事、贸易、农垦等活动，汉、回、壮、苗等民族才逐渐流入。流入阿迷的汉族有的是到阿迷做官，有的因到阿迷做生意，而大部分是明军收复云南后，留下戍边、屯田的军队将士及沐英、沐春父子先后带入的民众，据说，沐氏后来奏请朱元璋，先后迁入的民众达三百余万，分居云南各地。这些移民来自江西、江苏、江南、湖广、蒙古等处。

汉族的大量涌入，带来了中原、江南等先进地区的汉文化和先进的生产技术。境内早期的学宫、农田水利、城池建设等，大都为汉官或汉民士绅倡办资建。如州治东部的文庙（学宫），就建于明洪武年间；州府兴工所筑土城，就建于明正统二年（1437）；东沟、西沟，就修建于明宣德、明正统年间（1426—1449）；阿迷的好多桥梁都建于明代。不过，直至如今，阿迷仍是彝多汉少，汉人最多只占两成，其他民族就更少了……

"好！弟为兄有如此多之收获而高兴。先向仁兄表示祝贺了！"王一麟翻阅完小册子，不觉频频点头。接着又问，"各民族的传统节日及活动，不知兄曾有记录否？"

"记了一些，但听来的多、目睹的少。"廷表说，"那天观看彝族举办摔跤活动，煞是热闹，如今还历历在目，这不得不记。"

"你记下了吗？"

"正在记。"

"好，那我就不打搅你了，仁兄慢慢记吧。"

"等等！"王廷表突然叫起来。

"兄还有何事？"王一麟惊问。

"王大人，有两件事，不得不说。"

"你说吧！"

王廷表环顾四周一番，道出了一件事，令王一麟惊讶不已。

此事就是，王廷表游历东山各地，突然发现：仆喇头人在到处招兵买马，收购武器，修挖工事，聚众练习枪棒，大有要造反的苗头的事。廷表走出仆喇寨后，悄悄打听，终于发现，仆喇人真的要造反！为酿要造反呢？王廷表又经多方明察暗访，终于了解到，仆喇要造反的原因确实是苛捐杂税多如牛毛，弄得民不聊生……

"廷表，真有此事？"王一麟脸色骤变。

“这千真万确。”廷表说，“那天，我在马者哨察访，突遇原土知州普宁和的第十二代后裔、年约二十的普德化，他密告说，东山仆喇王要造反，并多次派人来劝他参与。现在的问题是怎样制止。”

“你说，怎样制止？”

“我认为，税赋真的太重了，老百姓真的度日如年呀！魏徵曾劝唐太宗要‘薄赋敛，轻租税’，说：‘水能载舟，亦能覆舟。’老百姓养活了各级官员，同样能颠覆各级官员。”廷表感慨罢，试探着问，“王大人能否斗胆做一件事？我想，此事做了，民心就顺了。”

“做啥子事？”

“减税安民，以平民愤。”

“减税？这不是要丢官丧命吗？”

“丢官是小事，民众造反，国家动乱，那才是大事！”

王一麟沉思良久，轻轻点点头说：“待我想想。第二件事呢？”

“东去百余里东傍甸乡去天坡有一老黑洞，山上绿茵滴翠，洞内神奇莫测，洞旁水声惊魂，实为一方宝地。”廷表缓缓道，“万石悬空，峻峭高下，恍如石篆，水从中出，涛声如雷，可谓景美妙而声优雅。王大人，你说，如此壮美之境，能不让人爱之难舍吗？”

“兄长的意思是？……”

“官府出资，建一庙宇，造就景观，以壮阿迷！”

“王兄，说来容易！官府何来银两？”王一麟边摇头边笑。

“唉！辜负一方宝地，可惜呀！”廷表哀叹。

廷表所言这两件事，结果怎样呢？

王一麟回到州衙后，一番苦想冥思，终于毅然做出决定：将全州赋税从原来的二十余种税目减到十余种，每种税金减去四成。王一麟和王廷表又亲自到仆喇寨了解民情，耐心安抚，结果，百姓怨恨大消，四十余年间相安无事。一年后，王一麟因减税于明嘉靖八年（1529）冬降任金川州同，旋即又被削职为民，回归家乡青神县。一麟含恨走后，赋税一年比一年更加加重，百姓饥寒交迫，痛苦不堪，哀鸿遍野，怨声载道。处于水深火热的百姓的怨恨早已堆积成了一堆堆干柴，只要碰着一点点火星，即会燃成熊熊烈火。于是，仆喇老王爷、张嘉彦、邹渊、李丙先后去世十至二十年后的明万历元年（1573），年过七旬的东山仆喇王杨葛聚众于马桑箐、期不底、阜格一带举旗造反。阿迷政权无力平定动乱，知州白简、黄罗星相继将告急文书连连送呈省城。翌年二月，巡抚邹应龙率三军讨伐，经半年的激烈战斗，千余仆喇人被斩获，仆喇王杨葛、张嘉彦之次子、邹渊的儿子等都战死沙场。杨葛的长子杨松身受重伤、次子杨杉腰受轻伤，幸得张嘉彦之长子张龙及李丙的儿子李思阿率一彪人马左冲右突、奋力救护，又得普宁和十二世孙普德化同情、庇护，才逃进大黑山，躲过一劫。“叛乱”虽戡定，但给百姓造成的巨大损失和无限伤痛，令几代人不堪回首！——此是后话。

王廷表提出的老黑洞建寺庙宇一事，一直拖到二百年之后的清雍正五年（1727），才得以施行。那一年，阿迷知州毛振翧到东山彝区考察，被奇洞景观所陶醉，而“来游斯土，玩赏不怠，吟诗题赋”之余，书题“水府云窝”阳刻于悬壁。从此，老黑洞有了一个典雅而别致的名字“云窝洞”。毛知州兴致不减，“更塑大士像于石壁上”，因此而诱发后人缘势开发，至清乾隆十七年（1752），观音寺建成，云窝寺已具雏形；嘉庆年间，又建成魁阁、文昌宫、关圣宫、韦陀宇等庙宇，云窝寺宗教建筑群初具规模。清道光四年（1824），乡绅郭秉义、丁维番等人筹资于云窝洞口深潭垒石砌台，建成龙王庙，在其外建书楼、土地祠，又使云窝寺誉满八方，名声更响。清光绪十七年（1891），已四十二岁的蜀僧明誾云游到云窝寺，被其神奇景观所陶醉，惊讶之间，不觉赞道：此洞“内而八壁玲珑，外而万象森列，且有朝晖夕阴，气象万千，此天造地设之法境也。吾云游西土，三渡恒河，复向诸洋，次越东海，转归南州，遍列刹土，未见斯境”。赞罢，禅师毅然做出在这里建大雄宝殿，弘扬佛法的决定。从此，他八方奔走，四处化缘，终于在庠生丁映奎等人的相助下，经十一年呕心沥血，于清光绪二十八年（1902）建成了大雄宝殿。宝殿建成，禅师喜不自禁，自任住持，为弘扬佛教文化费尽心机，终因操劳过度，圆寂于清宣统三年（1911），享年六十二岁。此后，“云窝映雪”成了阿迷十景之一。——后话简叙。

且说，王一麟走后，王廷表又静下心来，回忆山乡所见所闻。摔跤活动的一幕，蓦地展现在他的眼前。

农谚“二月二，龙抬头”。二月初二是彝族传统的“春龙节”。龙是什么？是中华先人的图腾。农历二月初二前后是惊蛰，据说，这时经过冬眠的龙，到了惊蛰这一天，被隆隆的雷声唤醒。这就有了“二月二，龙抬头”的说法。每到龙抬头这一天，彝民就和其他大部分民族一样，到江河水畔焚香、献供品，祭祀龙神，求龙王爷按时抬头播雨。这一天，彝家规定，妇女闺中停止针线活，避免刺伤了龙的眼睛，天亮之前不得到江河挑水，以免惊扰、损伤了龙神……

可惜的是，王廷表一行到马者哨三家村时，二月二已过数日，未能看到祭龙那神秘而隆重的场面，只听到村里人讲了当时的情况。但值得欣慰的是，村里德高望重的族长、知识丰富的“毕摩”知道阿迷人尊敬的王进士和知州大人驾到，当即做出决定：破例办一次“吉格”活动，为王进士、州太爷接风洗尘。

吉格，即摔跤。经过三天的准备，摔跤活动在村外一块宽阔的草地上开始了。

那天中午，草地旁一方土台上摆了几张桌子和凳子，四周大树上挂满了彩幡彩旗。王廷表、王一麟被请坐在台子中央，旁边是族长、毕摩以及村里几位长者。活动还没开始，草地四周就围满了各村各寨身穿节日盛装的男女老幼。大约午时时分，族长请王知州、王进士讲完话后，大声宣布：

“摔跤开始！”

话音刚落，人群中走出一位年约二十、浓眉大眼的彪形大汉，大汉身着彝族坎肩，坎肩黑里雕花，腰围一条红色腰带。他走到赛场中央站定，远远望去，恰似一尊神，神气威武。同时，另一方也走出一人，身材稍矮而瘦，但显得矫健机灵、威风凛凛，身穿红色坎肩，坎肩背上绣着一个大牛头，腰围一条黄色腰带。他走到彪形大汉面前，抱拳拱手行了个礼，大汉也同时还礼。礼毕，两人就各自猫着腰，轻轻移动脚步，紧盯着对手，伺机进攻。

“钝庵兄，你看二位玩抱家子，谁输谁赢？”

“元直贤弟，你说呢？”

“我说彪形大汉会赢。”王一麟笑道，“两军交战勇者胜。我看大汉之勇，矮个子肯定抵挡不住，不可能吃期头（占便宜）。”

“我猜是矮个子赢。”王廷表自信地说，“两将格斗，往往是智者胜。我看矮者鬼得很。当年，浪子燕青斗大汉石原，就是凭灵巧取胜。”

正议论间，只见大汉跨前一步，伸手欲抱矮个儿的腰。矮个儿一闪身，从大汉左胁下穿过，随即伸腿，欲将大汉绊倒。但大汉坚如磐石，不但未倒，反而及时转身，一把抓住了矮个儿的腰带，矮个儿一蹦，挣脱大汉的手，又躲到大汉身侧。待大汉使出挑技，欲将矮个儿挑翻时，矮个儿又闪身跳开。如此你来我往，挑、绊、蹩、蹦结合，终难分胜负。大汉急了，憋足气，向矮个儿猛扑过去，终于抱住了矮个儿的腰，企图将矮个儿摔倒。但矮个儿就像一只燕子，任大汉左摔右摔，团团旋转，总在空中飞舞。见摔不倒矮个儿，大汉想换一个动作，手一松，却被矮个儿瞅准冷板，来个转身、进胯，将大汉绊倒在地……

“好！”“漂亮！”“真棒！”“板扎！”人们立即欢呼起来，鸦雀无声的赛场似雷声隆隆、波涛滚滚，沸腾了。

“吉格第一次，黄腰带赢！”毕摩当即宣布，“半刻时辰后，进行第二次！”

随着毕摩的喊声，围观的群众又是喝彩又是欢呼又是鼓掌，整个赛场热闹非凡。这时，只见一个花枝招展、美丽端庄的姑娘像燕子般飞向赛场中央，将一束鲜花献给胜利的英雄，两人相互拥抱起来。“阿哥，向你祝贺！”“阿妹，哥没有丢脸！”“后两次无论是输还是赢，我都认定你是英雄，你亲亲我吧！”矮个儿立即吻在姑娘的脸上，发出一个甜蜜蜜的脆响。

几乎是同时，一位显得文静腼腆、丰满俏俊的女子从另一方跑入赛场，将一条红色腰带围在彪形大汉腰上，含情脉脉地说：“阿哥，这回你虽失手，但同样是英雄。别灰心，妹子永远支持你！”彪形大汉勾头滴水、面带愧色地说：“妹子，碜人了，哥难过呀！”“别着急、别泄气，重头来！我敢打包票，下两回哥一定会雄起，一定赢！要有信心！”大汉破涕为笑、坚定的口气：“好！有阿妹鼓励，哥一定争气！”

“一麟，看见了吗？这摔跤场，还是青年男女谈情说爱、互表心迹的圣地呢！”王廷表含着微笑，对王知州说。

“是呀！”王一麟颇有感触地说，“我还看到，彝家纯洁善良的心。”

王一麟话刚落音，族长大声宣布：“此次吉格，以三次为一局，三摔两胜者赢。第二次摔跤开始！”

两位摔跤手又健步迈入赛场……

王廷表和王一麟骑马走在返回阿迷城的路上，进入城里时，已是申时，廷表要回家去，一麟则恳切地说：“钝庵兄，就别忙着回家了，就到寒舍喝酒吧！你弟妹数月前从青神来，你不是很喜欢吃四川刀削面吗？堂客（内人）可是做刀削面的高手呀！而且，寒舍还有青神美食汉阳鸡、东坡肘子，兄不想尝尝吗？”

“哎呀！贤弟，我被你说得淌清口水了！走，大饱口福去！今日醉了，明日回家！人生难得几回聚呀！”

走进王一麟家，两人坐下边喝茶边冲嗑子，几刻钟后，罗氏将饭菜端到桌上。两人又边喝酒边漫谈起来。一麟告诉廷表，前几日接手一个案子，因忙于到东山处理村民纠纷，搞不赢（忙不过来），未来得及查办，希望廷表过几日到府衙大堂协助将案子了结。

“贤弟，你晓得，我已心灰意冷，不想再涉足政事。”廷表说，“我相信，贤弟一定能快速、准确地将案办好。”

“我毕竟办案不多，缺少经验。”一麟说，“兄三地为官，办案颇多，经验丰富，又智思敏捷，帮帮小弟，不亦是善事吗？”

“坐大堂办案，愚兄没此权力。”廷表说，“对了，贤弟能不能将案情透点给我，让我深思一番呢？”

“其实，愚弟并不是让兄坐大堂，旁观也行嘛！”一麟又改口道，“好！就让我将案情简单地给兄说说吧。”说完，讲述了案情：

申剑与吴防是朋友，时而相聚饮茶、喝酒。一日，申剑竟然到衙门告吴防，说吴偷了他家一套旧锡茶具。问申剑有何依据？申说：他家的茶具打失一个多月了，前天到吴防家喝酒，突然发现在吴家中。还说，他的茶具底下涂着红色记号。派人到吴防家一查，果然搜出一套底涂褚红点的茶具……

“贤弟怎样断此案？”一麟说完，廷表问。

“想先听听兄长的意见。”

“依我看，茶具是吴防的。”廷表说，“我揣摩，是申剑到吴家喝酒，见茶具好，爱不释手，起了贪心，就睽准冷板，暗中在茶具底涂上油漆之类做记号，然后报官。”

“兄长所言极合情理。”一麟说，“破此案我打算从茶具的来历入手。我想，到吴家喝酒的决不会只是申剑一人，从这些人口里也可得到旁证。”

“贤弟说得对！我揣摩，调查清爽，案就破了。”廷表点了点头。

一个月很快就过去了。一天早晨，廷表漱洗完毕，正想给杨慎写封信，王一麟突然闯进门来，告诉他，“茶具”案已经告破，茶具确实是吴防家的，不但有朋友数月前在吴家见过，更重要的是，茶具是吴防在个旧的亲戚送的，吴家亲戚做的就是贩卖陶器、锡器等生意。是申剑几次到吴防家喝酒，对茶具爱不释手，趁人不注意，在茶具底下涂上漆料。“这龟儿子又扯把子，反咬吴防。”

“这是明显的贼喊捉贼。贤弟辛苦了！”廷表笑道。

“仁兄。”一麟亲切地叫一声，又郑重地说，“尽管兄长不愿再涉足公堂，但今天又有一案，仁兄非去不可了！”

“我没犯法，为酿非去不可？”廷表皱起眉头笑道。

“走！你去了就知道了。”王一麟说着，拖着廷表就走。进了衙门大堂，一麟就朗声喊：“升堂！将几名疑犯带上来！”

话音落后不久，大堂门很快敞开，几个皂隶也手持水火棍伺立两边。不多时，又有几个皂隶将七名疑犯带入公堂。

“汝等听好了，本官今日审理张福家被盗窃一案。”王一麟喝道，“是谁行窃，快快招来！若不肯承认，一旦查明，罪加一等！”

“青天老爷，小人冤枉啊！”堂下疑犯几乎异口同声叫起来。

“好！你们既然不肯招认，我有一法，令盗贼原形毕露。”王一麟说，“我州善觉寺古钟特灵，当年此钟不敲自鸣，我州就出了个进士王廷表。今日，本官命尔等去摸此钟内壁。告诉尔等，不摸鸡屎手不臭，未偷张家的人去摸钟，钟不会响，但盗贼去摸钟，钟就响了！走！去善觉寺！”

走在善觉寺的路上，廷表面带嗔色，轻声对王一麟耳语：“你既喝哄嫌疑人，又拿我开玩笑？”

“仁兄，你说此法是否有效？”一麟反问。

“贤弟，我知道，你想用北宋沈括《梦溪笔谈》中的‘摸钟辨盗’法破案。此法抓住人的心理作用，甚是高明。但此一时彼一时，未必灵验。而且，这玩笑开大了！”廷表说。

到了寺里，王一麟命疑犯排好队，轮流去摸钟内壁，摸完的到旁边僧房听令。一刻钟后，摸钟完毕。王一麟携王廷表走进僧房，立即发令：“尔等将双手伸平！”待疑犯伸平手，一麟笑对廷表说，“钝庵，该你抓贼了！”

廷表暗自一笑，指着一个疑犯说：“你就是窃贼！认了吧！”

那人一听，脸色大变，但仍抵赖：“小人冤枉！”

王一麟笑道：“一点不冤！本官问你：你的手上为啥没有黑灰？你自作聪明，认为手不接触钟，钟就不会响，你就不是窃贼了。这说明你心中有鬼！别人为啥子敢摸？就因为没做亏心事！我抹黑灰在钟内壁，你怎能知道！”

窃贼一听，“扑通”一声跪倒在地，求饶不止。

回到公堂，王一麟宣布：“将盗贼收监，待日后处理，其他疑犯无罪释放。”处理完毕，一麟邀廷表到侧室喝茶，正喝茶议论着，突然听到大堂外鼓声响起。“又有人击鼓喊冤了。”一麟说，“廷表，走吧！我该升堂了，你陪陪我吧！行吗？”

王廷表莞尔一笑：“虽说不想涉足公堂，但多年未断案，也觉得心痒痒。走！一睹贤弟明断吧！”

“升堂！”王一麟喊毕，皂隶也站立堂下两旁。

“传喊冤人进堂！”喊声刚落，一美貌风骚女子即跪伏堂前，叙述了她的冤情。

原来，小妇人五天前回广西府（泸西）娘家，今天返家后，却没见丈夫，到处打听都没找到。她鬼使神差般走到村边一长期未用的枯井边，伸头向井里一看，发现丈夫死在井里……讲完，小妇人哭闹着，央求官府为丈夫伸冤。

“钝庵兄，依你看，此案该如何办理？”王一麟问廷表。

廷表侧目看小妇人一眼，说：“先看现场吧！”

到了枯井边，廷表先向井里细看后，对小妇人说：“你再仔细瞅瞅，是不是你丈夫。千万别看走眼了！”

妇人看也不看，断言：“是我丈夫，绝没错！”

“再看！认真看！”廷表和颜悦色敦促。

“我看过多次了，没错。”妇人说着，扭头就走。

廷表走到王一麟身边，耳语几句。一麟随即命衙役将小妇人带走。妇人走后，廷表请一麟和在场的人都去看井里，并要大家仔细看，还可点亮蜡烛照看。看后，多数人说：“井太深，看不清井里有啥东西。”也有少数人说：“井底有东西，但看不清是些醸。”又有人说：“我用蜡烛照了，光照不下去。”

廷表点了点头，悄悄对王一麟说：“案情也十分清楚，若井底真有死尸，而且是小妇人丈夫，害死人者是小妇人无疑。贤弟试想，井中有何物，别人都看不清，为何独有小妇人看得清，而且断言是其男人呢？这是明显的‘要欺别人先骗自己’。但我想，杀人者并非妇人一人，必有他人相助，凭小妇人之力，是无法将一个大男人搬运，再扔进井里的。我估计，人是被灌醉或迷昏杀死或掐死之后，投入枯井的。”

“兄长所言极是！”一麟说，“我揣摩，此中必有奸情。”

“对头！此案关键是找到奸夫。”廷表说。

“小妇人痛哭流涕，那是‘下雨天出太阳，假晴（情）’。我知道咋办了。”一麟笑道，“最迟三天内，我一定破此案。”一麟说完，与身边一皂隶耳语几句，待皂隶走后，立即命人捞井，终于捞出了小妇人丈夫的尸体。经察验，是被灌醉、用绳子勒死后，抛入井里。

尸体检查完毕，一麟命打道回府。一个时辰后，一麟即令升堂，喝令：“将凶犯押上来！”喝毕，“凶犯”立即被押入大堂。一麟当场宣布：杀死小妇人丈夫的凶犯已抓到，并立即投入死牢……

当晚无事。第三天晚上，小妇人家的大门虚掩着。亥时时分，一黑影悄悄推门而入。小妇人迎上，抱住黑影轻声说：“没事了，他们误抓了个凶手。”黑影立即弯腰将妇人抱起，步入卧室。正欲行事，两皂隶突然出现，将二人绑了。经一番审理，奸夫吴智及小妇人被打入死牢，前日“宣判”投入“死牢”的“凶犯”则宣布无罪释放……

“王大人，你鬼得很（很聪明）！拉个狱卒当‘凶犯’。”廷表道罢，两人相视大笑。

之后，廷表又帮一麟破了几桩民事案。

明嘉靖八年（1529）冬月，一个寒风呼啸的日子，王一麟免税安民事发，被降职后不久，勒令致仕。

王一麟被解职近两年后，即明嘉靖十年（1531）秋，一场灾难又降临阿迷。

那天傍晚，伍氏饲养的几只鸡突然惊慌失措，边乱跳边惨叫起来。王廷表和伍瑶琴感到有些蹊跷，就将鸡笼打开，群鸡立即冲出鸡笼，纷纷冲出大门。一切趋于平静。夜里丑时时分，廷表静下心来，正在汇拢、校对、增删《阿迷州志》资料，突然一声巨响，山摇地动、房屋随之摇动起来。桌上的茶具经不住晃动，“咣啷”一声晃掉地上，砸得粉碎。人也似乎不能自主，随着房屋的晃动而左右摇摆不停。“不好！地震了！”他惊呼一声，待震动稍减，立即摇晃着向父亲卧室跑去。刚跑到父亲门口，却与王颖斌撞了个满怀。

“廷表，莫乱跑，稳住！”王颖斌搀扶着杨氏，急促地说，“地震了，你赶快与瑶琴将儿女领出来，到门外找个空旷、安全的地方安顿下来。我好像听到不远处有房屋倒塌的声音，我先去看看。”

王颖斌说着，牵着妻子早已跑出门外。王廷表立即跑进里屋。这时，伍氏也摸着黑，牵着天礼走出屋，天锡背着天仪紧随其后。跑到街上，借着昏暗的月光，看见街上已挤满了人，找个安全的地方将伍氏母女安顿好，廷表立即叫天锡到人群里去找王颖斌，自己则向倒塌房屋的地方跑去。

“印儿，快进屋救人！”王颖斌和杨氏坐在一间倒塌的房屋边，每人怀里抱着一个小孩，大声喊。

“爹！你怎么啦？”廷表跑到父亲身边，急切地问。

“没事，被门头上掉下的木块砸了一下。”颖斌喘着粗气说，“屋里有人，快去救！”

“爹！你年纪大了，快古稀的人了，要小心！”廷表喊着，立即跑进塌屋，正寻找被困的人员，耳房里传来“救人”的声音，循声跑去，见一妇女被一根横梁压在床上，他立即用尽全身力气，将横梁扛起来。待妇女爬下床，轻轻放下横梁，背起妇女急忙往外跑。刚跑到父亲身边，耳后“哗啦”一声巨响，房屋瞬间化为平地。

正在这时，天锡背着一位老大爷跑过来，口里喊着：“爹！那边也有房子倒塌，听说还死了人。”

廷表一听，立即向塌屋跑去……

此次地震，震得极猛，涉及面广，一日数次，逾月始定。

此次地震，倒塌房屋四间，震损十余间。

此次地震，死伤六十余人，其中死亡五人。

王颖斌在抢救两小儿时，被门头掉下的木板砸伤肩膀，经伍瑶琴精心治疗月余，才得以恢复。王廷表从塌屋中救出三人，王天锡救出六人，其他伤者系其他不顾自身安危的阿迷民众救出。

在救灾中，刚上任一年的知州匡辅做出了榜样，他不但调度、指挥有方，将州衙全体人员投入救灾之中，自己还不顾安危，与群众一起，冒着危险，钻进危房救人，同时，从府库赈灾款里取出白银五十两救济灾民。在匡辅的感召下，全州共捐白银五百余两、大明宝钞数千文，其中，王颖斌、王廷表家捐白银二百两……

有诗为证：

摘成八景总相宜，四季四方独揽奇。
回味震灾生百感，阿迷百姓不相欺。

第十九章
刚与众友游大理　又邀深交历阿迷

明嘉靖十二年（1533）春节刚过，王廷表突然收到杨慎的来信，邀他到大理与众友相会，同赏叶榆风光，共度元宵佳节。其时，王廷表刚写完《阿迷山川考》和《阿迷姓氏考》草稿，接到来信，他满心欢喜，未及多虑，立即骑上快马，晓行夜宿，赶往大理。

王廷表到达约定地点大理府城时，已近元宵佳节。其时，大理府城已聚了不少人，其中有嘉靖丙戌年进士、荣昌人冷珂，正德丙子年进士、昆明人叶泰，正德辛未年进士、建昌知府曾屿，嘉靖己丑年进士、四川人熊过，都是杨慎的朋友兼门生。王廷表到来一天后，被时人称为“杨门六学士”的杨士云、唐锜、胡廷禄、李元阳相继赶到，就少张含了。

闻廷表到，杨慎喜不自禁，急忙率众徒于城外相迎。廷表向众友一一施礼，突然不见张含，忍不住问杨慎：

“状元公，为何不见愈光兄？”

杨慎不无遗憾地答道：“张含兄正在赶编《张含集》第四卷，搞不赢，不能来了。他传来口信，说他在剑川等我们，剑川游毕，邀大家到永昌霁虹桥游览，再到玉皇阁及诸葛亮遗址畅怀。”

廷表听罢，叹道：“如此安排甚好，但愈光兄缺席，正应了‘遍插茱萸少一人’之语，实在遗憾呀！”

“有啥子办法呢？人生，总是在希望与失望，甚至绝望中送走岁月呀！”杨慎叹罢，见众人已到齐，说：“此次请各位来，实乃士元与元阳的主意，二位兄弟乃东道主，升庵在此代表大家谢过了。”

王廷表笑道：“文友相聚，免不了诗酒唱和，我等外乡人初到大理，还请士云、元阳二位兄弟边游边讲述一番大理的历史、名胜，让我等能对贵地有所了解。”

“这当然！”杨士云笑道，“不过，升庵我师到云南后，遍读云南历史，对大理更有研究，简直可以说是了如指掌，若让师父讲，必更透彻、真切！”

“我举双手赞成。”李元阳说，“状元公到云南时间不长，却对大理了如指掌，让我们这些土生土长的大理地头蛇也望尘莫及，自愧不如。告诉各位一个好消息吧，状元公最近写了一部《南诏野史》，断言：‘六月二十四火把节源于云南。’在这里，我向老师表示祝贺！”

“士元兄，元阳弟，在此大不必以师徒相称，称兄道弟，呼友唤朋，不是更显亲切吗？”杨慎道，“提及讲大理，非士云仁兄和元阳贤弟莫属，若让我讲，岂不是喧宾夺主吗？至于火把节源于云南大理之见解是否确切，各位读拙作便知。我以为，从龙兄既为东道，理应导游、主讲，我等客随主便吧。”

廷表折中道：“我建议从龙、仁甫先讲，用修兄补充。”

“好！”众人一齐拍手称道。

“好吧！那我先给各位介绍介绍大理的历史，让元阳讲大理的名胜古迹。先请各位进府城喝茶，边喝边说吧。”杨士云说罢，领大家步入大理府城，招呼守城人备茶。待大家坐定，他滔滔不绝，讲述了大理的历史、文化、民俗风情及历史人物。接着，李元阳讲了大理的风景名胜、风物风光、名特产品、风味小吃等。

“杨兄，该你了。”王廷表对杨慎说。

“我想，还是边走边讲，大家讲。”杨慎说。

“我看，一天要讲完大理，游遍大理，是不可能的事，还是先制定一个行程表吧。”冷珂说。

“我和中溪、升庵已有一个初步打算。”杨士云说，“一天徒步苍山，一天泛舟洱海，一天游太和城遗址，再观赏南诏德化碑，然后谒大理文庙、武庙、大唐天宝战士冢和下关将军庙。最后，移师剑川宝相寺，与禺山会合，直抵永昌。如此安排，不知诸位认为当否？”

“全凭东道主安排。”众人齐声表示赞同。

“好！现在开步，信步苍山！”

苍山，又名点苍山、玷苍山。属滇西北的横断山脉，源于剑川云岭南端的老君山，从北至南，像一条蜿蜒的长蛇伸进洱源的罗戴哨山，通过西南方向的罢谷山，再转到东方成为清源洞山、花甸山，再伸向南边邓川沙坪，然后突然崛起，逶迤向南直达下关，以西洱河为界，和哀牢山的始脉者摩山相望，自成云岭山脉的体系。

苍山连绵五十多里，由十九座山峰组成，巍峨耸立，直插云端，海拔一般都在四千米左右，最高峰为马龙峰，海拔四千一百二十二米，峰顶终年积雪。由北至南十九座山峰依次为云弄、沧浪、五台、莲花、白云、鹤云、三阳、兰峰、雪人、应乐、观音、中和、龙泉、玉局、马龙、圣应、佛顶、马耳、斜阳。前人为便于记忆，编有苍山十九峰诗：

云弄沧浪洱水西，五台莲花白云迷。
鹤云共舞三阳上，兰峰之后雪人居。
应乐观音中和峙，龙泉玉局马龙随。

圣应佛顶兼马耳，斜阳十九永不移。

在苍山十九峰之间，有十八条蜿蜒奔泻流入洱海的溪流。溪流时隐时现，飞花点翠，装点着苍山和大理坝子。它们由北至南，分别是霞移、万花、阳溪、茫涌、锦溪、灵泉、白石、双鸳、隐仙、梅溪、桃溪、中溪、绿玉、龙溪、清碧、莫残、葶溪、阳南溪。为便于记忆，前人同样留有苍山十八溪诗：

霞移万花与阳溪，茫涌锦溪灵泉齐。
白石双鸳隐仙至，梅桃二处并中溪。
绿玉龙溪清碧间，莫残葶溟阳南居。

目睹大自然造就的壮丽风景，眺望变幻无穷的各种云景，王廷表、杨慎一行无不感慨万端。王廷表即兴口占一绝句：

叶榆秀色甲苍山，翠裹银装诱眼馋。
溪水清幽游客醉，梦中犹品喜沾沾。

游罢马耳峰，步上佛顶峰，再登上圣应峰时，已是申时时分。杨士云说："苍山十九峰、十八溪要一一游遍，至少得半个月。依我看，山水都有相同之处，苍山一行，到今日止步。今晚，就夜宿感通寺，不知诸位意下如何？"大家一致表示赞同，就向山下走来。走到半山腰，感通寺突兀在眼前。走进寺里，杨士云见过寺内住持，就率众人直奔写韵楼。

"宏山兄，这写韵楼典雅清静、超凡脱俗，所悬字画，皆历代名作，不知是哪位高人韵士之书斋？"王廷表问杨士云。

"这说来也堪称无巧不成书。"杨士云莞尔一笑，"前年，状元公曾游大理，与中溪贤弟夜宿寺中。夤夜，僧人诵读《六书》。升庵侧耳一听，发现所诵音韵，好多存在谬误，就决定留住寺中班山楼内，校注《六书》音韵。经二十余日操劳，终于校注完毕，汇为《转注古音略》，供寺里僧人学习。当然，此古音韵对所有人都有用，也必将对后世产生深远影响。也是中溪老弟天资敏捷，突发奇想，就将班山楼改为写韵楼了。”

“原来如此。”廷表欣然道，“中溪贤弟，功不可没呀！”

“二位兄长过奖了！”李元阳摇了摇头，自谦道，“什么天资敏捷，功不可没？一时心血来潮而为之而已。其实，更是升庵兄精神感动之结果。”

“钝庵兄，弟闻兄博览群书，知识渊博，讲一讲感通寺的历史吧。弟当洗耳恭听！”唐锜突然说。

“知识渊博谈不上，感通寺之历史也只是略知一二。”廷表说，“其实，讲感通寺，非士云、元阳莫属，让我讲，不是李代桃僵、喧宾夺主吗？再说，感通寺的历史，不也是路人皆知吗？”

“我就不大懂。”胡廷禄说，“钝庵兄，就讲讲吧，莫客气了。”

王廷表略一沉思，讲述了自己读文献和所听到的关于感通寺的历史：

据有关书籍记载，和在下耳闻，大理感通寺，又名海光寺、荡山寺，始建于南诏时期，为印度圣僧李成眉所建。自元至今，有数位高僧为寺住持，如念庵，元代高僧，原籍昆海，即昆明附近。念庵精通书法，曾名噪一时。他为崇圣寺题书的“佛都”二字，被列为该寺镇寺五件法宝之一。无极，大理古城人，精通释典和梵文，有超尘脱俗的仪表和赋颂之才。大明攻下大理后，无极率众僧积极归附，并于明洪武十六年（1383）春率徒到都城南京朝拜太祖，献白驹马一匹，山茶花一株，自撰《南征赋》诗一首。奇怪的是，当太祖接见他时，突然马嘶花放，太祖大喜，当即赐宴款待无极一行，并赐袈裟一件，赐名“法天”。临别，太祖赋诗一首相赠……

“哦，我想起来了。”冷珂打断廷表的话，说，“我祖父曾给我念过一首太祖的诗，至今还依稀记得。”说着，吟道，“太祖诗曰：‘碧鸡莺转恋花柯，影射滇池鱼尾过。毓秀两间磅礴盛，英华三界屈蟠多。诸葛六军擒孟获，颍川一鼓下牂牁。僧修百劫超凡世，抚鹿松阴卧绿莎。’钝庵兄，是这首吗？”

“正是！”廷表笑道。

“太祖诗题为《僧居点苍》。状元公在感通寺除校定《转注古音略》外，并撰有《点苍游记》和多首诗。”李元阳带几分敬慕说着摇头晃脑朗诵起来：

《感通寺》诗云：

岳麓苍山中，波涛黑水分。
传灯留圣制，演梵听华云。
壁古仙苔见，泉香瑞草闻。
花宫三十六，一一远人群。

“好一个‘壁古仙苔见，泉香瑞草闻’，将物人格化了。真神来之笔也！”廷表忙不迭地连声赞道。

“见笑、见笑！”杨慎转身对廷表耳语，“诗写得不好，还请贤弟雅正。对了，愚兄尚有一事相求，未知贤弟允否？”

“何事吩咐，兄只管道来，弟当听命照办。”

“我著的《转注古音略》和《古音复字》，请贤弟作序，未知可否？”杨慎显出些为难说。

“能为兄之大作题序，乃弟三生有幸，也是我俩今生有缘，岂有不可之理？”廷表答得爽快而坚决。

"那好，我现将书稿给你，贤弟可秉笔直言而序。"升庵说着，从布袋里取出书稿交给廷表，又说，"我尚有《奇字韵》《词林万选》《广夷坚志》《慎候记》《丹铅总录》等数十卷书稿，正在草拟或校定，待完成后，请贤弟一并作序，好吗？"

"好极了！"廷表喜形于色道，"这是我巴不得的事。兄尽管拿来，别说几十卷，就是上百卷，弟也当神着，完成使命，让兄笑眯啰呵、心满意足。"

"诸位仁兄贤弟，时间不早了，该为饥肠填空白了。"杨士云说，"我们到寺外苍山酒肆，边喝酒边畅谈。先告知各位，明日元宵节，泛舟洱海，赏月吟诗。我和元阳已备好船只，请到艄公。"

"走！喝酒去，今日一定要喝个痛快，喝他个南北东西分不清！"

"对头！喝他个子丑寅卯认不准！"杨慎也凑趣道。

十位好友围坐在一张大八仙桌旁，酒过三巡，唐锜突然站起来，款款道："文朋诗友雅聚，只知喝酒、劝酒、干杯，未免太俗气，我们行个酒令好不好？"大家"好"字刚落音，唐锜笑道："今天我自告奋勇当酒司仪，酒令为连环令。各位先说一个典故，我记下来，自有妙用！然后，我们顺序数数，数到六，第七位本该数七，但不能数出声，只用筷子敲一下饭碗，若数出声来，喝酒！下一位未发现上一位违规而跟着数，连带喝酒！并罚他说出上一位所说典故的出处，说不出，再罚酒一杯。若大家未发现第七、第八位数数，后几位若跟着数，同样连带喝酒！并说出上一人的典故的出处。然后，第八位从一开始往下数，一直数到二十一。其间，逢七、十四、二十一，同样不出声，只用筷敲碗一下，数出声或不敲碗，同样喝酒！接着往下，最多数到二十，二十一仍然敲碗，之后从一开始。大家说好不好！听明白了吗？"

"好！有新意。"有几人叫起来。李元阳摇摇头说："这太复杂了嘛！”熊过、冷珂立即同声嚷：“这才有趣！”

“好！就请大家先说典故，我记下。”唐锜从包里掏出纸笔后说，“我是酒司仪，我先说。我的典故是‘别有洞天’。”

接着，杨慎开始，报出了自己的“典故”。杨慎：“大惑不解。”杨士云：“不可思议。”冷珂：“一丝不挂。”叶泰：“五体投地。”李元阳：“正襟危坐。”王廷表：“白首空归。”胡廷禄：“畏首畏尾。”曾屿：“闻鸡起舞。”熊过：“精卫填海。”

“好！开始数数，升庵兄开始。”唐锜说完，杨慎、杨士云等数数，数到唐锜，他本该敲碗，但他却不敲碗，将“七”数出声来。后面的胡廷禄、曾屿、熊过一时未反应过来，跟着数。熊过的“十”刚落音，唐锜吼起来：“等等！你们三人为何跟着我数？”

“你数‘七’，我们数八、九、十，错了吗？”胡廷禄皱眉。

“‘七’要敲碗，你忘了吗？”唐锜笑道。

“哦！对了！你该喝酒！”胡廷禄吼起来。

“我当然要喝！三位仁兄陪我喝！”

“你明知故犯，实为拉我们当垫背！”胡、曾、熊三人吼起来。

四人一起举起酒杯，喊一声“干！”将杯中酒一饮而尽。

“好！”唐锜用手背抹抹嘴，笑道，“胡兄，该你说出我典故的出处了！”

胡廷禄略一沉思，说：“记得，你的典故是‘别有洞天’，对吗？”待唐锜点罢头，他说，“‘别有洞天’出自李白《山中问答》，此诗最后两句是‘桃花流水窅然去，别有天地非人间’。曾屿，该你了！”

曾屿道：“胡兄的‘畏首畏尾’出自《左传·文公十七年》及《淮南子·说林训》。”

熊过接口道：“曾老弟的‘闻鸡起舞’，出自《晋书·祖逖传》。哦！曾弟，听说，你在练‘少林拳’，兼练华佗‘五禽戏’，想必练得出神入化了，能打上一套，让我等开开眼界吗？”

曾屿笑道：“尚未入门，雕虫小技、花拳绣腿，值不得卖弄。”

唐锜道：“小曾既不肯献技，还是继续享用我们的酒趣吧！熊过，该你开始数数了。”

连环酒令一闹就是半个时辰。大家在欢声笑语中，数数、敲碗、喝酒、讲典故，一个个喝得面红耳赤，仍不肯罢休。其间，曾屿觉得这酒越喝越甜，为多喝几杯，不是故意数错数就是假装说不出典故出处，连连被罚。他又借酒兴，打了一套五禽戏，赢得一阵热烈的掌声和喝彩声。杨慎也假装对唐锜的连环酒令“大惑不解”，几番出错，喝得十分尽兴。杨士云、王廷表、冷珂因处处留心，未出一错，未被罚过。经王廷表提议，三人连干三杯，为酒宴增添了不少热闹气氛。终于酒足饭饱，最后，唐锜解读各人的典故，他说：

“现在，我为各位仁兄贤弟解读典故。各人的典故妙不可言！它是各位新——婚——之——夜的所思所想、所作所为。”

“典故为何与新婚之夜混为一谈？不可思议！”杨士云摇头。

“世间的一切，冥冥之中，似乎都有千丝万缕的联系！”唐锜笑道，“杨慎对新婚之夜‘大惑不解’！士云认为新婚之夜‘不可思议’！冷珂在新婚之夜‘一丝不挂’！叶泰为新婚之夜而‘五体投地’！元阳‘正襟危坐’于新婚之夜！廷表……”

唐锜的解读引来一阵阵笑声。

洱海又称洱河、西洱河、叶榆河、弥河、昆弥川、昆明池等。发源于洱源的茈碧湖，源头出自罢谷山，东南收波罗江水，西纳苍山十八溪流，北有弥苴河水注入，总径流面积二千五百六十五平方公里。北起洱源，南至下关，长四十余公里，东西宽六公里多。最深处近二十一米，平均水深十米零五，是云南仅次于滇池的第二大淡水湖。

洱海气候温和，风光绮丽，景色宜人，素以“高原明珠”著称。海中有金梭、赤水、玉几三岛；沿岸有马濂、鸳鸯、青莎、大鹳溯四洲；有莲花、大鹳、蟠矶、凤翼、萝莳、牛角、波砟、高崀、鹤翥九曲。

洱海水产资源丰富，有土著鱼类十余种，如弓鱼、油鱼、黄壳鲤鱼、鲫鱼、鳔鱼、四尾鲃、细鳞鱼、丙穴鱼、桃花鱼，等等。有水生植物六十余种，其中沉水植物十九种、浮叶植物七种、漂浮及悬浮植六种、挺水植物十一种。其中营养丰富可作菜蔬的有海菜、茭笋、慈姑、荸荠等。有水禽近六十种，有棕头鸥、翘鼻麻鸭、灰鹤、红胸田鸡、黑水鸭、彩鹬、凤头麦鸡、银鸥等。

元宵节的明月挂在天上，月光如水，洒满人间。

三叶扁舟在洱海中游荡，一会儿缓慢而行，一会儿飞快奔驰，一会儿排成“川”字并排而行，一会儿排成“一”字互相追逐，欢声笑语，此起彼伏。

天上的月亮仿佛与行舟难舍难分，始终缓缓地跟着飞舟行走。又好像感到自己太孤独，融入人间，已被那热闹场面深深感染，就来个分身术，投入水中，盼望与欢乐的人群更接近、更亲近。

飞舟摇晃，水里的月亮被摇碎，整个洱海波光粼粼，人们的身上也浮光跃金，分不清是月光还是水光。

“状元公，月光化水洒在您身上了！”叶泰突然喊。

“不！不只我。大家都在月光里洗澡了！”杨慎笑道。

“啊！好久没这般自由自在、悠闲逸致了。”王廷表显得很激动。

“是呀！无官一身轻嘛。”李元阳笑道。

“这么多朋友相聚，观山水、享清平，真是难得呀。”冷珂感慨地说。

“诸位，请停一停，围拢过来，我为大家诵一首词助兴，好不好？”廷表高声喊。

“好！”大家一齐鼓起掌来。三条船立即围成一个三角形。

王廷表清清嗓子，高声吟道：

滚滚长江东逝水，浪花淘尽英雄。是非成败转头空。青山依旧在，几度夕阳红。　　白发渔樵江渚上，惯看秋月春风。一壶浊酒喜相逢。古今多少事，都付笑谈中。

“好！”大家鼓掌欢呼声中，叶泰突然一声惊呼，赞道，“我听出来了，这是一首《临江仙》词。此词可谓意境宏大沉郁，内涵深如大海。古今多少英雄，是耶、非耶？成耶、败耶？都伴随着时间的长河，被淘洗干净，只有青山仍在，夕阳又红！”

“此词太妙了！”唐锜钦佩的口气，“依我看，苏东坡的‘大江东去’也不过如此！廷表兄，不是我捧泡，此词真的好，可谓气势磅礴，超前绝后也！”

廷表粲然一笑说：“池南差矣！此词并非廷表所填，实乃状元公大手笔也！”

“升庵兄，弟常与兄会晤，怎么就没听兄提起此词呢？怎么只让钝庵一人享用呢？”李元阳露出些不满。

“无意中所填，自知不成熟，惹各位见笑了！”

“升庵这首《临江仙》确实好，应该谱成曲子，让世人传唱。可惜，我不懂五音，心有余而无力呀！好，先别论诗了，又该用膳了。”杨士云说着，让艄公将船划到天镜阁边停下，又令请来的厨师端来酒菜，众人围坐一起，满斟痛饮起来。

不知不觉间，明月当空，将光斜洒在众人的肩上。

杨慎夹了一块煮弓鱼放进口中，嚼了嚼，连声赞道：“此味道真美呀！难怪，当年唐朝皇帝远隔万里，也知弓鱼乃人间美食中极品，传旨令叶榆年年进贡，结果，弓鱼变成了‘贡鱼’。我看，这弓鱼实为天下鱼类之首，应称‘鱼魁’！”

“是呀，呼其鱼魁，可谓名实相符。”王廷表颇有同感，应声道，“此鱼肉质细嫩、食味鲜美、圆背长条、其色如银，多像天上的月亮呀！”他呷了一口酒，又兴致勃勃地说，“对月饮酒，无诗联助兴，可谓遗憾。我等来个对月即兴联句，好不好？”

“我支持！钝庵兄，你领头出句吧。”熊过说。

廷表也不推让，随口吟道：“洱海一轮月。”

唐锜：“谁知几度游？”

胡廷禄：“人难超百岁。”

叶泰：“镜照已千秋。”

杨慎：“浪逐飞花涌。”

李元阳：“风随喜气流。”

冷珂：“明珠三岛嵌。”

杨士云：“神话万年讴。”

曾屿：“秀色餐前醉。”

熊过：“好诗酒里酬。”

王廷表：“弓鱼烹美味。”

叶泰：“麻鸭炖珍馐。”

李元阳：“聚友入仙境。”

杨士云：“邀朋荡扁舟。”

王廷表：“心中无宠辱。”

杨慎：“脑后弃烦愁。”

唐锜：“只管元宵乐。”

冷珂：“莫思昨日羞。”

曾屿：“与君分手后。”

曾屿话音刚落，自知失口，不觉伸了伸舌头。忽然间，几张嘴嚷起来：“游兴正浓，联句刚开始，为何要说分手？”“这不是扫兴吗？”“罚酒、罚酒！”

“诗思正浓，诗路正宽，我却‘拦巴塞路’了。好好好！我喝我喝！自罚三杯，向各位谢罪！不！酒是粮食做，不喝是罪过！干！”曾屿风趣地说着，将三杯酒一饮而尽。

“爽快！”王廷表赞罢，笑道，“大家不是喜欢长聚不散吗？我来联下一句。”说着，朗声吟道，“明晚再回眸！”

“好！”杨士云笑容满面说，“钝庵联得不错，理应敬酒一杯。”说着，斟满酒，喊一声，“酒是粮食精，越喝越年轻！”和廷表一饮而尽。

大家又互相劝酒，说笑起来。升庵自己干了一杯，诗思涌来，朗声吟道：

凫雁唼喋菱荇光，翡翠摇曳兰苕香。
古寺双林带烟郭，平湖十里通春航。

按行程安排，众友人游览大理不少名胜古迹后，又到剑川与张含会合，浏览了剑川石宝山。离开石宝山回到客栈时，天色已晚。杨士云等人感到有些困倦，倒头便睡，很快响起不同节奏的鼾声。杨慎因要赶校几篇文稿，虽感到劳累却不敢合眼。王廷表虽有倦意不断袭来，却心中有事，总是睡不着。他挑亮油灯，取出文房四宝，磨好墨，提起笔，静静地书写起来。

“贤弟，该歇息了。”杨慎突然走到身边。

“几天前观《南诏德化碑》，听兄长评说天宝战争那段历史，兄之见解可谓深邃独特，让弟获益匪浅。我想记录下来，细细研究。好记性不如烂笔头嘛。”王廷表说。

“那场战争，其实不该发生。生灵涂炭，民不聊生，惨呀！”

“是呢！”廷表怅然道，“云南王阁罗凤执政期间，完成了对云南各部的统一，辖境已包括云南全省及四川、贵州的一部分。阁罗凤积极吸收中原汉族先进文化，使南诏国越来越强大，黎庶安居乐业，其功不可没。但唐朝边将对南诏进行种种苛求和压制，实在不该。物极必反，出于无奈，阁罗凤才于天宝九年（750）叛唐，并依附吐蕃。”

“阁罗凤是一位极有胆略的军事人才。”杨慎说，“唐玄宗李隆基听信奸相杨国忠谗言，派鲜于仲通及李宓两次率兵十八万征讨南诏，结果全军覆没，李宓也战死，就是阁罗凤是军事人才很好的证明。若没那场战争，能有下关万人冢吗？一国之君，不辨是非曲直，不惩贪官恶吏，贸然发动战争，祸国殃民，草菅人命，有罪呀！”

“兄言极是。”王廷表伤情地说，“有诗曰：‘唐将南征以捷闻，谁怜枯骨卧黄昏。惟有苍山公道雪，年年披白吊忠魂。’论及阁罗凤的胆略，更应赞扬其倾心于国家统一的初衷。他虽大败唐军，却‘岂顾前非，而忘大礼’，而派人收拾唐军阵亡将士尸骨，‘祭而葬之，以存恩旧’。同时，令人撰文，刻《南诏德化碑》，表达自己不得已而叛唐的苦衷，说‘我上世世奉中国累封赏，后嗣容归之。若唐使者至，可指碑澡祓吾罪。’天宝战争，实在令人百感交集，痛彻肺腑。人间无以强凌弱、你争我斗多好。”

“贤弟言之有理，天宝战争及德化碑，确实值得细细思考、研究。”杨慎激动地说，“研究历史，判明是非，以警后人，是一门学问，也是吾侪之天职呀！”

“杨兄，游剑川宝相寺，众兄弟吟得不少好诗、妙对，我想回忆一番，一一记下，以状此行。”廷表说。

“应该记下。那你忙吧！我也要去做我该做的事了。”

杨慎走后，王廷表又提起笔，埋头书写起来：

众友题剑川宝相寺联：

杨慎题三联：

水落滩声急；云低雨意浓。
峰峦含元气；楼阁藏霞氛。
音即是观，观我观人观世界；
士何称大，大经大法大慈悲。

李元阳题二联：

松藏一寺小；云落半崖阴。
石栈重悬阁；云亭半蔽花。

王廷表题五联：

山川胜概应称最；楼阁奇观此独仙。
三乘古刹鸣仙鹤；四照晴花绕石楼。
路接慈云浮海面；山藏宝相会光天。
不知古寺藏何处；忽听疏钟出此山。
三尺长剑平天下；两寸妙笔著春秋。

……

“贤弟，子夜已过多时，该找枕头了。”

王廷表抬起头，见杨慎站在身边，忙赔个笑脸，安详地说：“瞎子磨刀，快了！哦，杨兄，跟我一起到阿迷住些日子吧，我父想你了！到了阿迷，我父还会给你一个惊喜呢！”

“啥子惊喜？”

“秘密！”

“秘密？啥子啊？”

“既是秘密，就该神秘，不到时候，不揭谜底！”廷表莞尔一笑，“对了，不知众兄弟肯去否？若能去，多好呀！”

“我一定去！至于其他人，就不知了。”杨慎说，“夜已深，明天再商量吧。”

诗曰：

风花雪月好风光，醉酒敲诗喜欲狂。
待返阿迷圆美梦，直呼南国胜天堂。

第二十章
观音阁下说奇异　王氏府中论后生

明嘉靖癸巳（1533）暮春三月，暖阳高照，百花争艳，百草吟香。

几匹马在茶马古道上信马由缰、缓缓而行。起大理、经昆明、过宜良、达弥勒、直抵阿迷州。马上坐着王廷表、杨慎、张含、李元阳和冷珂，他们有说有笑，又是吟诗，又是作对，又是猜谜，悠闲自在，兴致勃勃。

“众位兄弟，我们已进入阿迷地界。”王廷表满怀喜悦，脱口而出，“前面是阿迷北大门楷甸，此地有九大龙潭，最负盛名者是楷甸龙潭，又称宝瑶池。此潭是鲤鱼的领地，有黑、白、红三色和睦相处，其他鱼类不敢越雷池一步。诸位说怪也不怪？”

“偌大一个龙潭，全是肥鲤，确是怪事。”李元阳说。

“更奇怪的是，潭中鲤鱼都是独目。各位又信不信？”

“若不是亲眼所见，打死我也不信！”冷珂只管摇头。

“好！那我就带诸位见识见识。”廷表说着，在马臀部拍了一掌，桃花马向前飞驰而去。杨慎等也跟着吆喝，催马前行。

楷甸终于到了。王廷表和众人跳下马来，将马拴在路边树上，慢慢向龙潭走去。“各位请看，这就是楷甸龙潭。”随着王廷表的指点，众人注目看去，只见龙潭自然生成八角形状，四周古木参天，老干虬枝，犹如龙爪般伸入潭面，几乎将整个龙潭覆盖，水面几乎见不到阳光。各种水草摇曳于水面，泉水清澈见底。水草间，游鱼时而浮出水面，时而沉入水底，时而隐于草间，自由自在，其乐融融。

“民望，看不清水中鱼是否独眼呀！”张含瞪着水面说。

“钝庵，说鱼都是独眼龙，你莫不是闭着眼睛拉锯子，瞎扯吧！”冷珂半信半疑。

“要看到庐山真面目，这不难！诸位耐心等等，我去一会儿就来。”廷表说着，转身走进村边一棵万年青树下，见两位老翁在下象棋，就赶忙施礼打招呼，说明来意。

“哦！你就是王廷表王进士！我见过您。”老人异口同声惊呼。

“在下便是。”廷表和颜悦色地说，“实不相瞒，我们一行共五人，他们都是外地人，都是进士出身，其中一位是当年大魁天下的杨慎杨状元……”

“就是那个做大扫帚讽刺正德皇帝‘搂着嫂、抱着嫂’的四川状元吗？”

“正是！”

“各位到来，有何见教？”

“大家慕名而来，要看看龙潭里的独眼鱼。”

“那好办！”一位老者高兴地说，“老张头，你领王进士先到宝瑶池等候，我尾随就来。”说着，急急忙忙返回村里，边走边喊，“乡亲们，文曲星下凡、光顾楷甸人了！大家快到宝瑶池看吧！”

“族长，什么文曲星？”

“四川状元杨升庵来了！”

听说杨状元光临楷甸，人们三五成群，汇成人流，从四面八方涌向龙潭，将龙潭围得水泄不通。人们熙熙攘攘，围住杨慎等人问这问那，一时间，宝瑶池沸腾了。

王廷表看在眼里，喜在心头。这时，返回村中喊人的那位老者领着两个年轻人走过来，说：“王进士，老汉姓刘，是楷甸刘姓族长。各位贵人不是要看独眼鱼吗？这两位年轻人很有宰着，是捕鱼高手，你们就等着看独眼鱼吧。刘龙、刘玉杰，快！露一手，捕鱼去！”

两个年轻人应答着，立即走到池边，熟练地撒下线网，不多一会儿，一红一白两尾肥鲤就被捞上来了。

王廷表捉住一条红鱼，让杨慎他们细看。

“哟！真是独眼龙！”杨慎等人齐声惊呼。再看另一条，仍是独目，大家又一齐惊得目瞪口呆。

“杨状元，你见识广、才气高，给我们说说，这鱼的一只眼睛为何会向外鼓起来吧！”一位村民说。

“我也说不清道不明。”杨慎摇了摇头道，“这世上无奇不有，难以解释清楚的事很多。不过，我想，既有如此神奇的鱼类，必然有美丽动人的传说。”

“当然有！”王廷表粲然一笑，说，“但一言难尽，还是回到寒舍再细细讲吧。是不是该赶路了？”

“不！王进士，今天就拜走了。”族长一听，急忙插进话来，“赶路也不在一日两日，今天就在寒舍委屈一夜，老汉我要尽地主之谊，略备薄酒，款待诸位贵人，切盼赏光！”

“这太麻烦大爷了！”王廷表显出些为难。

“麻烦些酿？八抬大轿请都请不来呀。”族长笑道，“阿迷人好客，楷甸人更是礼仪为先，贵客来了不招待，楷甸人脸上会走鸡虱子呢！”

“到我家去！”“到我家去！”“贵人来到，楷甸蓬荜生辉！”“文曲星降临僻壤，是荣耀呀！”人们一齐呼喊起来。

“杨兄、张兄，各位意下如何？”

“钝庵贤弟，恭敬不如从命呀！”杨慎笑道。

“盛情难却，入乡随俗吧！”张含等人齐声说。

“好！‘既来之，则安之。’”

王廷表话刚落音，族长就笑眯了眼，感激着说：“谢谢各位赏光！”

刘宅是一栋正三间，土木结构，内墙用石灰粉刷，虽堆满杂物，但显得干净清爽，通明透亮。族长领王廷表等人刚进家，就兴冲冲高声喊：

“刘甸，快给客人敬茶，敬普洱茶！”

王廷表等人坐定，被族长呼为刘甸的小姑娘就将热腾腾、香喷喷的名茶端来了。大家喝着茶，正兴致勃勃地议论独眼鱼，族长走过来，做了自我介绍。

原来，老汉名叫刘裕德，楷甸刘姓族长，今年六十开外年纪，老伴已去世多年。童少时候曾念过几年私塾，识得几个字，但因家贫，只考了个秀才。刘族长有两个儿子，两个女儿。长子是北禄丰乡马帮锅头，去年在西头染上瘴气，医治太晚，去世了。长子刘俊有两个女儿，都已出嫁，一个嫁到石屏，一个嫁到弥勒。次子刘彦，和媳妇在家耕种田地，又在城里开了一个饭店。刘彦生有一男一女，女儿刘甸年方十七，在家照顾爷爷，儿子刘楷已快二十岁，在州学宫读书，先生是韦经邦……

“老伯，刘楷是你的孙子？”

“王大人认得他？”

“岂止认得，那可是老熟人了。”廷表笑道，“几年前，韦学正又领十多个少年到我家，要我收他们为弟子。从那天起，我认识了刘楷。”

“哦！是这样。”刘族长高兴极了，显得很自豪地说，“照此说来，我孙子算是找到贵人，太有福气了！王大人，刘楷这人咋样？能成器吗？”

“大伯，直话不瞒你说，这刘楷，可是我的得意门生呀！”廷表情不自禁地津津乐道起来，“刘楷刻苦求知，学问日长，善于慎思，见解独特，他那一手楷书，十分板扎。他与我儿天锡是好朋友，常到寒舍一起读书、玩耍。前年，他俩参加院试，刘楷第一，天锡第二，真令人大喜过望呀！”

“那是王大人精心栽培的结果。”刘族长真诚地说，“在此，老汉代表刘楷，谢谢大人了！”又突然惊问，“王天锡是大人的儿子？真没想到。”

“老伯认得他？”

“晓得！天锡可是个乖孩子，既长得英俊潇洒、温文尔雅，又极懂礼貌。刘楷领天锡到寒舍好几回了，每回来，都要争着帮我做事。”

“大伯，给我们讲讲楷甸的历史吧。”冷珂突然插进话来。

“楷甸的历史是阿迷州的缩影，这些，各位比我更熟。我就讲讲观音阁坡的故事吧。”刘族长说罢，讲述了一个美妙动人的传说。

楷甸龙潭背靠一座山峦，原称龙潭坡，现称观音阁坡。坡上古木参天，绿茵滴翠。茂密的林间，依次耸立着龙王庙、火神庙、关圣殿、地藏殿、广济寺和观音阁等颇为壮观的宗教建筑群。这些建筑建于何时，不太清楚，但最迟也是明初。一个荒远的小地方，为何能吸引那么多僧人、道士、贤达光顾呢？一句话，就是山清水秀人善良。相传，很久很久以前，有个善良诚实的楷甸人，在回家的路上，遇到一个白发苍苍、衣衫褴褛、面黄肌瘦的老妪倒在地上，就将自己身上仅有的一块干粑粑给了老妪，又舀来清泉，给老妪解渴，并准备将她背到自己家中赡养起来。背到楷甸村旁，再走几十步就到家时，那人却感到好像背着一块巨石，夯开力气也背不动了。这时，老妇人开口了："背不动就歇一会儿吧。"那人将老妪放下，扶坐在一块石头上，喘了几口粗气，抹了抹被汗水模糊的双眼，定睛一看，不觉惊呆了："你，是观音菩萨？"突然，变成观音菩萨的老太婆慈祥的脸上露出灿烂的笑容，饱含温情地说："此地有姜子牙建造的宝瑶池，逢此风水宝地，红尘净土，我不走了。"说完，不见了菩萨踪影。正在这时，突然听到不远处有人在大声拔气喊："看啊！龙潭坡上闪金光了！"那人抬头一看，果然看见翠绿覆盖的山顶上金光闪闪，瑞气升腾，隐约看到观音大士慈祥的面容。他立即跑进人群，将自己背老妇人的事绘声绘色地讲述了一遍。众人一听，齐声道："观音菩萨显灵了！此山有佛象，融进福气了，该取个佛名才对！"从此，龙潭坡就改名为观音阁坡……

"哦！原来这里有如此美妙的传说。"杨慎说，"其实，楷甸真的很美，美胜瀛洲，连我都不忍离开了！"

"刘大伯，你再讲讲独眼鱼的故事吧！"张含央求道。

"独眼鱼的故事更动听，但我款起来枯燥无味，没文采，还是请王进士讲吧！"老族长说。

正在这时，刘甸从厨房走出来，说："爷爷，菜肴已齐备，是否可上桌了？"老族长说："人是铁饭是钢。客人远道而来，早已饿了，就开饭吧！"

族长话音刚落，刘甸就抹桌子、摆板凳，又与族长特意请来的两个厨子师傅将菜肴一碗碗端上桌。菜摆完后，族长叫刘甸给客人倒酒。酒斟满后，族长举起酒杯，朗声说："各位贵人，承蒙厚爱，光临寒舍，老汉我和全家感激不尽，先敬各位一杯。干！"

"祝老伯寿比南山、福如东海！干！"

干完酒，杨慎舔了舔嘴唇，突然问："大爷，这是啥子酒？真是清香可口，回味无穷呀！"

“这是自家酿的糯谷酒。”老族长说，“糯谷田里的水是龙潭水，洗净糯谷的水是龙潭水，勾兑所用的水也是龙潭水。而且，此酒入瓮密封，须在龙潭水里浸泡三年后才饮用。”

“此酒如此甘醇，肯定与龙潭水分不开吧？”张含问。

“对！”老族长指着桌上的饭菜说，“就因龙潭水清冽甘甜，种出的水稻穗长粒大，煮出的米饭又香又软，制出的豆腐细嫩可口，炒出的菜肴色香味兼备。各位尝尝这鱼、猪肉、鸡肉、饵块和各种蔬菜，其味之独特，都与龙潭水分不开。”

“大爷，这鱼是楷甸龙潭里的吗？”杨慎问。

“不是。”刘族长笑眯眯侃侃而谈，“龙潭里的鱼不但不吃，我们还将它奉为神灵。年年三月三，我们都要祭龙潭。届时，全村家家户户杀鸡鸭宰猪羊，摆八大碗，大吃大喝，共同热闹一番，在显示全村百姓丰衣足食、幸福美满的同时，祈求神灵保佑，让黎民无忧无虑、安居乐业。为感激神的庇护，村民还要出钱出力，清理龙潭中杂草、落叶，让碧水畅通无阻，源源不断流进田地，滋润庄稼，确保五谷年年大丰收。可惜，数天前刚祭过龙潭，你们来晚了。明年吧，到时，请各位来热闹热闹！”

“楷甸人有此福山富水，幸福呀！”冷珂啧啧赞道。

“对！是上帝赐福楷甸人。”张含深情地说。

“我以为，不能说上帝赐福，只能相信是大自然的恩赐，更是楷甸人勤劳。”杨慎意味深长地说，“谁见过上帝？若有知民意、注民生的上帝，为何是非不辨、善恶不分？为何不惩罚奸佞、保护忠良？”

“贤弟言之有理，愚兄失口了！抱歉、抱歉！”张含笑道。

“不必自责，酒席上的话，难辨是非。”杨慎也笑起来。

这时，刘甸来倒酒。王廷表竟然忘了吃喝，眼睛直勾勾地盯住刘甸红润俊俏的面容。这小小的举动却被坐在身边的冷珂发现，他瞟一眼王廷表，轻声问："王兄，有何怪打算了？看人看饱了吗？"

王廷表莞尔一笑，对冷珂耳语："秘密。"

杨慎似乎也看到王廷表的小动作，风趣地说："钝庵，酒席上莫心不在焉、心猿意马、交头接耳。该你摆摆龙门阵，讲独眼鱼的传说了吧！"

"说的比唱的好听！"廷表鼻子一哼，故作嗔态，"让我讲故事给你们佐酒，我讲得口干舌燥，你们大饱口福，我不干！"说着，夹一块黄焖鸭塞进口中，津津有味地大嚼起来。

席间立刻爆发出一阵爽朗的笑声。

夜已很深，鞍马劳顿了几天，又喝得二麻二麻的王廷表等人，却一个个精神焕发，兴致不减。他们又聚在龙潭边，高谈阔论起来。王廷表归心似箭，终于转了个话题：

"各位兄弟，还是早早睡吧，明日还要起早赶路呢。"

"贤弟，依我看，明日得早起，但不赶路。"杨慎说，"应该先到山上走一遭，看看那些古刹，再上路不迟。"

"我同意！"李元阳应和着，"不游观音阁，那传说就白听了。"

"是呀，我们已踩在阿迷地界上，迟到城中个把时辰又何妨！"冷珂也说。

"那好吧！你们是群策群力，我是独木难支。就依多嘴一方吧！"王廷表显出些无奈，却风趣地说。

"钝庵兄，听升庵兄说，你出生之时，阿迷善觉寺古钟不敲自鸣，真有此奇事吗？"李元阳突然问。

王廷表淡然一笑："老弟问得太荒唐了，那时廷表刚出生，咋会晓得钟响不响呢？"

"请问兄长，你今年几岁了？"李元阳又突然问。

“我说老弟，咋又东拉西扯，问起年齿来了？”

“老兄四十开外了吧？几十年间，你就没听人们议论过？”

“眼见为实，耳听为虚。”王廷表笑道，“唐诗人刘禹锡《陋室铭》曰：‘山不在高，有仙则名；水不在深，有龙则灵。’我看，句是好句，但谬误显而易见。中溪贤弟，请问：你见过仙、遇过龙吗？本来就没有仙、没有龙，还讲啥子‘名’、什么‘灵’呢？其实，神仙只是人们想象中的超人，龙则是人们以多种动物特征拼凑起来的神物。《论语》有言：‘子不语怪力乱神。’意思就是不迷信鬼神。范缜《神灭论》也说：‘形存则神存，形谢则神灭。’‘形者神之质，神者形之用。’讲的就是人死如灯灭。老百姓要安居乐业、幸福安康、繁衍生息，全凭自己的双手和聪明才智去创造。当然，那些关于神仙、神龙的美好动人传说，以及人们敬奉神灵的举动，表达着人们追求真善美、鞭笞假丑恶的心声……”

“老兄讲这么多，要说明什么？”李元阳不解地问。

王廷表哈哈大笑：“廷表不是神，钟敲不敲，与廷表无关！”

李元阳：“那你承认听说了？”

王廷表：“当成耳旁风吧！该吃的苦还得吃，该享的乐尽管乐，决不相信命运，一切泰然处之。懵懂大吉利，如此而已！”

“好！听君一席话，胜读十年书。”李元阳信服地点头说，“人间有多少奇异，多少巧合，无论谁碰到，都‘不以为然’最好！”

“廷表，是否该讲独眼鱼了？”张含插进话来，“也让我等从不可信的传说中，听到真善美的心声吧！”

“对了。还有宝瑶池的传说。”杨慎也插话，“席间听杨老伯说‘姜子牙造宝瑶池’。这肯定有动人传说。”

“禺山兄，还真被你言中了。”廷表说，“独眼鱼的传说，还真蕴藏着真善美战胜假丑恶的丰富内涵呢。不过，还是留点悬念吧！我现在正在着手编一卷《阿迷奇异集》，待书成之后，解开悬念也不迟。至于升庵兄所言姜尚造宝瑶池之典故，也只能‘且听下回分解’了。”

“唉！”张含双手一摊，无奈地说，“未能先知为快，遗憾呀！”

“对了，钝庵兄，适才喝酒时，我见你老盯着刘甸，该不是想入非非吧！”冷珂突然说。

“贤弟想哪里去了，廷表是那种不安分的坯子吗？”廷表神秘地笑笑，“其中奥妙，现在唯有我知，弟想知道，且听到时分解吧！”

“廷表兄真逗，又设悬念，这不是画个圈圈，让我钻吗？”

廷表忍不住笑出了声。

游罢观音阁坡，辰时也过。王廷表等人告别族长刘裕德，欲回阿迷城。族长不依，苦苦相留，无论如何要他们吃过早饭再走。廷表找出许多理由解释，族长还是叫孙女刘甸给每人做了一碗饵块吃了，才肯放行。一个时辰后，王廷表等人终于进了阿迷城。走进家中，却不见父亲王颖斌，忙问妻子：

“瑶琴，父亲呢？”

伍氏刚张口，王天锡却抢住话头：“我爷爷在状元馆监工，妹妹们也跟爷爷在一起。我这就去叫。”说完，准备出门。

杨慎隐约听到“状元馆”三字，不觉拦住天锡惊问：“贤侄，啥子状元馆？”

“杨兄，这就是我在叶榆邀兄来阿迷，要给你的惊喜。”廷表笑呵呵说。

“这是咋回事哟？”升庵满腹疑虑。

廷表显出些得意：“实不相瞒，去年，父亲与我商量，决定在阿迷建一座状元馆，欲借兄之声誉，光照阿迷千秋，并请兄长住馆中，为阿迷士子讲授学问，培育人才。”

杨慎一听，脸唰地红了，摇着头说：“贤弟，这使不得！想我一个被充军的罪人，岂能如此张扬？再说，让恩师为弟子操劳，弟子怎当得起？”

“兄长言重了！”廷表直抒己见，“建状元馆，绝非为兄树碑立传，兄之德才，早已口碑载道，无须我父子添盐加醋！这是为阿迷子孙万代而建，父亲与廷表的良苦用心，兄当明鉴。”

“钝庵贤弟，要做如此大事，也应先告知慎才对呀！前久才以我之号命名一条路，今日又动如此大的工程，升庵怎消受得了？”杨慎仍显得焦躁。

“正因怕兄反对，我父子才‘先斩后奏’。”廷表耐心解释，“状元馆如今已动工，估计明年年初可建成。升庵兄，你可晓得，我父连《状元馆记》都写好了！”

“唉！让恩师与贤弟既操劳又破费，升庵于心不忍呀！惭愧！惭愧！”杨慎无可奈何地摇起头来。

“杨兄何言惭愧？我以为，建状元馆是为故乡着想的善事、益事。此壮举也必将流芳百世。兄难道不知此理？”冷珂义正词严嚷起来。

“建状元馆好！依我看，昆明、安宁、永昌都应建状元馆。”张含叫好毕，兴冲冲地说，“钝庵，叔父的大作，能让我等先睹为快吗？”

“当然能！”廷表应着，立即打开书橱，取出一沓雪白宣纸，递给张含。张含小心地展开，大家凑过头来，只见纸上写着一行行娟秀而苍劲的蝇头小楷：

状元馆记（草稿）

予教新都少师杨石翁长子慎，为庠生。县令施忠梦神授巨镘，赤书其上，曰：“朝廷之宝。”知县之光告于余，谓当有魁天下者，其慎乎？复告于慎祖少师留耕翁，翁曰：“慎生时，吾梦夏鲁奇托以文鸿世。慎亦梦跨蹑文天祥柩。魁天下者，或慎乎？”

辛未果状元自慎始。初任翰林修撰，议礼谪戍永昌，居安宁。甲午年，予命儿廷表迓至家中，相见甚欢。即为予树恩荣坊，予于坊内为馆居之，日与儿廷表读书，多所著作。予每语曰：“子无闷，天苦子，志虑增益，所不能念，子云霄人也，光照吾地，有如祥麟瑞凤焉，顾吾能无敬子？”

尚自玉以慰，惓惓为记之，曰：状元馆。使百世之下，知吾地有状元来。

慎，字用修，号升庵，性聪学博，诸状元莫及。其先曲阜人，孔子苗裔，元末来蜀，改姓杨。

“伯父此赋，言简意赅，读之催人奋进。”冷珂赞道，“而且，预见了甲午年后之事，真奇也！我想，升庵师、钝庵友读之，获益必丰。”

“叔父此文，高瞻远瞩，言简意赅，条理井然，跌宕有致，高屋建瓴，思绪超前，虚实照应。借孔圣人后裔状元公之才气，光照阿迷，用心良苦，令人佩服！”张含感慨不已。

“我父此‘记’，去年就构思草就。”廷表说，“当时我说：‘甲午后’至‘多有著作’一段宜斟酌，未发生之事难以预料。我父说：‘先成文字，留个希望，你与用修就依样画葫芦吧！’我无语了。”

“恩师将徒儿拔得如此之高，实在令小徒汗颜。但论文采，又令人不得不敬慕。恩师，徒儿感激不尽了！我定遵师明示，奋力一搏，做出成绩，不让师之语落空。”杨慎说着，激动的泪水汩汩而下。

“各位，还是去工地接大伯吧！”李元阳说着，站起身来。

“各位鞍马劳顿，静坐喝茶。小儿天锡已去多时，估计快到家了。”廷表与众人正说着，王天锡跨进门来，乐呵呵地说：“我爷爷回来了！”

杨慎等赶忙起身相迎。

“各位贤侄大驾光临，欢迎欢迎！”王颖斌喜形于色，又是招手又是点头。

杨慎突然发现，王颖斌从头到脚，沾了不少泥土、石灰，天礼、天仪也是一身泥灰，一股敬意不觉油然而生，泪水忍不住涌上面颊，哽咽着说：“叔父辛苦了，请受侄儿一拜！”说着，双膝早已落地。

“贤侄不必多礼！”王颖斌赶忙将杨慎扶起，又招呼大家：“请坐请坐！喝茶！”又唤：“天锡、天礼、天仪，快来拜见各位伯父！”

王天锡兄妹三人当即向杨慎等人施礼。

“天锡，几岁了？”杨慎问。

“回禀伯父，侄儿今年吃二十岁饭了。”

“你不是早已取得生员资格了吗？为何还不参加乡试？”

“今年秋季，就到省城应试。”

“好！一定要好好考，争取金榜题名、大展鹏程！”杨慎鼓励道。

“伯父，侄儿最多只想考个举人。”天锡直爽地说。

“那不行！”王廷表怒喝，“不参加会试、廷试，哪来的功名？没有功名，岂能封妻荫子、流芳百世？不走阳关道，专过独木桥，这岂不是独巴猴？”

“爹！你别整天将功名利禄挂在嘴上。”天锡不满的口气，“你不是取得功名了吗？结果怎样？杨伯伯不是大魁天下了吗？结局又怎样？我算是看透如今的官场了！那可是黑压压的一片乌鸦呀！用十鼠一穴形容，毫不过分！说句心里话，即使考取举人，我也未必想进官场混日子！”

“不想步入仕途，想干酿？简直是强干白，无理取闹！”王颖斌也生气了。

“爷爷，你不是常说，天下的路万千条，要善于另辟蹊径吗？”天锡理直气壮，“我家托祖上的福，现有良田肥地二百多亩，每年的租金已用不完，为酿还要去为五斗米折腰呢？”

“你想吃老祖宗？懒惰成性，吃祖宗、吃别人，可知世间有羞耻二字？坐吃山空，你懂吗？”王廷表急得暴跳。

“爹放心，孩儿不是那种‘吃单个俭省，吃别人凶狠’的人。我晓得，祖宗留下的家产，是用汗水堆成的，是从牙缝里省出来的。我不会坐吃山空，‘有吃一顿胀，无吃烧火向’，在祖宗脸上抹黑。我要用我的双手创造财富，要用我创造的财富办有益的事。”王天锡显出正气凛然的样子。

“你到底想整酿？”王廷表断喝。

“到时你们就知道了。元代关汉卿《金线池》有句：‘我想一百二十行，门门都好著衣吃饭。’天下之路万千条，如果人人都去走同一条路，不黑鸦鸦一片，挤死人？”王天锡自豪地说，“反正，我不会辱没祖宗！我晓得，打铁全靠自身硬，靠人穿，脚站酸；靠人吃，脚站直！我更明白，挣钱好比针挑土，花钱如同水冲沙。但我会一小坨一小坨地‘挑土’，并不会用水来‘冲沙’。”

“笃、笃、笃！”有人敲门。天锡趁机跑去开门。刘楷和刘甸提着两个箩筐走进来。

“刘楷，是你呀！”天锡满脸堆笑说。

“我爷爷到泸江河捕得两条鳗鱼，要我送到府上招待客人。”刘楷边放箩筐边说，“还有这些饵块和豆腐，都是我妹妹刘甸做的，送给各位恩师尝尝鲜。”

“你爷爷这把年纪，还为了我们到江里捕鱼，太难为他老人家了。爷爷老了，要注意安全，保重身体呀！”廷表感激着说，“多谢了、多谢了！”

“刘楷，刘甸，坐下喝杯茶吧！”杨慎说。

“老师，我不渴。我还要去请韦老师批改篇八股文，我走了。”刚走两步，又回过头来对王廷表说：“对了，老师，韦老师要我告诉你两个好消息，你的弟子李廷玠中举后，已到湖广沔阳任知州；杨自新取贡生后，已到福建漳州任教授。”说完，与刘甸高高兴兴地走了。

“刘楷，等等我。”王天锡喊着，追出大门。

王廷表家里趋于平静。人们沉浸在刚才不和谐的场面中，你望望我，我望望你，谁都不知道该说什么，就干脆装出没事一样，各自悠闲地品茶，或站起身走到堂屋欣赏起墙上的字画来。王廷表被刚才的尴尬场面弄得措手不及，铁青的脸上写满羞愧和悲郁，似乎也不知要说什么好，尽管客人的茶杯里还满满的，却一遍又一遍地倒水，竟然几次倒得太满而溢出杯外，一次又一次用抹布搌干。王颖斌似乎也无话可说，闷闷不乐地干坐了一会儿，走进卧室换衣服去了。杨慎看在眼里，凝眉沉思了好一会儿，终于想出一句话，打破了僵局：

“廷表，想开些。”

张含也接着杨慎的话语劝道：“侄儿一时意气用事，最终他是会明白道理的。年轻人的心，就像六月的天气，说变就变呀！不能急，急出病来对不起自己，也对不起家人。”

“唉！”王廷表长嘘一声，有气无力地说，“瞧他那日鼓鼓的样子，还当众人之面，竟敢顶撞他爷爷，我惯势儿子、教子无方呀！让各位好笑了。”

“说啥子好笑不好笑，本来就是自家的事嘛！还分啥子彼此？”杨慎笑着摇了摇头。

张含也绷出一脸笑容，安慰道：“我看天锡是一个极有主见的人，一定能干出一番事业。当然，干事业不一定在官场，俗话说，行行出状元嘛。”

“别夸了！我的好兄长。”廷表转向杨慎，“我想，今年让他参加乡试，若能榜上有名，明年就让他完婚。有个媳妇管一管，说不定他能回心转意，步入仕途，不至于走到碜人的地步。”

“对头！这是个好主意！”杨慎一拍大腿，笑着，竖起了大拇指。

“现在的问题是，他能否考上，还有，媳妇在哪里？”

廷表话刚落音，杨慎却微笑着神秘地说：“远在天边，近在眼前，贤弟心中还没谱吗？”

“你说的是谁呀？”

“这你心里敞亮得很。”杨慎又笑笑，一语道破，“在楷甸，贤弟已相中人了，这还瞒得过我？贤弟是哄人还是哄自己？”

“仁兄，你既看出来了，那我问你，娶刘甸做儿媳，好不好呢？”

冷珂接住王廷表的话喊起来：“好！我举双手赞成！”喊罢，转对廷表，轻声问，“王兄，这就是你设的悬念吗？”

廷表舒心地朗声大笑。

“贤弟，你看刘楷这人咋样？”杨慎突然问。

“是个好青年嘛！读书勤奋，做事认真。”廷表刚夸完，似乎感到杨慎话里有话，打了个嗝噔，问，“你、啥子意思？”

“将他列入你的第一女婿候选人，可以吗？”杨慎直截了当地说。

“那不成换亲了吗？”

“那不是换，是缘分！”

杨慎说完，大家一齐哈哈大笑起来。

正是：

笃信人间奇异多，观音阁下笑翻波。
后生有志应嘉勉，铁杵成针细打磨。

第二十一章
用修挥毫题南洞　民望览胜咏诗篇

昨夜，王廷表与杨慎等人商定，第二天一早去游南洞。天刚蒙蒙亮，住在“乐耘”庐里的张含和李元阳就起床了。听说要游南洞，他俩高兴得几乎一夜未合眼，而天南地北、海阔天空，侃了一夜大山。起床后，二人意犹未尽，边谈笑边走到街上，走着走着，竟走到状元馆门前……

王廷表一觉醒来，敲开“桃川”庐，唤醒杨慎和冷珂，推开“乐耘”，却不见了张含和李元阳，急忙和天锡到处乱找，近半个时辰，才在升庵路上见到他俩。

“二位神仙，让我好找呀！”

“我们去看状元馆，又到升庵路走走。”张含说。

“状元馆实在是壮观，而且地势又好。”李元阳补充道。

“别扯这些了，大家都已准备好，打算出发，就等你二人了。”

回到家中，伍氏早已将干粮、饮水、土酒和文房四宝等准备齐全。王廷表领着大家骑上各自的马匹，刚走到南门外，忽见王天锡和刘楷飞马追来。天锡说，他俩要和叔伯们一起到南洞踏春，借机会长长见识。

暮春时节，百花吐艳，百草滴翠，百鸟欢歌。田间地里，稻农们有的在耙田，有的在育秧苗，有的在车水，也有的在插秧了。菜农们有的在挖地，有的在浇水，有的在除草，一派繁忙景象。

王廷表等人走在通往南洞的路上，看到田间忙碌景象，不由得思绪纷繁，纷纷议论起来。

张含："农民真苦呀！整日面朝黄土背朝天，却吃不饱、穿不暖。"

冷珂："张含兄，你知道这是为什么吗？"

张含："为什么？不就是苛捐杂税多如牛毛吗？"

廷表："张含兄所言极是。孔子曰：'苛政猛于虎。'若没有贪官污吏，农民会好过些。"

升庵："钝庵贤弟，其实，最富在朝廷，穷根也在朝廷。若做皇帝的能想到平民百姓，不要整日花天酒地，不准当官的贪赃枉法，老百姓就不会那么苦了。"

"对！有钱人中的花子更可恨、可怕！"张含说。

"张兄，有钱人中的花子是什么意思？"冷珂皱着眉头问。

"一句话：贪得无厌——行如乞丐！"

"见解独特！妙！"冷珂补上一句，"这些花子，不懂得'聚得千万箱，也只能睡一抻床，阎王来召唤，又带不走纸一张'。可悲呀！"

钝庵："唉！可惜，我们不是皇帝，没有权力去为百姓着想。这使我想起了知州王一麟大人，他只因减了点税，就被革职，怎不让人愤慨呢！就说我们，曾有点权力都被剥夺干净，心有余而力不足呀！"

"钝庵，你还想重步仕途吗？"杨慎问。

"当然想，但已经没机会了。四十老几了，人生已过半辈子，还会有酿希望呢！'四十而不惑'，就等'五十而知天命'吧。"

"钝庵贤弟，听说，数年前，御史大夫白岩刘渠、御史剑门赵炳然两公，曾被弟的删后诗感动，认为弟乃奇才，抗旨推荐弟入朝复官。贤弟为何不去呢？”杨慎问。

“故乡要我做的事很多，我如今已离不开家乡。而且，不惑之年了，当官的念头早已荡然无存。”廷表叹道，“再说，有张璁、严嵩之流高居头上，当官能有酿作为？再者，嘉靖小儿不点头，我去干哪样？对了，老兄心还没死？”

“当然没死！我扯混脑儿（做梦），也等着大赦呢。”杨慎说。

“兄乃国家之栋梁，自有旷世之才。但愿兄能梦想成真！”

“钝庵，快到南洞了吗？”冷珂问。

“瞎子磨刀，快了！这是南洞村，南洞外有我家的数十亩良田，我准备有朝一日捐出来，建一个人工湖。这里是阿迷的稻谷之乡，可以种两季稻谷。前面就是南洞，看见没有？绿绿的高山，建有几座亭子。你再看，田中已有人插秧了。”

“看见了！看见了！快走！”冷珂说着，打马一鞭，飞驰而去。

南洞，又名龙游南洞，离州城十余里。南洞由大小八个溶洞组成，是阿迷亮丽的风景区，居阿迷八景之首。

南洞三面环山，一面临坝，奇峰耸峙、峭壁突兀、亭阁玲珑、巍峨壮观、古木参天、绿茵叠翠、流水潺潺、清音缥缈、鸟语花香、生机勃勃。八洞府有的雄踞山腰，有的暗藏崖脚，参差错落，时隐时现，典雅神奇。身临其境，香风环绕，淡雅清新，使人顿觉心旷神怡，怡然自得，超凡脱俗，飘飘欲仙。

“啊！真美！可谓洞奇山幽水美，实乃一方宝地也！”张含赞罢，吟出了声：

天生仙洞府，恍若脱尘埃。

有幸方谋面，诗思滚滚来。

“见景即生情，诗思滚滚来！！”杨慎赞道，“我父和叔父都说：‘愈光他日，必定海内诗人。’张兄之才气，印证了父辈的先见之明。”

张含刚张口说“过奖了！”冷珂却笑道：“置身如此美妙山水，哪有不会吟诗作对的人呢！我也斗胆献上一联，请各位仁兄指教！”说罢，念道：

南有洞天仙境逊；
心无杂念水声陶。

王廷表和杨慎并辔走在前面，谈笑风生。不知不觉间，杨慎已被南洞天姿风采所陶醉，将被流放的奇冤大辱忘得一干二净，情不自禁地赞出声来：

“啊！这岂非天造地设之仙境乎？谁道云南荒蛮，这荒蛮之注释，不就是典雅别致、神奇莫测吗？如此美妙奇观，别说在熙熙攘攘的京都，就是在天堂，谁又能找到！”

王廷表听杨慎赞不绝口，几分自豪感不觉注上心头，笑道：“杨兄，可知这南洞的来历？”

杨慎说：“愚兄初次到南洞，未全知晓，还请贤弟告知。愚兄洗耳恭听。”

“其来历不就是大自然造就的吗？”王天锡一声冷笑。

“小孩子家懂些酿？别岔巴！”王廷表转向杨慎：“你我现在所看到的是龙泉洞，真正的南洞还在上头。好，边走边聊吧。”

绕过几条弯曲小道，蹚过几溪清冽泉水，登上几道高低不一的土石坎，一堵石壁突兀在眼前，壁间现出一方高宽三十余尺的洞府，洞内阴暗而神秘，令人欲进而不敢进，不进又不甘心。王廷表告诉杨慎等人：此洞即为南洞洞主，又称大洞，弘治年间州同王荅将其列为“阿迷八景”之首。相传，很久很久以前，有人看见一堵大雾翻卷于洞顶，状如神龙，身、首、爪、鳞隐约可见，舞姿清晰可辨。那人大吃一惊，当即奔走呼叫：“龙游南洞了！龙游南洞了！大家快来看呀！”他的喊声引来了不少围观的村民，一齐惊呼起来。从此，“龙游南洞”就传扬开去，远近闻名了……

王廷表讲着讲着，不觉灵机一动，粲然一笑：“用修兄，何不留下墨宝，以壮其景，光照后世呢？”

杨慎笑道：“以壮此景，乃情理之中；光照后世，实不敢当！”

廷表一听，喜不自禁，立即呼唤天锡：“快取文房四宝来！”

王天锡和刘楷立即打开行囊，取出笔墨纸砚，一个磨墨，一个铺毡铺纸。很快，一齐料理妥当后，杨慎握笔在手，饱蘸浓墨，大笔一挥，“南洞”两个大字跃然纸上。搁下笔，朗声大笑：“见笑！见笑！请各位仁兄贤弟不吝赐教！”

廷表睁目细看“南洞”二字，不觉频频点头，啧啧赞道：“升庵兄，真不愧第一等第一名，看你这字，行中略带草味，刚劲有力、龙飞凤舞，真神来之大手笔矣！好，我马上请名匠镌凿于洞壁正中，供万代瞻仰！”

张含、李元阳、冷珂品赏之间，赞不绝口。王天锡、刘楷目不转睛地看杨慎写字，深深地被状元公那潇洒的运笔姿势所折服，再看那漂亮的字迹，不觉佩服得五体投地，当即齐声请求：

“杨伯伯，请收侄儿为弟子吧！我们要学书法。”

“哈哈！写两个字，竟又得两高徒，值！”杨慎开心大笑。

天锡、刘楷一听，高兴得手舞足蹈，连连感恩。礼拜罢师父，天锡随口吟道：

南洞春游情趣饶，拜师学艺喜冲霄。
惠风为我头频点，斗米安能令折腰。

刘楷说：“弟子班门弄斧，也凑个数，请各位老师不吝赐教！”说罢，高声咏道：

求知最喜拜良师，除去痴愚意气驰。
人到世间须奋进，前程照我抖英姿。

王廷表听罢两个小字辈的诗，心中悲喜交集，暗忖：“天锡凡心已定，不可教也。刘楷壮心未泯，必成才也！”正想着，刘楷开了腔：“老师，我童少时学书法，爷爷告诉我，汉字形体演变之次序是：篆变隶、隶变楷、楷变行、行变草，学书法要从楷书开始。对吗？”

“练字从楷书开始，大谬也！”升庵笑道，“此话唯有‘篆变隶’‘隶变楷’是实，那是秦始皇令李斯变的，其余皆误导。中国书体的顺序是：甲骨文到金文，含铭文、钟鼎文，再到篆书，含大、小篆，之后是隶书到草书、楷书，最后到行书。东晋大书法家卫夫人茂漪（272—349）之兄卫恒《四体书势》说：‘汉兴而有草书，不知作者姓名。’实际上，楷书出现之前，人们视隶书为楷模。可见，草书乃隶书演化而来，学书者欲学何体，可依个人喜好自由选之。”

廷表也笑道：“状元公所言极是。我少时学书，爷爷也说：‘楷书乃书体之楷模，先学之能夯牢基础。隶书为坐、楷书为立、行书为走、草书为跑，未有未能立、走而跑者。’后来，我细读东汉和帝十二年（100）许慎著《说文解字·序》才知道‘汉兴有草书。尉律，学童十七以上始试。讽籀书九千字，乃得为吏。’草书与楷书乃‘一母同胞’，草为‘兄’、楷为‘弟’。草书直接取各书体，特别是隶书之精华，自成一体，称‘隶草’或‘章草’。近百年以后，东汉张芝（？—192）减省章草点画波磔，创‘今草’。楷书……”

“爹！”王天锡面带几分不满插进嘴来，“小时候，我要临帖怀素的《自叙帖》或苏东坡的《兰亭序》，你不是坚决反对，非要我学楷书吗？”

“汝父要你学楷书也没错。”张含说，“好了！书法之事，以后再说，还是尽情浏览山水吧！”

赏罢南洞，王廷表带众人登山览胜。步入山上凉亭，天锡取出干粮、糯米酒和水，让大家充饥解渴。大家边吃边喝边诗酒唱和一番后，又绕到龙泉洞后出口处。王廷表告诉大家：洞口处有百余年前邑人赵升公堰亭修建的引水工程遗址，即东沟源头。洞内岩壁钟乳石天然造型千姿百态、鬼斧神工，令人目不暇接。“仙鹤度食”演绎逼真；“千年神龟”透出灵气；“玉珠串串”富丽堂皇；“千钧一发”摄人魂魄；“仙翁笑迎客”让人遐思遄飞；“玉笔点状元”令人浮想联翩；“龙宫”“皇罗伞”“群龙入海”“鲤鱼跳龙门”等天然造型，栩栩如生，无不让人触景生情、叹为观止……

廷表言毕，忍不住咏出声来：“啊！道法自然。道生一，一生二，二生三，三生万物……”

“民望兄，你进过洞吗？”李元阳打断廷表的话问。

“和几位朋友进过，我是为了再修一条沟渠，进洞考察的。不但考察过龙泉洞，还考察过上头的南洞。”

“今天能进洞一游，开开眼界吗？”张含问。

“入洞须特制小木筏或小船，还要准备火把。今天无准备，进不了。”

“唉！可惜呀！”张含、冷珂、李元阳同声叹。

“下回吧！只要我们常思念、常聚会，就有机会。”

“爱美之心，人皆有之。南洞之美，可谓山有魂、水有灵，人与山水融为一体，内涵之丰富，惟有诗文能够表达。”杨慎对廷表说：“民望，吟上一首吧！”

“是呀，南洞以雄、险、奇、雅、秀之特色，陶醉古今多少游人。游者无诗，实乃憾事。”廷表言毕，脱口而出：

风光何处秀？最忆是丹壶。
水啸催甜梦，诗敲几卷书。

“‘诗敲几卷书’！妙！依我看，南洞之妙，妙在绿水青山，水藏灵气，山呈壮观。特别是水，既能催人入甜梦，更敲打着无数卷好诗。好，我也从山魂水韵中敲成一联，以状此游吧！”李元阳随即一字一板念道：

水润清音清润水；
山藏雅趣雅藏山。

南洞山水岂止润清音、藏雅趣，还隐藏着一种无形的启人心智的巨大魔力呢！

明万历二年（1574），阿迷仆喇不满官府压榨，聚众起义，地方政权无力对付，将告急文书连连送往省城，省又急送京都。同年二月，朝廷派邹应龙率三军征讨。邹应龙，字云卿，陕西长安人，明嘉靖三十五年（1556）进士，官至御史。四十一年（1562），邹御史与徐阶、林润共同协力扳倒一代奸相、大贪官严嵩后，升任云南巡抚。

邹应龙率军到阿迷后，在知州黄罗星的陪同下，于三月清明节前后在南洞秣马厉兵，做战斗准备。到了南洞，他立即被南洞秀丽的风光所陶醉，不由得文思泉涌，诗兴大发，“更于洞壁题七言诗，勾画宛然”。其诗曰：

宇宙谁开此奥区，逶迤万里亘天隅。
伏流飞泻龙抟雾，危石含牙虎负嵎。
未有五丁挥斧凿，自然一窍透虚无。
分明造物通灵异，信是迷人也破愚。

邹应龙这首七言律诗，格律严谨、对仗工稳、朗朗上口、内涵深邃、意境高远，读罢，令人情思绵绵、遐思遄飞、心驰神往。此诗从大处入手，首联设问：“宇宙谁开此奥区，逶迤万里亘天隅？”牵着读者的思绪从广袤的宇宙回到神奇的南洞，又飞向遥远的天边。接着颔联凭借工整的对仗，将南洞“伏流飞泻”的雄奇壮观和“危石含牙”的雄险气势作了绘声绘色的描写。紧接着，颈联笔锋一转，将一个“自然一窍透虚无”的人间仙境呈现在世人面前。最后，在尾联借景抒情，赞扬了南洞“迷人也破愚”的神奇功能，让读者产生“不游南洞，枉来世间”之感。——此是后话，不作详述。

游览一整天，大家仍兴致勃勃，毫无倦意。回到王府，伍氏和用人早已将饭菜做好。王廷表招呼各人就座，王天锡给叔伯们斟满酒，大家互相谦让着边喝酒边漫谈起来，话题则离不开南洞。

“各位贤侄，游南洞尽兴吗？”王颖斌问。

“一个字：爽快！”杨慎脱口而出。

“状元公，你错了！”冷珂冷冷一笑。

“南洞美胜仙境，大家醉得简直忘了自己，可谓‘爽快’！何错之有？”

“南洞美，陶醉人，这不假。但你说‘一个字：爽快’，‘爽快’是一个字吗？用四川话说，这叫‘打梦脚——走神’！”冷珂鼻子一哼。

“哈哈！被你抓着小辫子了。这叫咬文嚼字！”杨慎故意马起脸，反击道，“‘攻其一点，不及其余’，往往冤枉好人呀！”

“老师，‘攻其一点，不及其余’，出自哪个典故？”刘楷问。

杨慎：“廷表，你讲讲这个典故吧。紧到说！”

“简单说吧。”王廷表清了清嗓子，“战国时，楚国有个叫登徒子的大夫，他在楚王面前说宋玉好色。宋玉是屈原的弟子，著名辞赋家。他当即写了一篇《登徒子好色赋》，在表白自己见了美女都不瞟一眼、不好色的同时，抓住登徒子老婆奇丑，而生了七个子女的事实，攻击登徒子才是真正的好色之徒。结果，登徒子就因这篇赋，成了好色者的典范，近两千年了都未能翻过身来。这就是‘攻其一点，不及其余’的来历。”

“贤弟，你对宋玉此赋有何见解？”杨慎突然问。

王廷表：“我以为，读《登徒子好色赋》要反过来读。登徒子好色吗？不！那不是好色。如果说，他的妻子长得很美，而生了七个娃娃，好色说得过去。而妻子很丑，生了许多娃娃，这是好色吗？这明明是夫妻恩爱的有力证明，也是登徒子的美德呀！”

“妙哉！燕瘦环肥，各有所长也！”张含放下筷子，鼓掌，“贤弟此番见解，独特而精辟，可谓言之凿凿，合情合理。由此可见，贤弟读书，用心第一，用眼次之。”

“对！该为登徒子翻案了。”杨慎颇有感触地说，“冤案错案不翻，好人难有出头之日呀！”说完，朗声咏道：

覆雨翻云，纷纷轻薄，何须细说。见儿曹富贵，灰销烟灭。百事有隆还有替，一毫无玷元无缺。把浊醪粗饭任吾年，看豪杰。　　也莫羡，炎如热；也莫笑，凉如雪。自扫罗雀门巷，世情都隔。借问东华尘与土，何如南浦风和月。报山涛，不用问嵇康，交情绝。

李元阳：“好词！杨兄，忆往昔而生感慨，借《满江红》词蔑视势利小人，还在期盼大赦之日吗？”

“不盼是假话。”杨慎话中充满悲戚，“人生苦短，混过一天就是十二个时辰，谁不想留个好名声，谁不想在有生之年实现自己的夙愿！”

见杨慎悲伤的模样，各人心中各有感慨，但都沉默了。想想杨慎，当年大魁天下，一鸣惊人，到头来落得个颠沛流离，流落他乡，天下好人谁不为之叹息！见众人都不吭声，王廷表不得不站起身来打圆场：

“各位兄弟，今朝有酒今朝醉，明日饥肠也不忧。来，为我们的‘一贵一贱，交情乃见’，干一杯！”

刚干完酒，天礼、天仪又给大家斟满酒杯。冷珂看一眼杯中酒，突然说：“各位，我们来个猜拳好不好？自大理热闹之后，冷落好久了，我可是手也痒痒、嘴也痒痒呀！”

“好！我赞成！”李元阳笑着说。

“行！”廷表说，“是划拳还是唱酒歌？”

“先划拳。”升庵道，“天锡、刘楷一起来，更热闹些。”

廷表见天锡一直闷闷不乐地喝酒，为缓和气氛，开口道：“天锡、刘楷当然要参与，没有年轻人，总觉得老气横秋。不过，阿迷人划拳，喜欢戴个帽，就是在比手指头前，要亲切地说唱一声‘哥俩好呀！’或‘弟兄好呀、好弟兄呀！’我看，在场的有朋友关系、兄弟关系、父子关系，还有爷孙关系，喊起来不合适。就以‘来就来呀’戴帽就行了。”

“好！客随主便。我提议，王叔当监酒，我当酒司仪，专给大家倒酒。”

“我就不掺和了。”王颖斌笑道，“酒司仪嘛，最好由天锡当。”

天锡没有吭声，但立即将三个酒杯倒满。

“我打头阵！”冷珂迫不及待说，“元阳，伸出手来！”李元阳也不谦让，伸手轻轻握住冷珂的手，两人唱一声“来就来呀！”同声高喊——李元阳：“禄位高升！”冷珂：“魁个魁呀！”

“等等！”廷表突然发话，“冷老弟刚才喊‘魁’，这犯了阿迷的大忌。阿迷人总希望人人富裕，‘魁’与‘亏’同音，因此封‘魁’。阿迷人尚礼崇文，但不喜欢‘冲五冲六’，因‘五’与‘武’谐音，也在‘封杀’之列。”

“爹！”天锡叫一声，显出不高兴的样子说，“这就不对了。爹这不是‘眉毛胡子一把抓’‘冬瓜葫芦一笼统’吗？客人来了，想说酿就说酿，猜拳行令，想喊啥就喊啥，这不很好吗？‘魁星点斗’可是步入仕途的大梦呀！‘武’又怎么样？没有武，哪来的文？‘文武兼备’，方能安邦定国呀！天马行空，独来独往，自由自在，愿当官的当官，愿读书的读书，愿经商的经商，多好！”

“贤侄，别说了！叔等也当遵贵地规矩，不喊魁五就是了。”

廷表知道天锡心中的疙瘩尚未解开，心里不滑刷，有意冲自己来，但为了缓和气氛，让大家高兴，笑道：“规矩是死的，人是活的！天锡所言，也有道理，就自由发挥吧！”

廷表说完，大家嬉笑着开始划拳，“五星魁呀”“四季财呀”“八仙过海呀”“二红喜呀”“七巧七巧呀”“十全十美呀”“实实在在呀”“不出不出呀”等喊声，及“喝”“干”“罚酒”等笑声，将王家大院渲染得热闹非凡。杨升庵在连喝三杯后，喊出了“独占花魁”，逗得李元阳大笑，“讥讽”道：“我说状元公，你既也‘独占’，为何还要‘花魁’？难道你忘了，‘独占’

竖拇指，‘魁’伸一巴掌了吗？罚酒罚酒！”

升庵笑道：“愚兄成‘罪人’了！贤弟多包涵！”

又热闹了一阵，终于酒足饭饱，天礼、天仪忙收拾碗筷，给叔伯们倒茶，大家则端着茶杯走到天井里，边品茶边冲起嗑子来。

“各位明天去游哪里？”王颖斌问。

“我想好了，明天洗温泉。”廷表答。

“是应该去轻松一下了。”王颖斌突然来了兴趣，冲口而出，“阿迷有七泉，城内三泉，即灵泉、鳌泉、孝封泉。城外有四泉，为西门龙潭、百岁泉、温泉、冰泉。此七泉特色各备，灵泉泉清而甘，烹煮茗茶，味香而醇，余味悠长。寒舍烹茶，就取灵泉之水。西龙潭泉清冽甘醇，邑人视为福泉仙液，多汲以煮饭烹茶待客，以示真诚高贵。此泉还灌溉西门、北门外大片田地，是阿迷重要的水利设施之一……”

“灵泉、鳌泉既在城里，明天就去观赏吧！”李元阳插话。

“我的打算是由远而近。”王廷表说，“温泉位于西南五十里的温水塘村，一年四季温水汩汩，热雾蒸腾。古人以为春沐可以疗疾，就送它一个名字：温塘春沐。这是‘阿迷八景’之一。”

杨慎：“对头！我等从滇西游到滇南，可谓风尘仆仆，明天就到温泉洗尘，痛痛快快地板澡吧。”

接着杨慎的话音，张含直言不讳：“温汤既可疗疾，当然不能错过良机。这几年，我总腰酸背痛腿抽筋，是风湿还是人老了也未可知。若此温汤能治愈我的病，我当捐银百两，修葺温塘。”

“张兄，我教你一法，保你腰不酸背不疼，风湿关节病顿消，而且，还可治胃病，延年益寿。”廷表说。

“你是郎中？”张含冷笑。

“不瞒你说，我家瑶琴，堪称半个郎中，我也算得上略通医理了。”廷表笑道，“就教你一方，只用一味药。听好了：竹黄二两，泡酒二斤。你去试吧！”

“身体上的病好治，心病难治。”杨慎叹了口气。

“状元公，别想那些伤心的事了。”李元阳说。

“能不想吗？”杨慎显出些悲怆，“慎虽不才，也跃过龙门，偏遭劫难，屈辱呀！七尺男儿，自当报效国民，建功立业！”

“我知道，仁兄还盼望有朝一日皇帝大赦。”王廷表深有同感说，“说真心话，我也想重返仕途。当然，返仕途绝非混点俸禄，而是为了掌握点权力，为国为民分忧呀！可是，谁肯与严嵩、张璁、桂萼之流同流合污呢？嘉靖……”

杨慎气愤已极：“就怪那嘉靖小儿，小肚鸡肠、私欲熏天！”

“论及肚量，我佩服我大明太祖，他是一位知错必改的仁厚皇帝。”廷表似有所悟说。

“钝庵，你是否言过其实？”张含当即反对，“在我眼里，历代君王，没有不高高在上、自以为是的！”

杨慎：“民望，你说朱元璋仁厚，何以见得？”

“我只讲一例，但须声明，此例不能代表朱元璋的一切。”廷表说着，讲述了一个鲜为人知的朱元璋的故事。

明太祖朱元璋为哪样能打天下，坐稳江山？这和他有个贤内助分不开。朱元璋的结发妻子马皇后，名叫马秀英，农民出身。马秀英自幼好学，栽田种地之余，总找有知识的人求教，因此，能诗会画，而且，颇具胆识。在朱元璋夺取天下时期，马氏为丈夫筹划过不少良策，在朱元璋登基之后，又常常用自己的言行感染启发丈夫。有民谣说：“脚大江山稳，脸大好搽粉”，上句指的好像就是马秀英，她是世人皆知的“大脚婆娘”，太祖的江山因她而“稳”。一次，朱元璋率兵夜宿于一古寺，寺庙方丈问其姓名，他傲而不答，却命下人取来笔墨，在墙壁上题了一首诗：

杀尽江南百万兵，腰间宝剑血犹腥。

山僧不识英雄主，何必哓哓问姓名。

老方丈看了题诗，干笑两声，没精打采地走了。马秀英目睹此景，心里十分难过，不觉在心里问："夫君，你原来不亦是个放牛娃、穷和尚，到处流浪吗？如今有了权势，为何就不将别人放在眼里了呢？如此下去，你能夺得天下、坐稳江山吗？"

在行军路上，马秀英对朱元璋说："夫君，我们来对对子吧！我出句，你对句。"

"好！夫人出上联。"朱元璋笑道。

马秀英："换位思时心敞亮。"

朱元璋："回头看处景翻新。"

马秀英："仁厚。"

朱元璋："刻……"朱元璋联出一半，突然将下半联吞回肚里。他心想：夫人常讲"仁厚"胜过"刻薄"，打江山者更需胸怀宽厚、举止仁慈。"刻薄"怎么对得起"仁厚"呢？他终于大悟大彻：夫人此举是"醉翁之意不在酒，在乎昨日墙壁题诗也"。一个妇道人家，胸怀如此宽阔，我一个男子汉，怎么就目中无人呢？他感到深深的内疚，立刻命一士卒跑回寺院，赶快将题诗铲掉，并代他向老方丈赔礼道歉。

话说，朱元璋走后，老方丈越想越气，命弟子正要铲除那狂妄自大的题诗时，忽见一士卒匆匆而来。士卒说："禅师，我家主人命我将壁上的诗铲掉，主人还命小人代他向禅师道歉！"

"你家主人叫什么名字？"

"朱元璋。"

"啊？！朱元璋将军，大名鼎鼎，如雷贯耳！"老方丈大吃一惊，随即笑道，“阿弥陀佛！朱大将军南北征战，为民打天下，沥尽心血，日理万机，忙得不可开交，怎么还记得这点小事？你去吧，区区小事，何足挂齿，交给老僧就是了。”

其实，老方丈哪里舍得铲掉朱元璋的题诗？这可是当今第一大人物的“墨宝”呀！留下这墨宝，古刹不就光焰夺目、辉煌千秋了吗？那士卒一走，他立即取来笔砚，磨好墨，模仿墙上墨迹，在诗后题上“朱元璋”三个字。

王廷表讲完，微笑着问：“此例可否证实朱元璋之仁厚？”

杨慎说：“朱元璋确实是一位了不起的皇帝，而且是从古至今唯一一个农民皇帝。他打下江山，坐稳江山，制《大明律》，改革官制，又接受朱升‘高筑墙，广积粮，缓称王’的建议，均平赋役，兴修水利，推行屯田，鼓励生产，并减轻对工匠的奴役。可他曾大兴文字狱，滥杀功臣，就连平定云南的颍国公傅友德、太子太傅蓝玉都没逃过他的毒手，平云南的三位功臣，唯有他的义子沐英远在云南，才免遭横祸。他还设检校与锦衣卫，严刑重罚，不一而足。其实，朱元璋也非一个完人。”

张含怒冲冲插进嘴来：“我认为，真正宽厚仁慈的是马大脚，不是朱元璋！我最恨朱元璋大搞文字狱和滥杀无辜！他当过和尚，就不准人提‘光’‘秃’‘僧’‘生’等字，他参加过的红巾军当时被人骂成‘贼’，他就见不得‘碱’‘则’等字。尉氏县教谕许元作《万岁贺表》，其中有‘体乾法坤，藻饰太平’。朱元璋认为，这是咒大明‘早失太平’，就将许元砍了。杭州府学教授徐一夔在《贺表》里有‘光天之下，天生圣人，为世作则’，朱元璋读后怒不可遏，愤愤地说：‘这腐儒竟敢如此欺负我！生者僧也，骂我当过和尚；光则秃也，说我是秃子；则即贼，骂我做过贼。’结果，徐一夔又落得个人头落地。还有，就连他的驸马欧阳伦都被他杀了。”

“欧阳伦违法倒卖黑茶，大饱私囊，该杀！”冷珂道，“这不能混为一谈。再说，朱元璋杀功臣也当究其原因。蓝玉是大功臣，这不假，但他恃功骄横，夺占良田，还开口向朱元璋讨要千亩良田，所行多不法，又多蓄庄奴假子，壮大其势力。朱元璋以谋反罪杀他，似乎无可非议。当然，借‘蓝案’杀万余人，过分了。其实，好多功臣也未变成刀下之鬼，李文忠是病死，汤和乃善终，常茂、邓愈、徐达、常遇春皆病死。”

“贤弟所言不无道理。”张含改口附和道，“太祖杀功臣也是有分寸的。比如丞相胡惟庸，就该杀。胡专权树党，谋反之心昭然若揭，又通倭寇，通北元，从内至外扩大势力。各地呈太祖的奏章，都被胡拦下审阅，那些对自己不利的奏书，就直接毁掉。刘伯温生病，太祖派他带太医去看望，他却直接下药毒死伯温，令朱元璋既内疚又不满。我大明官员薪资都不高，胡就花费重金收买了朝野一大批官员，伺机造反。胡的儿子从马车上摔下来死了，胡就将车夫活活打死。也是太祖英明，借机要胡偿命，胡则说可以用银两摆平。太祖不依，非要胡以命抵命。胡终于原形毕露，匆忙造反，结果被洪武帝杀了。当然，因‘胡案’株连数万人，确实过分。”

“不管怎样说，朱元璋没杀过一个平民百姓！”冷珂说。

“是的，世无完人。秦始皇、汉高祖等，不都杀过功臣吗？就是一些芝麻菜籽官，不也凭手中的权力，草菅人命或挖空心思整人吗？”王廷表感慨道，“但朱元璋比起正德皇帝、嘉靖皇帝来，好多了。”

“各位兄弟所言，出自野史或正史，但无论野史、正史，绝非全是秉笔直书，而有真有假，这有待我们或者后人认真探讨、研究。”杨慎说，“若论宽宏大量的人，我比较佩服佛印。”

“杨兄，您说的佛印是否苏东坡的好友佛印禅师？”冷珂问。

“正是。”

“我看过东坡的不少故事，知道东坡于北宋熙宁四年（1071）被贬离京开封，到杭州任通判，在莫干山一寺院认识佛印，两人成了好友。‘坐，请坐，请上坐；茶，敬茶，敬好茶’，这副名联就是佛印当时所作。”冷珂皱眉说，“但不知哪件事可看出佛印之宽宏大量。还请仁兄明示。”

“好！我就给大家讲个佛印的故事吧！”杨慎接着讲了东坡和佛印的一个鲜为人知的故事：

一次，东坡和佛印相聚，促膝谈心，十分开怀。谈着笑着佛印突然问：“东坡大师，您看我像什么？”

东坡看佛印一眼，随口道：“我看您像一堆牛屎。”

佛印没吭声，淡然一笑。

过了一会儿，东坡突然问：“禅师，您看我像什么？”

佛印眯眼一看，点头笑道：“我看您像一尊佛。”

东坡不觉大吃一惊，不解地问：“禅师，我将您比作牛屎，您为何还说我是佛呢？”

佛印道：“这道理很简单。如果本身是牛屎的人，看别人就是牛屎。如果本身是佛，看别人也就是佛了。”

东坡一听，脸唰地红了。

杨慎讲完，自信地说：“这就是佛印禅师胸怀宽广的例子。”

“我以为，这不但是胸怀宽广的表现，更是一种境界，超凡的人生境界。”廷表道。

痛痛快快洗罢温泉，大家都感到神清气爽，精力充沛，休息了一夜，翌日巳时，王廷表又带领大家骑上马，向布沼坝狮子山进发。

狮子山，又名狮云山，海拔四千余尺。远远望去，山形酷似一头雄健的卧狮，脊背、头状及匍匐的四腿尤为明显。山上林木葱郁，鸟语花香，石壁切削，怪石嶙峋，洞沟、桥亭、泉潭一应俱全。自山顶至山脚分层次建有酒仙阁、观音阁、关圣宫、云峰塔、龙王庙、天君阁、寂照庵、武当塔、吊脚楼、归圣寺、韦陀阁等庙宇十一座及石匾、碑刻多块，占地数千亩。依所处方位，分称上寺、中寺和下寺，景致各有千秋，政客、墨客慕名游览，多有墨迹。

沿韦陀阁、归圣寺右侧溪边小道逶迤而上，一路上听到的是泉水叮咚，音质淳美，沁人心脾。看到的是铺青叠翠，生机勃勃，令人陶醉。置身如此优雅、幽静的环境，谁能不宠辱皆忘、烦愁顿消、情思如缕、喜笑颜开呢？

聆听罢几弯清泉，越过几条小径，谈笑间，猛抬头，一堵高、宽、厚都不少于两丈的嶙峋石壁突兀在葱茏苍翠的林木间。正欣赏着、感叹着，蓦然回首，忽见两块三尺有余的巨石，一左一右躺在脚边，石上镌凿着深度约二尺的小水池，左池呈半圆形，右池为圆形。为何要凿这样两个图形呢？看着池水中映出的一片蓝天，人们沉浸在无限的遐想中。杨慎凝思片刻，突然讶出声来：

“日月潭！”

“对！又可称阴阳潭！”张含接着惊呼。

“二位仁兄所言极是。”王廷表深沉地说：“中国自《易经》提出阴、阳为大自然之根本始，历代有‘三教九流’，道家、阴阳家等流派最讲‘阴阳五行说’。月为阴，日为阳。这狮子山，道、释、儒三教的建筑都有，实为‘三教九流’融会贯通的宗教建筑群，可见，中国古代的各种流派，早已在漫长的历史演变中，扬长避短、求同存异，融为一体了。”

在引经据典，谈笑风生的愉悦中，趔趄着向上攀缘，一路上，赏心悦目的是苍翠葱茏，绿茵滴翠；摄魂舒心的是鸟语声声，此伏彼起；感慨不已的是亭阁耸峙，石雕精湛。伫立亭间，品味到的是中国雕刻技艺的高超独特；抚摩到的是狮子山宗教文化的博大精深；目睹到的是满山翠绿，一尘不染。居高临下，极目远方，布沼坝尽收眼底，煤层燃烧冒出的缕缕青烟，似雾如云，起舞翻飞，扶摇直上九重天。

“各位兄弟。”王廷表激动起来，“这是白天，只能看到青烟，若是晚上，又是一番景观，那火光点点，其壮美之势，更令人心腾热浪。”

“看来，贤弟又诗兴大发了！”杨慎笑道。

“数年前与老州同王蚤、新州同毕宸及几位朋友游狮山，曾吟得《游布沼》一首。”廷表深情地说，“布沼坝有九十九个龙潭，水源极其丰富。我曾考察过大部分龙潭，发现凡有龙潭的地方，就林木森森，没有树林的地方，就很少有龙潭。”

“对头！可以说，树林是龙潭的根本，龙潭是树林的灵魂。”杨慎深有同感。

“好，我咏一首《游龙潭》吧。”王廷表抑扬顿挫吟道：

长浦花开照病容，碧潭云净倚高舂。
银河新泻三千尺，玉阙遥连十二重。
挥罕夜寒桥畔石，放歌声震岭头松。
欲招灵囿观春旭，更率天吴驾海龙。

王廷表吟罢，杨慎等人立即叫起“好”来。

狮子山的美很难用言语道尽，其深沉的宗教历史文化，在观音阁、天圣宫、武当塔等庙宇可初见端倪，而返回归圣寺，就更令人大开眼界了。归圣寺是狮子山庞大的宗教建筑群中下寺的主要建筑，占地 2600 平方米。始建于明景泰年间（1450—1456），寺名取“布沼全坝众心归一”之意。

清康熙六年（1667）、乾隆十六年（1751）两次重修。此寺现存前殿、大殿，均为三开间硬山顶木结构，左右配殿各三间，大殿塑三尊佛像，香烟缥缈。寺内翠柏参天，溪水环流，汩汩有声，在庄严肃穆的静态美中，给庙宇注入几分鲜活的动感美。此寺吸引着无数游人，并留下不少诗书墨宝。可惜的是，这些墨宝经历史的洗磨，已荡然无存，但有《狮云山常住碑记》《重修归圣寺功德显名碑记》《朝山会负碑序》《重修归圣寺碑记》及尹壮图的《狮山游记诗》碑幸免于难，尚完整保存。1983 年，被公布为第一批市级文物保护单位。

尹壮图，字万起，号楚珍，蒙自城关人氏。生于清乾隆三年（1738），卒于清嘉庆十三年（1808），享年 70 岁。尹壮图 26 岁中进士，40 岁任京畿道监察御史，43 岁擢升内阁学士兼礼部侍郎，官居二品，49 岁奉圣命充任《四库全书》总阅官。他刚正廉洁，敢于犯颜直谏。当时，大贪官和珅当权，贪污腐化之风席卷全国，花样更是层出不穷。尹壮图对此深恶痛绝，于清乾隆五十五年（1790）多次上书弹劾贪官污吏，奏章字字见血，揭露了各省督抚与地方官吏互相勾结、横行霸道、鱼肉百姓的罪恶。为此，各封疆大吏对尹恨之入骨，也引起了当朝皇帝的不满。清乾隆五十六年（1791），乾隆皇帝以“造作无稽、莠言惑众”的罪名，革去尹壮图的职务，交刑部问罪，被判斩首。后又下诏减刑，改任内阁侍读，留在京城，八年不许升调。清乾隆五十七年（1792），经皇帝特准回乡养母。

回乡后，尹壮图决心脱离黑暗污浊的官场，将毕生精力献给家乡的教育事业，在蒙自、阿迷办学授徒，不仅为家乡培养了一批优秀人才，也给后世留下不少墨迹、诗词等宝贵的文献财富。清嘉庆二年（1797）十月十五日，尹壮图主讲阿迷灵泉书院之余，率学生到布沼狮子山游览，心为景醉，兴发于心，思绪万千，心潮激荡，一气呵成七律四首，自吟自和自书于石。全诗如下：

丁巳十月望日皆生徒游狮山四首

狻猊作势枕云冈，威重群推百兽王（郭璞云：狮子兽中之王也）。
拳曲金毛森欲舞，磋砑石齿利如钢。
到来逼近神偏肖，望去驯眠性本良。
怪得对山饶火焰，朝昏吞吐灿光芒。（火焰山在对面）

万石峥嵘列满冈，枪枪百兽宛来王。
斓斑隐羽翻疑虎，荦确经呵便化羊。
驯象侧峰遥拱峙，犀牛有洞敢潜藏。（象山犀洞俱在境内）
是真是幻初无二，高枕云霞续梦长。

由来布沼膏腴乡，雅仗威名镇此方。
藜藿满山传虎伏，桑麻夹道绝狼当。
羡君僻处邀虚誉，笑尔幽栖冒假王。
不为云深贪偃仰，缘何驯卧佛龛旁。

登山屐齿未全荒，挈伴攀藤谒梵王。
危磴穿云容罨霭，清泉泻石韵铿锵。
盘谷依稀还真相（前扈跸游盘山，有翠屏山与此相似），
仿佛闾山亿宦场（御命祭医巫、闾山县令邀请游山，一日备极风丽，中间景致有类此者）。
俯看良田千万顷，波心珠点月汪汪。

诗碑长97厘米、宽62厘米、厚11厘米。诗文自右向左行楷

直书阴刻。字迹娟秀，诗意隽永，对仗工整、平仄协调、用典精当、叙事自然、意境高远。第一首诗用“拳曲金毛森欲舞”“磋砑石凿利如钢”等优美诗句描写了狮子山的壮美、雄险和鲜活，又以“神偏肖”“性本良”的拟人手法赞狮子山而隐喻小龙潭的神奇清纯，并向读者介绍了阿迷八景之一“火井涵烟”的奇妙景观。第二首诗在继续赞扬狮子山不愧为“百兽之王”的同时，描绘了象山、犀牛洞等景观的天姿风采，抒发了作者如“高枕云霞在梦幻之中的神奇感受”。第三首诗则赞美了小龙潭的美丽、肥沃、富饶，点明小龙潭是人们安居乐业的理想境地。第四首诗则渲染狮子山“危磴穿云”的雄险峭峻，“清泉泻石”的典雅清新，诉说了自己“登山屐齿未全荒”，不知疲倦，只顾向上攀缘的美好心情。又在鲜明的对比中，暗喻官场险恶，民间的自由自在。最后用“俯看良田千万顷，波心珠点月汪汪”，看似平淡而堪称神来之笔的诗句，浓缩了小龙潭丰饶神奇、素雅亮丽、如诗如画的景致，并以亲身经历和感受抒发了自己热爱故乡、热爱生活的情感。试想，在如此圣洁的人间仙境里生活，谁能不心驰神往、心满意足、喜笑颜开呢？

诗碑现嵌于归圣寺北耳房西山墙上。游人到此，总要注目良久，边吟咏边抄写，从诗中领略狮子山的雄奇壮观，布沼坝的秀雅富饶，得到美的享受，并获得教益和启迪。——此乃后话，点到为止。

廷表道：“布沼风景名胜颇多，特色各备。尚有文昌宫、文笔塔、仙人洞、火焰山、犀牛洞、象山、南洞、人祖庙等。俗话说，‘到了龙潭不喝水，过了龙潭又后悔’，不过，这些景点要游遍，至少得半个月，那也是走马观花。我看，就选几处游吧，反正机会多多。今天申时已过，来不及游览了。今晚就到马街找个客栈或人家住一夜，明天游人祖庙。不知诸位意下如何？”

“客随主便，一切由兄安排。”李元阳说。

“钝庵兄，何为人祖庙？”冷珂问。

“人祖即人类祖先，此庙为纪念人类祖先所建。”廷表说。

“华人初祖是黄帝和炎帝，远在陕西。荒远阿迷，会有人祖庙吗？”李元阳感到奇怪。

“人祖庙供奉的人祖，并非炎黄二帝，亦非伏羲氏。而是两个被阿迷人尊为神的凡人。”廷表解释说。

“难道这里又有什么美妙传说？”冷珂似有所悟。

“贤弟猜对了。”廷表缓缓道，“相传，盘古开天地后，产生了人类。后来，天下人不守礼法，不敬天地，不孝祖宗，不惜衣禄，惹得玉皇大帝发怒了。于是，他令天河神掘开天河，放下洪水，欲灭绝人类。一时间，洪涛滚滚，整个人间一片汪洋，白浪滔天，人们都被汹涌的洪水埋葬了。布沼坝则旧老勒彝村，有兄妹二人，紧抱一棵大树，才躲过一劫，栖息于老勒彝村。正当兄妹两人到处寻找，总见不到一个人的时候，却见一只白鹭鸶飞来，站在一棵万年青树上开了口：‘告诉你们吧，现在天下除你兄妹二人外，已经没有人了。为了人类繁衍生息，你俩就结为夫妻吧。’兄一听，脸唰地红了，反驳道：‘兄妹成亲，这不是乱伦吗？’白鹭鸶哈哈一笑，说：‘好！那你们就听天由命吧。你们可将你们面前的石磨背上山，兄将上扇背到北山，妹子背下扇上南山，再将两磨盘往山下滚。若磨扇合在一起，你们就拜堂成亲，若不合在一起，就罢了。这是天意！’兄一听，冷笑：‘这可能吗？好，滚吧！’结果，两扇磨盘真的严丝合缝垒在一起，妹的磨盘在下，兄的磨盘在上。白鹭鸶说：‘你们二人成亲吧！这是天意。’兄妹二人一听，齐声嚷起来：‘这不行！从古至今，没有兄妹成亲的规矩！’白鹭鸶笑道：‘规矩是人定的，只要定得合情合理。那再滚簸箕和筛子吧，若二者能合在一起，就证明兄妹成亲，让人类生生不息，才是正理。’兄一听，就拿起筛子上东山，妹就拿着簸箕上西山，簸箕、筛子飞快地滚动，很快就滚到山箐里，而且，筛子在上，簸箕在下，合在一起。尽管如此，兄妹二人还是不肯成亲，说‘这样做，有伤风化！’白鹭鸶说：‘好！那就再试一次，怎么样？’兄问：‘还要怎么试？’白鹭鸶说：‘隔河穿针。’妹问：‘怎么穿？’白鹭鸶说：‘你二人一个在河这边，一个在河对岸，各拿一根绣花针和一捆丝线，并同时将丝线抛向对岸。惹丝线穿进对方针眼，那就是天意不可违了。’兄妹两人想：这怎么可能呢？结果，兄抛出的丝线不偏不倚，竟然穿进妹的绣花针眼里，妹扔出的线也钻进兄的针眼里。更奇怪的是，两根线竟然扭在一起，将兄妹二人拉在河中央，最后拥抱在一起，洗了个河水澡……”

“洗河水澡？这不就是兄妹两人陷于爱河之中吗？妙不可言！”冷珂笑道。

“哦！这传说真的太美妙了！”李元阳赞罢，追问，“后来呢？”

“后来还要说吗？”廷表笑道，“其实，白鹭鸶是神仙变的。经神仙点化，二人结为夫妻，生下一肉坨，兄情急之下，持刀将肉坨砍开，瞬间，跳出童男童女各五十人。童男童女长大成人，又分别结为夫妻，世世代代生儿育女，才使人类繁衍生息，香火永继。为纪念兄妹俩的创世之功，后人建庙塑像，顶礼膜拜，代代相传，祭祀至今。”

杨慎：“这传说与周秦时的《山海经·大荒西经》，宋太宗命李昉等编辑的《太平御览·风俗演义》之女娲捏泥造人有异曲同工之妙。依此可见，阿迷历史悠久，文化底蕴深厚。”

李元阳：“对！阿迷虽地处边鄙，却堪称古老文明之地。”

“人祖庙里有塑像吗？”冷珂问。

廷表回答：“当然有！两尊神像，石雕、坐姿，一男一女，男左女右，男着绿袍，女被红装。”

“请问，廷表兄，曾有诗赞吗？”李元阳问。

“写过一首，尚请各位不吝赐教。”廷表说着，吟道：

人祖在何方？阿迷遗韵长。
天河波滚滚，大地泪汪汪。
兄妹姻缘结，儿孙繁衍忙。
庙中思若绪，残梦亦兴邦。

“唉！贤弟，背时人空怀兴邦之梦，不亦悲哉！”杨慎难过得想哭。

“状元公，别太伤情了。”李元阳劝道，“人生苦短，少担忧往事，还是及时行乐吧！我们要的是‘从梢啃甘蔗，一节比一节甜’，不是‘去年吃鸡鸭，今年餐野菜，一载不如一载’。其实，钝庵的‘残梦兴邦’，也是一种超人的精神境界呀！精神是什么？梦也，魂也！人无梦想，万事皆空；若失魂魄，希望尽灭。”又转个话题，“钝庵，今晚何处就寝？我累了，真想好好喝上几杯，若能一醉，做个好梦，遇上八仙，或遇上七仙女，多好呀！”

“我们现在出发赶路，游罢人祖庙，今晚就住在则旧。”廷表风趣地说，“我已请熟人安排妥当，五人同住一屋，屋里有两张大床，你与冷珂为伙，张含兄与杨兄做伴，我睡地铺。至于酒嘛，定叫你喝个痛快！今日要人人变醉人，互相搀扶归。”

则旧老勒彝村一户农家里，摆了一桌酒席，桌上菜肴有野鸡、麂子，有从南盘江里捕来的鲤鱼、鳗鱼，还有不少呼不出名来的山茅野菜。在户主娄顺风、娄风顺兄弟二人的陪同下，廷表与众友人边大嚼大咽大喝，边闲聊起来。

喝着笑着，冷珂突然喷着酒气说：“酒是好东西！可是，谁知道酒的来历呢？哦！升庵、钝庵二位兄长，你二人阅历丰富，见多识广，能讲讲酒的出处吗？”

“钝庵，你讲。”杨慎眯着眼边站起身边道，“我去茅房改手（解手）。”

“其实，关于酒的来历，冷老弟定然晓得，不肯卖弄而已。我呢，也知之甚少，但为了增加点气氛，就乱冲吧。谬误之处，尚请各位矫正。”廷表略一沉思，缓缓道，“有人说，酒是杜康发明，距今已有三千余年历史。其实，酒的渊源更远。北宋时代有位酒师，名朱肱，字翼中，曾在杭州开酒坊。他著有一书，名叫《酒经》，又名《北山酒经》。此书说：上古造酒，以桑叶包饭的发酵方法制作。最先发明者是夏朝初年的仪狄，至今已四千余年，比杜康说早一千多年。相传，仪狄曾将酒献给大禹，邀功请赏。大禹将酒杯凑到鼻子下一闻，自觉异香扑鼻，喝了一口，感到味道甘美，却脸色聚变，断言道：‘后世必有以酒亡其国者！’于是下令：‘断绝造酒！’”

“钝庵所言极是。”杨慎边提裤子边走过来，笑道，“酒源于夏朝无疑，但那时的酒只限于王宫暗中饮用、流传。酒到了杜康，才走向民间、赢得大众，杜康也因此名冠‘酒圣’。钝庵，是这样吗？”

“是呢。”廷表说，“当年，仪狄谄媚，并未得到封赏，还被臭骂了一顿。从此，宫中饮酒，就不敢明目张胆了。即便喝，也应了冷贤弟刚才那句话，‘酒是好东西，只能喝滴滴’，不敢开怀畅饮，以免因酒醉获罪。到了周朝，杜康才将酒发明于民间，并广泛流传于民间。”

“杜康是用酿法子发明酒的呢？”娄顺风问。

廷表：“相传，杜康没有当官，是个牧羊人。一天，他把小米粥装在竹筒里，带去放羊。竹筒藏在一棵大树下，因忙于赶羊，未来得及吃，离开时，竟忘记带走。十多天后，他又到大树边放羊，忽然想起了小米粥。打开竹筒，还没来得及细看，一股浓香喷鼻，直冲肺腑。他轻轻尝了一口，竟感到神清气爽、飘飘欲仙。从此，他不再放羊，而办起了杜康酒肆，酒也就传扬开去，天下闻名了。从此，杜康也就与酒齐名，被人们尊称为'酒圣'。"

"哦！原来如此。"冷珂点头笑罢，又自言自语般地说，"怪了，这酒字为什么由一个酉字和三点水组成？古人是怎么想的？"

"这有个典故。"杨慎笑道，"相传，有神仙点化造酒人：'明日酉时，你提一罐你所造之物，到路边等待三个人，让他们每人滴一滴中指血于罐中，你罐中之物就堪称妙品、极品了。'造酒人半信半疑，等在路边，先来了个男娃儿，是个书生，滴了一滴血在罐里。等了一会儿，来了个武夫，滴了一滴血。最后，来个神撮撮，又滴了一滴血……"

"我明白了！"李元阳打断升庵的话，笑道，"酒字的三点水，实为三滴血。滴血时间是酉时，故用三点水与酉字拼成酒字。"

"妙！"冷珂也笑出了声，说，"我知道了，文人的血溶入了柔情，武夫的血彰显着刚烈，神经病人的血象征思维错乱。所以，喝酒，让人显得柔情脉脉，性情直爽。若酒喝多了，就变成神经病，疯疯癫癫了！可见，酒是好东西，只能喝滴滴（喝一小点）。"

冷珂的话逗得众人大笑。

"升庵兄，那造酒人是谁？是杜康吗？"李元阳问。

"我也不知道。"杨慎笑道，"其实，刚才钝庵及在下所言，皆是传说，既是传说，就难辨真假。不过，这正说明，我大中华之文化，源远流长、博大精深，非外邦可及。我等务必潜心学问，让中华文化发扬光大。若懈怠贪眠，只图安逸，就非仁人志士、华夏子孙了。"

“谨听状元公教诲。”众人同声道。

不知过了多少时间，一轮弯月从东山升起来。廷表见张含在呼呼沉睡，未敢惊动他。又见李元阳、冷珂已喝得酩酊大醉，倒在地上，就和杨慎将他二人扶上床，看着二人呼呼睡去，就步入天井，观赏起月色来。正边赏月边小声谈论着，忽听到屋里有人说话。

“贤弟，那两个醉人醒了。”杨慎说。

“我知道。真怪，这二位老兄，醉得快、醒得也快呀！”

王廷表和杨慎的声音很小，很快就被屋里的声音掩盖了。

“元阳兄，聊聊天吧！”

“聊什么？”

“随便！”

李元阳：“南洞真的太美了，那杨慎，‘好耍！’‘好耍！’不知说了多少遍。真的，我还想游几次。”

冷珂：“人祖庙真的不错。传说动人呀！两尊神像，男矮女高，是母系氏族。哼！男绿女红，红花需要绿叶配？真好笑。唉！红配绿，配得哭！元阳兄，你说是不是？”

李元阳点点头，却说：“我真想去钻南洞大洞。不知洞里有什么？会不会有巨蟒？肯定不会。冷老弟，你说，有没有？”

冷珂哼了一声，说的却是另一话题：“过两天，我要回家了。老婆想我了，你想老婆吗？”

李元阳：“杨状元这几天愁眉苦脸的，不好玩！贤弟可看出来了？”

冷珂：“昨晚我梦见老婆了。怪！老婆说，她也梦见我了。”

李元阳：“哈哈哈！明天不喝猫尿了。那喝什么呢？对！喝‘水边酉’。”

王廷表和杨慎静静地听他二人乱冲，听着听着，不由得相对一笑。杨慎说："钝庵，此二位'仙人'吹垮垮（聊天），你可听出点名堂来了？"

"是有点怪古龙神。"廷表说，"我发现，二位老兄聊天，没有主题，七扯六拽，一个珰一个咚，乱聊。而且，各说各的，互不干扰。虽是二人聊天，但形同各自自言自语。"

"是的。贤弟观察力极强。"杨慎说，"你听见没有？元阳说话时，冷珂静静地听，有时还笑一笑，似乎被对方的话逗乐了。冷珂发言时，元阳也是这样的表情，简直是一个模子拓出来的。"

"杨兄，他二人平时闲聊，是这样吗？"

"我见过两次了，与这次如出一辙。但第二天问他们昨夜聊天的事，他们一概不知，只见他们摇头，或大眼瞪小眼。"

"这人间，无奇不有呀！"

"贤弟，刮冷风了，咱们回屋吧。"杨慎说，"回屋亲睹他二人吹垮垮的一举一动，你会获得不少乐趣。静坐享乐，何乐而不为？"

廷表、杨慎回到屋里，悄悄坐在板凳上。只见李元阳坐在床头一边，背靠后墙；冷珂坐在床脚一边，也背靠后墙；二人可谓并肩而坐，仅离二尺许。二人见廷表、杨慎进屋，也不打招呼，只瞟了一眼，机械地点了点头，又旁若无人般地聊起天来。

冷珂："元阳兄，讲个笑话给你听听。那年，我一位朋友要娶亲，我问他：'你成亲时，请不请你姑爹的舅子？'他答：'哪边哪岭的亲戚，不请！'我问：'你知道你姑爹的舅子是你什么人吗？'他说：'不就是姑爹的舅子吗？'元阳兄，你说好笑不好笑？"

李元阳："我年轻的时候，不知道李白娶过几个老婆，也不知道他有几个子女，就问一位同窗好友。他说：'李白的妻子姓赵，名香炉。儿子是李紫烟。'我问：'你怎么知道？'他说：'李白有诗曰：日照香炉生紫烟。这是李白自己说的。’呵、呵、呵！元阳，你说可笑不可笑？俗不俗？”

冷珂：“我给你猜条谜谜。谜面是，‘老汉今年五十多，今日是我儿八十寿辰，不免往后花园祭奠一番。出得门来，东边桃红柳绿，西边大雪纷飞。好一派秋景也。——打一成语’。你猜，是哪样？”

李元阳：“当年，张先八十岁，娶了个十八岁的黄花闺女做小妾，张先十分得意，出口成诗：‘我年八十卿十八，卿是红颜我白发。与卿颠倒本同庚，只隔中间一花甲。’苏东坡见张先很自豪，脱口而出，和诗一首：‘十八新娘八十郎，苍苍白发对红妆。鸳鸯被里成双夜，一树梨花压海棠。’哈哈，你说，有趣吗？”

冷珂：“谅你也猜不出来。我的谜底是：一派胡言！你说，确切吗？”

李元阳：“不但有趣，还是一段文坛佳话呢。你说，是不是？”

冷珂：“其实，他姑爹的舅子，就是他爹！他成亲，不请他爹，这不好笑？”

李元阳：“后来，我到处查资料，终于明白了：李白一生有四次婚姻。开元十五年，在安陆娶许氏，生女平阳，生子伯禽，又名颇禽。许氏早逝，李白又与刘氏结合，但刘氏恐非正娶，终日怏怏不乐，不久离去。后李白移居东鲁，天宝元年又娶一鲁女为妻，生男天然，又名颇黎。四五年后，两人离异，天然随母。不久，李白又与宗氏缔结秦晋之好……”

“元阳兄，你用你老祖宗的事嚼牙巴骨，大不敬吧！”杨慎装出严肃的样子大喝一声，李元阳戛然而止。

“各位仁兄贤弟，明日‘温塘春沐’。雄鸡已唱三遍，早睡早起吧！”廷表微笑着说完，倒在床上，呼呼睡去。

王廷表一行自布沼坝归来后，又一次兴致勃勃游览了“温塘春沐”“冰泉古道”“盘江赤壁”和西门外观音寺。文人相聚，免不了诗酒唱和。在各个景点，王廷表、杨慎、张含、李元阳、冷珂都有诗联，以借景抒怀。那天，揽盘寨洗罢温泉，杨慎自觉神清气爽，随口吟古风《温泉》诗一首：

仙源灵液蓬壶境，碧杜芳蘅慷照影。
美人来时含谷春，美人去后温泉冷。

王廷表则有七律《游温泉》唱道：

山国风淙沸井洪，杵天云窟火龙宫。
水光潺埒焚槐势，地脉炎承炼石功。
穿埠月明仙坞白，绕红霞起鹤攀红。
裸裎浴我身犹垢，澡洁怜人意本空。

杨慎又吟《温泉》：

神印隐云岊，灵泉渺天河。
阴火煮玉泉，阳晕潋朱波。
吹律岂邹子，炼石疑娲娥。
乳窦沉水碧，碕梁起盘涡。
渐渐不濡轨，汩汩常盈科。
偕赏玩仙液，蕴真洗人疴。
沿兰远兴思，沐芳咏遗歌。
铜池汉溜侧，卸堿骊山阿。
朝宗思江汉，褰裳恨牂牁。

天涯感流落，日暮吟蹉跎。

王廷表听罢，说：“慎兄此古风意境高远，弟尚无此类诗体，今日就步韵奉和一首吧。但尚请兄雅正。”言罢，吟道：

造物酿仙液，清亮似银河。
袅袅有生气，莹莹泛柔波。
凡尘恋西子，月里诱姮娥。
轻奏宫商羽，曼画烧饼涡。
浴池能治蠢，殿试可登科。
频临增妙趣，一洗却沉疴。
远近同抒爱，去来总是歌。
贫寒皆不弃，高贵又何阿？
大海为归宿，故园乃牂牁。
低洼知上善，向往不蹉跎。

还未等升庵说话，李元阳赞道：“钝庵真不愧诗文里手，一首古风，竟如此高雅，这可算入律的古风了。佩服！佩服！”

几位友人也一起赞扬起来。

游盘江时，杨慎见景生情，又吟得《盘江赤壁》一首：

悬崖峭壁插天空，势领滇南第一雄。
一自始皇鞭石后，于今犹带血痕红。

冷珂听罢，笑道：“状元公之诗，出类拔萃，弟望尘莫及。不管了，斗胆献丑吧！钝庵次韵、步韵，我宽松一些，就依韵吧。拙作题为《读升庵〈盘江赤壁〉依韵奉和》。”随即吟道：

横似长龙舞碧空，竖如铁柱入苍穹。
自然造化真神也，吾辈安能不鞠躬？

游观音寺时，各人都有诗或联助兴。因边游边咏，杨慎担心作品失传，请廷表一一记下。廷表不负众望，独自坐在方丈室细细回忆，认真记录。刚将各人所作诗联记下，王天锡和刘楷却闯进门来，刘楷微笑着说：

“老师，后天楷甸观音阁要办庙会，我爷爷请各位大人去凑凑热闹。”

“好！一定去！先谢谢老伯了。”王廷表刚说完，杨慎走进方丈室。王天锡立即将一封信递给他，说：“伯父，这是我娘刚才托邮差送来的。”

杨慎一看，是妻子的手迹，急忙拆开，看着看着不由得叹出声来：“谁让我们作牛郎织女呢？唉，贤妻呀！远在云南的我，能不思念故乡吗？”

王廷表见杨慎叹气，不知发生了什么事，就怯怯地问：“杨兄，何事悲伤啊？”

“你看吧。”杨慎将信递给廷表。

廷表定睛一看，上面有二首诗，其中一首七言诗《寄外》曰：

雁飞曾不度衡阳，锦字何由寄永昌。
三春花柳妾薄命，六诏风烟君断肠。
日归日归愁岁暮，其雨其雨怨朝阳。
相闻空有刀环约，何日金鸡下夜郎。

“唉！升庵兄，这可是用血和泪染成的诗篇呀！”

“钝庵贤弟，我与峨儿自嘉靖八年新都一别，屈指已是四五年了。”杨慎悲怆地说，“恩爱夫妻，天各一方，岂有不思念之理？我，明天就回永昌，再去求奶奶告爷爷，一定设法回故乡一趟。”

廷表没吭声，又急忙看第二首诗，这实际上是一首散曲《黄莺儿》。廷表轻声吟道：

积雨酿春寒，看繁花树树残。泥途满眼登临倦，云山几盘，江流几湾，天涯极目空肠断。寄书难，无情征雁，飞不到滇南。

吟毕，哑然失笑，两行清流却汩汩而出。

“贤弟，你也莫悲伤了。这是命运呀！”升庵的泪水也滚出来。

“好吧！”廷表转了个话题，“兄若回川，请代我向嫂子、向我的老师以及杨惇贤弟问好。若有时间，还望兄携嫂夫人到阿迷住些日子，看看阿迷的风景。”

诗曰：

南洞扬名谢用修，状元墨宝照千秋。
人间多少诗含泪，化作相思逐水流。

第二十二章
廷表论陆游人品　杨慎作九言梅诗

转眼又到了明嘉靖十二年（1533）孟秋。

阿迷的秋天，硕果累累，菊桂飘香。阿迷的秋天，天高气爽，景色迷人。经过一年多的忙碌，状元馆已经竣工。为建状元馆而绞尽脑汁、日夜操劳、亲自监工的王颖斌和王廷表，似乎消瘦了许多，可他们的心里却热乎乎的，脸上更是喜气充盈。

“廷表，你准备准备，到安宁将杨慎请来，让他来状元馆居住些日子。说心里话，有生之年，状元馆落成，了一桩心愿，我死也瞑目了。”

“爹，状元馆建成是喜事，高兴还来不及，怎么说出死字来？”廷表显出些不高兴。

“随口说说，别把它当成不吉利话。”王颖斌莞尔一笑，“你啥时候走？”

“我现在去买几封炮仗，找人做几个大红灯笼，待杨慎来后，举行个开馆仪式。”廷表说，“办完这些事，我立马出发。”

“这些事我和瑶琴会办。你只管放心上路。”

“是否要摆几桌酒席？”

“当然要摆，办喜事嘛！”王颖斌说，“要请的人我都想好了。明天，我就叫天礼、天仪准备请柬。”

“准备请哪些客呢？”

“你岳父伍车书，天锡的两个舅舅伍迁、伍迅、堂舅伍音，还有你舅舅杨升大爷、姨爹姨娘几家，必须请。你们的那些堂叔、堂兄弟如王铉、王廷彦等都要请。”王颖斌说，“特别是知州匡辅，赵老祖公的后裔，学正韦经邦、你的那些弟子，阿迷德高望重的乡贤，刘族长一家等都得请。我估计至少有十多桌。”

“爹想得很周到。我想，还有帮助建馆的师傅们，也得请。”王廷表话锋一转，“我还有个想法。去年八月，刘楷乡试考取举人，步入仕途，为我们争了光，也了却了我的一桩心愿。天锡虽突然生病没能参加考试，但以后还有机会。同样是去年，刘楷和天礼、天锡和刘甸都已先后定亲。刘家已多次登门询问婚期。因此，我想，是否能借状元馆开馆的机会，顺便将天锡、天礼他们的婚事一起办了。”

“我也有此意。”王颖斌说。

“那就这样定了。”廷表又叹道，“刘楷已到昆明做官，天锡却偏偏叫嚷要孝奉爷爷和爹娘，只想做生意，不肯再参加乡试，真叫人揪心。将他的婚事办了，我就希望在儿媳的诱导下，他能回心转意，争取有朝一日金榜题名。”

“管不得那么多了，拜咸吃萝卜淡操心。”王颖斌叹道，“孔子曰：‘吾十有五而志于学，三十而立，四十而不惑，五十而知天命，六十而耳顺，七十而从心所欲，不逾矩。’如今，你早过了不惑之年，而我已快从心所欲，天锡虽未成家立业，但有酿办法呢！人各有志，不能勉强，成龙上天，成蛇钻草，省些心吧！”

“好吧！就少操些心。”廷表说，“爹，若婚事一起办，就少不了二十桌了。”

“没关系。”王颖斌说，“你走后，我马上与你媳妇到刘家商议，把婚期确定下来，把请柬准备好。你就放心走吧！”

“事事让父亲操心，孩儿于心不忍呀！”廷表双目湿润了。

王廷表骑上快马，直奔安宁。

八月初八，廷表与杨慎回到阿迷。经过一番商量，开馆时间和婚期定于八月十五中秋节。欢度中秋佳节、庆状元馆竣工、两对新人喜结良缘，可谓四喜临门，一时间，阿迷城热闹非凡，欢声潮涌。

天刚蒙蒙亮，状元馆前就熙熙攘攘，挤满了人。辰时正，王颖斌一声喊：“状元馆揭牌！”鞭炮声立即噼噼啪啪响起来，知州匡辅和赵升之玄孙赵迪将红绸揭去，状元馆大门上立即露出一块横匾，匾上镌刻着王廷表书写的“状元馆”三个金光闪闪的大字，门柱上也亮出一联：“才气纵横通四海；品行高尚照千秋。”目睹金碧辉煌的状元馆，欢呼声随之爆发，将阿迷城推向空前的欢乐高潮。杨慎身披上书“大魁天下”的绶带，站在状元馆前向大家挥手致意，流着喜悦的泪水，慷慨陈词：

“杨慎不才，承蒙我的恩师王老爷、我的钝庵贤弟及阿迷父老兄弟垂爱，呕心沥血建状元馆，慎不胜感激！阿迷就是杨慎的又一故乡，阿迷的父老乡亲都是杨慎的亲人。今后，杨慎一定会尽微薄之力，报答家乡，报答家乡的亲人。为感恩恩师、恩弟，以及父老乡亲，我最迟于后年，一定在阿迷建恩荣坊……”

揭牌仪式刚结束，王天锡即骑上大红马，走在一乘花轿前，带领吹吹打打的迎亲队伍，向楷甸进发。天锡走后一个半时辰，刘楷的迎亲队伍在欢快的唢呐声中穿过大街，进入王府，将王天礼抱上花轿，缓缓而去。两个时辰过后，迎亲队伍簇拥着王天锡的大红马及花轿回到王府……

王府沉浸在欢乐幸福的氛围中。新婚仪式开始，新郎新娘在司仪的喊声中“一拜天地”“二拜高堂”“夫妻对拜”之后，送入洞房……

大院堂屋上、天井里、耳房楼间，摆满了喜宴，客人们欢欢喜喜，喝着美酒迷你香、品着阿迷特产烹就的美味佳肴，将喜事推向又一个高潮……

热闹三天后，喜事办完。刘楷在家度过蜜月之后，携妻子回昆明官邸上任。王天锡和刘甸经一番策划，在阿迷城东门内买了一间房子和一块地皮，开了一个酒店，取名为“天锡酒店”。杨慎从此住进了状元馆，一住就是数月。

住进状元馆后，杨慎的心情好了许多。为报答王颖斌、王廷表的大恩，为报答阿迷乡亲父老的盛情，他决定尽自己所能，为阿迷培育人才，就在状元馆内设一学堂，又开始收徒讲学。王廷表、韦经邦率众弟子集体拜杨慎为师，几乎天天进学堂听杨慎讲课，当然，有时也是王廷表主讲。讲课传授学问之余，王廷表和杨慎又常常带领众弟子到郊外，甚至山乡野外游览，诗酒唱和、尽情欢悦。

不知不觉间，菊桂飘香，重阳节到了。季秋来临，预示着冬天就在眼前。然而，杨慎并未感到丝毫凉意。这是为什么？他亲身感受到：阿迷不像北京和四川，四季分明，冷来冷得冰凌上卧，热来热得蒸笼里坐，而是四季如春，年温差极小。阿迷实可称为中老年人的天堂，绝没有老牛怕过冬的感觉。

一天下午，一阵爽风破窗而入，杨慎顿觉神清气爽，但又感到几分孤独。“何不叫钝庵来下盘棋呢！”想着，立即将围棋盘摆好，呼唤王廷表为他雇来的仆人徐三，要他去请王老爷。徐三一听，立即向门口走去。正在这时，王廷表带着几个弟子闯进馆来。

“话说曹操，曹操就到！”杨慎欣慰地笑着说，“徐三，上茶！上好茶！”

众人坐下才片刻工夫，徐三就将热腾腾的香茗端到桌上。品着香茗，大家又天南地北，高谈阔论起来。谈着论着，话题又转到了诗词歌赋。

“王老师，诗到底源于何时？”张羽问。

“有了语言，就有了诗；有了文字，诗才得以记录和流传下来。”王廷表认真地说，“实际上，诗就是歌。相传，黄帝时代的《弹歌》：‘断竹，续竹；飞土，逐肉’，就是有文字后记录下来的诗歌。帝尧时代的《击壤歌》、帝舜时代的《卿云歌》《南风歌》，都是诗的源头。《吕氏春秋·古乐》记载：‘昔葛天氏之乐，三人操牛尾，投足以歌八阕。’这种配乐以歌的形式，就是‘诗歌’的起源。孔子是中国古诗的集大成者，其所编删的‘诗三百’，来自民间和宫廷，但诗的作者无法找到，只能标‘佚名’或‘无名氏’。”

“古代诗歌最有建树的是谁？”胡玺问。

“当然是屈原。”廷表脱口而出，“屈原虽比孔子晚二百余年，但堪称中国诗的鼻祖，也是中国文学史上积极浪漫诗歌的奠基人。孔子只是收集无名氏诗歌而已，屈原的《离骚》《九歌》《九章》《天问》等作品，其影响力远在‘诗三百’之上。屈原创造的楚辞，又称骚体，是四言诗后出现的最古老的诗歌体式。”

“诗词讲究赋、比、兴，赋、比、兴是些啥？”胡玺又问。

“赋、比、兴是诗、词、歌、赋、曲的表现手法，最早见于《周礼·春官》：‘大师教六诗：曰风、曰赋、曰比、曰兴、曰雅、曰颂。’统称‘六义’。汉代学者郑玄，在他注‘六义’时引东汉经学家郑众语说：‘风言圣贤治道之遗化也。赋之言铺，直铺陈今之政教善恶。比见今之失，不敢斥言，取彼类以言之。兴见今之美，嫌于媚谀，取善事以劝喻之也。雅正也，言今之正者以为后世法。颂之言诵，容也，诵以美之。’也就是说，赋，敷陈其事而直言之。比，以彼物比此物也。兴，先言他物，以引起所咏之词也。赋、比、兴是诗歌创作的三种手法，风、雅、颂是诗的三种体裁。赋、比、兴贯穿于中国从古至今的诗词曲赋之中。”

众弟子你一言我一语，不断提问，王廷表则一一解答。这种以提问形式探索学问的方法，颇像孔子的弟子请老师回答问题的情景，提问简洁明快，回答干脆利落，易懂易记易获教益。“老师，从古到今，有多少诗体？”“老师，律诗讲究些酿？”“老师，怎样才能写好诗？”众弟子七嘴八舌，一个劲儿地问。

“好了！同学们。”杨慎微笑着开了腔，“王老师讲了那么多，也该喝口水了。我建议，大家到门外散散心，再来听课，好吗？”

“好！”众弟子异口同声答。

在门外散步约半个时辰的工夫，大家又聚于状元馆大厅，听王廷表授课。王廷表则按刚才大家提问的顺序，讲述了自己的观点：

中国的诗体很多，有骚体、吴声、西曲、古风、古绝、柏梁体、正姑体、太康体、元嘉体、永明体、齐梁体、格律体及各种词牌、曲谱等，难以计数。但这些诗词体式，实际上分为两大类，即：格律诗和古体诗。古体诗有四言、五言、六言、七言和字数不相等的杂言诗。律诗则有五绝、五律、七绝、七律和排律。词牌最多，细细数来，有上千个，曲谱也不少，有上百个。这样算起来，诗体有两千个左右。词、曲也是诗，词又称诗余，或称长短句。自元代出现曲谱后，基本上没有产生新的诗体。时代在变，诗体也在变，新的、百姓喜闻乐见的诗体的产生，要靠你们年轻人去创造。

怎样写好诗？律诗讲究些什么？这两个问题可以连在一起讲。首先，要弄清哪样是好诗。我以为，意境高远，内涵丰富，情感真挚，朗朗上口，易读易记，能给人以教益和启迪的诗，就是好诗。

因此，写诗不能无病呻吟，要发自内心的感受。《毛诗大序》说：“诗者志之所之也。在心为志，发言为诗。”我朝正统年间进士薛瑄《读书录》说：“凡诗文出于真情则工，昔人所谓出于肺腑者是也。”这些话，都极有见地。这里说的“感受”、所说的“出于肺腑”，实际上反映的就是诗的“意境”。诗强调意象和意境，意象产生于物类的形象，即客观事物的图像。意境则来自意象。意象是形象事物进入人的大脑的情感写真，意境则是诗人对意象的感悟，如：幽静明净、沉郁孤愁、和谐静谧、开阔苍凉、哀怨期盼、高远辽阔、雄浑壮丽、欢喜愉悦、诚挚友善、爱怜尊崇等，都是诗人通过意象诱发而感悟出来的情调。如李白的《静夜思》，就是从“床”“明月”“霜”等意象中感悟出来的沉郁孤愁之意境。意境含蓄不露、情景交融、虚实相生、富有哲理。当然，写诗还有许多修辞技巧，如：比喻、比拟、象征、夸张、借代、双关、用典、设问、衬托、省略、含蓄、倒装、仿拟，等等，不一而足。多读古人的诗，认真思考，举一反三，就能悟出这些技巧，并运用自如。既能入门，必能深造。

“老师，律诗太难写，框框太多了。”钱季说。

“会者不难，难者不会；勤者趋会，惰者趋难。”杨慎笑道，“钝庵对于律诗，十分精通，也讲得简明扼要，十分精辟。杜工部是‘晚节渐于诗律细’，钝庵则是‘不依声律不吟诗’，比我强多了。”

“杨兄过奖了！”廷表摇头一笑，“其实，我的诗也非句句入律，特别是即兴之作。”说罢，又将写律诗的技巧作了简洁的阐述：

律诗，又称今体诗、近体诗，“永明体”式的新体诗是其产生的重要的桥梁。律诗创造于隋朝，兴盛于唐代，是此后至今诗歌史上最基本的诗体之一。因近体诗的产生，才出现与之相对并立的“古体诗”这一诗体称谓。

律诗包含五言绝句、七言绝句、分别简称五绝、七绝，以及五言律诗、七言律诗，分别简称五律、七律，还有十句以上的律诗，又称长律或排律。律诗句式看去复杂，实际上只有四句，以七言论，即平平仄仄仄平平，仄仄平平仄仄平，仄仄平平平仄仄，平平仄仄平平仄四句。无论写多长的律诗，都是由这四个句式颠来倒去拼成格律，主要注意起承转合、一粘一对就行了。若写五言诗，只要将这四个句式的前两字删去就可以了。就诗体而言，近体诗与古体诗或词、曲，没有高低贵贱之分，只要内容好、独具匠心、意境不凡，就是好诗。当然，应该明白，律诗的产生，是诗坛诗体的一大进步，律诗的声韵美、整齐美、和谐美是显而易见的，可以说，律诗的美感是古体无法比拟的。律诗一跃而登上中国诗歌声律艺术的高峰，独领风骚，经久不衰，值得庆贺。

律诗有一定的创作规则，即格律，主要是押韵、平仄和对仗，这是律诗的三要素、三原则，也是律诗的核心和灵魂。若将三要素抽去其中之一，就等于抽去了其灵魂，律诗也就不存在了。特别是平仄格式，是律诗至关重要的，近体诗之所以冠之“律”，就是因为其讲究注重声律。古体诗一般不讲声律，只讲押韵或对仗，但律诗非讲平仄不可。

廷表讲到这里，莞尔一笑：“《孟子·万章上》曰：‘不以文害辞，不以辞害志。’其实，写诗也不必刻意追求形式，要注重自然、天然之美。李白的很多诗就显得浪漫潇洒，各位要认真研读。”

“老师，律诗非要一韵到底吗？”杨绍庵问。

“律诗一韵到底，是与其他诗体的区别之一。有些古体诗体可以换韵，而且可以平仄韵交替，律诗就不行。”廷表说，“律诗一般押平声韵，但也有极少极少押仄韵的。我习惯押平声，因平声读音响亮，不拗口。”

“老师，写诗非要押韵吗？”钱季问。

“我说过，有韵为诗，无韵为文，即使是赋，也讲究押韵，称为韵文，这已是古今达成的共识。我中华自魏李登编《声类》始，曾先后出现晋人吕静的《韵集》、六朝的多部‘韵书’。到隋仁寿元年（601），陆法言编就《切韵》，使上述韵书得以定型。唐开元至天宝年间，则出现《唐韵》二种，随后又有《广韵》《集韵》《礼部韵略》，直至《五音集韵》《洪武正韵》《中原音韵》等正统韵书相继出现。但我们今天通用的是宋刘渊的《平水韵》，此韵书只有百单七个韵部，比《唐韵》少近九十韵部。”廷表说，“从古到今的诗，没有不押韵的。但也有人写不押韵的诗，结果闹出大笑话。唐代‘安史之乱’中的史，即史思明，他不会写诗，但想写诗，以显示自己文武兼备。一次，有人送他一篮樱桃，他‘诗兴大发’，念道：‘樱桃一篮子，一半青，一半黄。一半送怀王，一半送周挚。’有个下属一听，说：‘将军，您将最后两句颠倒一下，就押韵了，就是诗了。’史思明一听，大怒，呵斥道：‘怀王是我儿子，周挚是我的属官。岂可使周挚居我儿上耶？’你看，这不是笑话吗？这简直是‘算命先生拉锯子，瞎扯’！”

钱季等频频点头。

“写诗最主要的在于立意。”杨慎道，“立意是诗词的灵魂，起着统帅作用。立意好，往往能决定诗的成败。写律诗还要把握好起、承、转、合以及对、粘格式。”

“对！”廷表说，“只要立意好，就不必拘泥于是否律诗。从古到今，不少古风、歌行体诗就有极高的价值，千秋传唱。我历来不完全赞同南朝梁文学家沈约的‘八病’说。什么力避平头、上尾、蜂腰、鹤膝、大韵、小韵、旁纽、正纽，其动机固然好，追求韵律美，提高艺术性，但苟求过甚，作茧自缚，以辞害意，实不可取。当然，若写律诗，这八病说，也有参考价值。”

“老师，‘一三五不论，二四六分明’可取吗？”李元龙问。

“这是《经史正音切韵指南》提出来的，此书成于元代至元二年。此提法的‘二四六分明’基本正确，应该遵循。‘一三五不论’则存在不少毛病。就律诗而言，从首句到末句，平仄要求愈到尾部愈严格。七律、七绝的第三字、第五字，有时当论，五律、五绝的第一字、第三字，有时当论。细细琢磨吧。”

“请老师再讲讲合掌、孤平和三字尾。”李元龙说。

“凡是诗，都应该忌合掌。”廷表说，“出句和对句用同义词，不但内容狭窄，更显得诗人词汇贫乏。如‘华夏’对‘神州’，都指中国，这样的对句，不是让人大倒胃口吗？孤平也要忌。哪样是孤平？两仄夹一平就是孤平。律诗以两字为一音节，若不忌孤平，就会影响诗句抑扬顿挫的节奏感。三平尾、三仄尾是古风的特点，律诗的大忌，一定要回避。”

“老师，平仄格式太难了。不讲平仄的诗，在七律、七绝或词牌等诗体前加个‘仿’字，行吗？”钱季问。

“胡说八道！”王廷表大怒，厉声呵斥，“那不是造假吗？此种提法，实乃‘墙上挂草席，不像画（话）’！这简直是对高雅的诗歌的玷污！你写的不是格律诗，标个古体诗、古风，或直接称‘打油诗’不行吗？为酿要‘鬼擦胭脂，死要面子’呢？妄加‘仿’字，还自以为得意，其实，这是‘瞎子戴花瞎体面’，无知无聊至极！既然畏难，就不必读书了！饭也别干了！”

“廷表，你讲得很精辟、透彻，而且，见解独到。”杨慎说，“今天就到此为止吧，饭得吃，书更要啃！走，我请客！”

“不！二位老师，今天，弟子们做东！”韦经邦笑道。

转眼之间，杨慎在阿迷已三个月。其间，杨慎讲学一个多月，重点讲了《二十一史弹词》和《转注古音略》《词林万选》。其间，王廷表与他信马由缰，游览了鱼跃北江、晓月坠岭等景点。他们边走边议，又是吟诗，又是作对，又是奕围棋、下象棋，有时又现制几条灯谜，互相猜射，自由得像脱缰的骏马，无拘无束，煞是欢乐。他们走到哪里，就在哪里找户人家住下，不但了解了民间疾苦，还了解了不少民情民风，为纂《阿迷州志》积累了不少素材。

一天，他们走进雨洒村，正值一户人家办喜事娶儿媳，弟子杨绍庵在帮写春联。见老师来了，绍庵立即将二人介绍给主人。主人听说是王进士和杨状元，高兴得不得了，一定要将他们留下喝喜酒。喜宴时间尚早，主人又请他们写几副对联。二人听了，欣然命笔。王廷表大笔一挥，一副喜联跃然红纸上：

蜜蜜甜甜甜蜜蜜；
欢欢喜喜喜欢欢。

“好一副回文联！”杨慎赞罢，一眼看到墙角热气腾腾、香气四溢的大锅，立即铺开纸，大笔挥处，联已写就：

山珍海味色香有；
乾宅高堂喜庆兼。

王廷表联：

锦帐梅花初入梦；
妆台铜镜早生辉。

杨慎联：

一派欢声迎淑女；
千杯美酒贺新郎。

王廷表联：

二姓联姻成大礼；

百年偕老乐长春。

……

那是十月下旬的一天，王廷表和杨慎、杨绍庵三人到老邓耳走访。突然，天上飘起小雪。见景生情，王廷表吟出一上联：

雪白梅红花世界；

杨绍庵一听，接着吟道：

山清水秀锦人间。

“二位贤弟之联，可谓珠联璧合，妙不可言。”杨慎笑道，“我们已置身西岭，能合作一首诗吗？”

“好！来一首七绝吧，最好是接龙。”廷表说。

“对头！我建议，最后一句每人都吟一句，并以此句比个高低。好吗？”杨慎说。

“好！就让弟子先出句吧。”杨绍庵应声道，“绿满群山染惠风。”

王钝庵：“风生凉意蔼从容。”

杨升庵：“容颜不老心先老，老去才知万事空。”

听升庵又悲伤忧郁，愤世嫉俗，钝庵立即安慰，吟出最后一句：“老者寿齐西岭松。”

绍庵似乎已听出两位老师的“弦外之音”，赶忙呈一副笑脸，高声咏道：“老绽春花逐日红！”

“绍庵，你的和诗最好。老了，还春心荡漾，要去追逐太阳的颜色，可谓立意高远！后生可畏呀！”杨慎赞罢，却长叹一声，“钝庵，我俩就甘拜下风吧！报国无门，惭愧呀！”

廷表：“升庵兄，又作怀才不遇之叹了？算了吧，能天马行空，独来独往，不亦乐乎！总盼‘芝麻开花节节高’，岂不是‘做梦讨婆娘，专想好事情’。往事不堪回首，还是回到现实来吧！”

杨慎：“贤弟可曾听到，去年八月，嘉靖之子降生，朝廷大赦天下？”

“听说。”廷表满不在乎地说，“有酿办法？君叫臣死，不得不死，比起死来，未能大赦，也是万幸了！”

“去年尚有两件令人悲愤的事，弟知道吗？”

“你说的是张璁被召入内阁为首辅、王知府卒于安宁之事吗？”

“是。”杨慎双目湿润了，哽咽着说，“奸佞又掌大权，百姓不知又要遭多少磨难。更令我伤心的是，王大人年纪不大，却撒手人寰。大人可是我的恩人呀！”说着，不觉痛哭起来。

“杨兄，挺起腰杆来，走我们自个儿的路，实现我们的抱负，以告慰亡灵吧！”王廷表安慰道。

“老师，别难过了。”杨绍庵也劝道。

杨慎抽噎着，有气无力地坐在地上，喃喃道：“钝庵，你可记得，嘉靖九年，谁曾驾鹤西去？”

“当然记得，那年，我最尊敬的人，也是云南至今唯一一位宰相级的人，杨一清老大人走了。”廷表悲叹道，“在京时，我多次拜见杨大人，听他论朝政、讲诗文，获益匪浅。”

“杨大人确实是云南的骄傲。”杨慎说，“他仙逝后，我写了一副对联：相业四朝称第一；人文六诏羡无双。刻悬于杨大人的故乡安宁。我敢说，此联对一清大人的赞誉，毫不为过。而我，若无杨大人巧计耍嘉靖，又岂能到云南，与那么多朋友扯常相聚，安逸得板。”

“兄言极是。”廷表感慨道，“为怀念杨大人，我也曾吟得一联，联曰：‘身居三部，名扬三殿，位列三公，总制三边，两任朝廷首辅，武略文韬昭日月；勇冠千军，廉布千秋，爱施千姓，誉芳千古，几戡内外群凶，忠肝义胆照乾坤。’”

“两位老师才气过人，令弟子佩服之至。”杨绍庵说，“但愿老师莫过于悲伤，保重身体要紧。我们这些憨弟子，离不开二位老师呀。”

天色昏暗下来，状元馆里静悄悄的。

杨慎坐在桌前，独伴孤灯，在聚精会神地记录到乡下的所见所闻，为撰写《阿迷州志》做准备。

“笃、笃、笃”，敲门声。

杨慎叫徐三拉开门，王廷表兴冲冲地走进来。

“贤弟，有事吗？”

“无甚大事，知你孤独，陪你坐坐，聊聊天。”

“喝茶吗？”

“喝茶睡不着觉，来杯酒吧！”

“好，酒是催眠药。”杨慎笑着，倒了两杯酒，又找来半碗炒豌豆。“来，喝一口，提提神。对了，贤弟，好久未手谈了，弈一局吧。前次，我俩战了个平手，今天，我一定要打败你！”

“打败我？”廷表笑道，“兄可知道，如今我又长进了。你弟妹瑶琴的棋艺你不是不晓得，那可是首屈一指的！”

“贤弟妹的手谈妙艺，愚兄当然佩服。”杨慎说，“但你整天忙得不可开交，有闲情逸致下棋？再说，我峨儿之棋风，也是可以称霸一方的。你能学得弟妹的绝活，我就不能索到峨儿的厉害？来吧，先不斗嘴，还是较量一番手上功夫吧！”

“好！痛快！”廷表喊着，已将围棋盘摆好，杨慎则将盛棋子

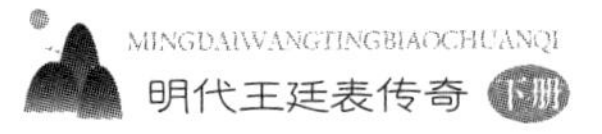

瓷器置于各人手边。

经抽签，杨慎执黑，廷表执白。空枰开局，黑先白后，两人静静地“厮杀”起来。棋盘上只听到棋子落在棋盘上的声音，没有其他响声，而两人心中，似有千军万马在奔腾，喊声震天，这是战略战术的比拼，是大智大勇的较量。黑下子、子落边星；白下子、子置天元。落子频频，两人各使绝招：立、点、夹、挖、挡、冲、跳、飞、镇、挂、断、倒脱靴……置气、提子……使尽全身解数，无声的战场上，只杀得“天昏地暗、日月无光”……

围棋，又称手谈，是中国传统棋艺之一，比象棋出现得更早，至今已有二千五百余年的历史，传到日本已有一千多年。围棋何时发明？何人发明？一千六百年前的《博物志》说：是尧创造以教其子丹朱。又有人说：是舜发明以教其子商均。估计，此两种说法都不可信。迄今发现的有关围棋的最早的文字是《左传》中以围棋比喻公元前五百五十九年卫国国政的记载。两千四百年前的古书《论语》，及以后的《孟子》都提到“弈”，弈是当时围棋的称谓。

围棋在古代颇为风行，文人学士，帝王将相，谋臣雅士，以至才子淑女、僧尼皇冠都常以弈为尚。中国素有琴棋书画并称之说，可见围棋也为华人之国粹。汉代班固《弈旨》流传至今。宋明帝刘彧还为棋家设置官署，授以俸禄。梁武帝萧衍就亲自撰《棋经》，记载当时的围棋规则和棋艺（此经后在敦煌石室被发现）。

围棋奥妙无穷，唐代诗人皮日休夸张地说：只有神仙才能发明围棋。唐代日本围棋高手慕名到中国寻访名宿“手谈”。唐诗人杜甫、杜牧，宋词人苏东坡等，都有咏围棋的诗句。南宋出现了有理论、有经验、有指导的系统围棋著作《忘忧清乐集》。元代大儒虞集论述围棋曰：“有天地方圆之象，有阴阳动静之理，有星辰分布之序，有风雷变化之机，有春秋生杀之权，有山河表里之势，世道之升降，人事之盛衰，莫不寓是。惟达者能守之以仁，行之以义，施之以礼，明之以智……”

且说，王廷表与杨慎对弈，弈到兴致勃勃处，早也烦愁顿消、宠辱皆忘。终于，廷表连连虚着，杨慎也连连虚着。经清点棋子，杨慎突然大惊，叫道：“钝庵，请看！你的白子是什么？”

“似一无广字头的‘庵’字！其实，这在我意料之中！”廷表笑道。

“妙哉奇也！”杨慎赞道。

“状元公，弈棋也已尽兴，是否该书归正传了？”

“钝庵贤弟，休息片刻，论诗吧！”

王、杨二人又温好酒，开始议论古今诗词。

王廷表呷了一口酒，说：“最近，我又读陆放翁的《剑南诗稿》，越读越有味。”

杨慎点头：“读陆游的诗，是一种享受。”

“务观翁一生写诗九千三百余首，词一百余首，论其作品之多，古今无人可及。”廷表说，“而且，他的诗内容丰富，涉及现实生活的方方面面，而表现出强烈的爱国情怀，更是难得。”

杨慎：“放翁各体皆工，七律尤佳，但最擅长近体诗。其词别具匠心，感情真挚动人，纤细处似秦观，雄慨处若苏轼。”

“放翁为酿能写出那么多影响和激励后人的诗篇呢？杜工部‘读书破万卷，下笔如有神’的高论，足以为他的高产、精产作注释。”廷表口若悬河，妙语连珠，“从其诗文可窥见，他爱书如命，手不释卷，至老不休，一个书斋名‘老学庵’，就是放翁一生勤奋读书、求知不断的真实写照……”

“贤弟所言极是。”杨慎插话说：“读书之多少，往往与作品之多少成正比。”

“放翁在《春夜读书感怀》中说：‘我坐篷窗下，答以读书声’，在《夜读东京记》《秋夜读书戏作》《秋夜读书每以二鼓为节》《冬夜读书忽闻鸡唱》等诗中写道：‘孤灯对细字，坚坐常夜半’‘也知赋得寒儒分，五十灯前见细书’‘白发无情侵老镜，青灯有味似儿时’‘天涯怀友月千里，灯下读书鸡一鸣’。”廷表滔滔不绝，侃侃而谈，“五十二岁那年，放翁在《读书》诗中自述：‘灯前目力虽非昔，犹课蝇头二万言’，道出自己‘年老眼花，仍借灯光阅读蝇头小字’的情景，实在真切感人。”

“贤弟，你知放翁为何如此喜爱读书吗？”

“因为他有美好追求和远大志向。”廷表断然道，“放翁七十五岁时，在《冬夜读书示子聿八首》中曾提醒自己：‘夜窗风雪一青灯’‘闭门更读数年书’，并告诫儿子：‘古人学问无遗力，少壮工夫老始成。纸上得来终觉浅，绝知此事要躬行。’要儿子重视‘少壮工夫’，认真读书，认真实践。在《少读摩诘诗最熟》一文中又说：‘今年七十七，永昼无事，再取摩诘诗读之，如见旧师友，恨间阔久也。’这些诗文，道出了诗人不分春夏秋冬，不论白天黑夜苦读书的执着，将一位‘悲哉白头翁，世事已绝更；一身不自恤，忧国涕纵横’的爱国诗人形象置于读者面前，读之，令人身临其境，耳闻其声，眼见其心。壮哉！陆游，不愧我心中的读书典范！美哉！放翁，不愧我终生钦佩的志士偶像！”

“钝庵，你还没讲清他为何爱书的原因呢！”

廷表莞尔一笑：“一句话，读书如读志！放翁的志向是为国为民，这就是他读书的目的。他在一首《读书》诗中写道：‘归老宁无五亩田，读书本意为元元。’他在弥留之际，又告诉儿子：‘王师北定中原日，家祭勿忘告乃翁。’兄长，你一定熟悉宋真宗赵恒的《劝学诗》吧，他是咋说呢？”

杨慎笑道：“赵恒诗云：‘富家不用买良田，书中自有千钟粟。安居不用架高堂，书中自有黄金屋。娶妻莫恨无良媒，书中自有颜如玉。出门莫恨无人随，书中车马多如簇。男儿欲遂平生志，《五经》勤向窗前读。’我没背错吧？”

“没错！”廷表哈哈大笑，“赵恒所谓‘男儿欲遂平生志’是啥意思？都围着钱财美色、高楼车马转，这不是太庸俗了吗？劝人读书是对的，但不能总为己而漠视国家与黎民吧！这与放翁‘本意为元元’相比，是何等的自私和渺小。难怪，他可以苟且偷生，不顾国家安危，与侵略者签订什么‘澶渊之盟’，还标榜什么‘大功业’！武则天死后，还知道树一块‘无字碑’，让后人评说其功过。赵恒自吹自擂，结果怎样呢？赵恒落得千秋唾骂，陆游赢得万古颂扬！这不是值得我辈深思吗？”

“贤弟，你这番高论及你的人品，实在令人钦佩。”杨慎长嘘一声，“可是，古今多少忧国忧民的仁人志士，剜根捞水，有几人落得个好下场？比干、屈原、岳飞，还有你我，能实现自己的愿望吗？可悲可叹呀！”

“杨兄，‘哀莫大于心死’，我们还是心静如水，‘优哉游哉，聊以卒岁’，自在逍遥度岁月吧！”

杨慎：“贤弟，曹丞相说得好：‘对酒当歌，人生几何？譬如朝露，去日苦多。’说真的，我已心灰意冷。来！喝酒！”

廷表喝了一口酒，安详地说：“我记得，曹孟德还有诗云：‘老骥伏枥，志在千里。烈士暮年，壮心不已。’曹操之所以能统一北方，建立旷世功勋，不就是因为‘壮心不已’创下的奇迹吗？还有范文正公希文，不是在其《岳阳楼记》中写下‘先天下之忧而忧，后天下之乐而乐’吗？还有……”

“好好好！贤弟，以曹操、范仲淹、陆游等为榜样，走我们自己的路吧！”杨慎举起酒杯，大喝一声，“干！”

夜已很深，王廷表还不肯离去。他和杨慎边喝酒边漫谈，兴致越来越高。“当、当、当！”善觉寺的钟声敲响了。杨慎听到钟声，忙站起身来，举起酒杯，极不情愿地说：

“贤弟，子夜了，该走了。干杯吧！”

廷表：“杨兄，下逐客令撵我走？”

杨慎：“不是逐客令，巴不得与贤弟长相厮守。但时间不早了，我怕叔父担心，更怕弟媳久等呀！”

廷表：“等些酿？都老夫老妻了。我来时已交接清楚，若不回家，就在兄长处。来！干完这杯，再斟满，今晚至少要喝个二麻二麻呢！”

“唉！”杨慎摇摇头，又笑逐颜开，一声断喝，“干！”

“杨兄，还议一议陆游，我意犹未尽。”廷表说。

“议啥子吗？”

“冬天已到，梅花正蓄势欲放，就议陆游的梅花诗吧。”

“放翁写过不少梅花诗，如《落梅》二首、《梅花绝句》六首，都写得不错。”杨慎带几分爱慕，直抒胸臆，“但我最喜欢的是他的长短句。放翁词纤丽处似淮海，雄慨处似东坡。其感旧《鹊桥仙》：‘华灯纵博，雕鞍驰射，谁记当年豪举？酒徒一半取封侯，独去作、江边渔父。轻舟八尺，低篷三扇，占断萍州烟雨。镜湖元自属闲人，又何必、君恩赐与！’英气可掬，流落亦可惜矣！其‘坠鞭京洛，解珮潇湘。’‘欲归时，司空笑问，微近处，丞相嗔狂。’这些佳句，真不减少游。”

“兄言极是。”廷表慨然道，“但我诗、词兼爱。放翁之《落梅》：‘雪虐风饕愈凛然，花中气节最高坚。’直抒胸臆，襟怀坦白，豪情四溢。《梅花绝句》：‘何方可化身千亿？一树梅前一放翁。’人与花厮守，不离不弃，有梅花处都有诗人身影，可见其风骨、梅骨。”

“对！‘树树梅花看到残’，可见放翁爱梅一生，也为自己的一生而自豪。”杨慎剑眉一扬，“梅花短暂的一生凌霜傲雪，放翁的一生不亦正气凛然吗？”

“放翁的《卜算子·咏梅》，更是千秋绝唱。”廷表赞道，“‘无意苦争春，一任群芳妒。’梅花情怀高尚，并不想苦苦地与百花争艳，却因其美镇压群芳，遭到嫉妒，这并非梅的悲哀，而是百花的悲哀。‘零落成泥碾作尘，只有香如故。’即使粉身碎骨，操守不变，如此高风亮节，能不令人钦佩？梅花的品质即人的质品，放翁自当自豪矣！”

“贤弟，英雄所见略同呀！”杨慎感慨万端。

“陆放翁的梅花诗，宋朝至今，无人出其右！”廷表说。

“论梅花诗的意境，无人能及放翁。”杨慎说，“愚兄读过一首梅花诗，是元朝天目山明本禅师所作。意境当然不如放翁诗，但明本诗是九言诗。自古之诗都是七言、五言，在明本之前，从未见过九言，也算是标新立异了。”

“明本俗姓孙，钱塘人，元代著名的临济宗师。”廷表说，“他的九言梅花诗我读过，是不是这首？”说着，吟道：

昨夜东风吹折千枝梢，渡口小艇滚入沙滩坳。
野树古梅独卧寒屋角，疏影横斜暗上书窗敲。
半枯半活几个蓇葖蕾，欲开未开数点含香苞。
纵使画工善画也缩手，我爱清香故把新诗嘲。

“对！就是这首。”杨慎说。

“这首诗显得啰唆，意境也不高，我想将其改为七言诗。”

“贤弟不妨改来看看。”

“若改得不好，还请兄指教。”廷表略一沉思，吟道：

昨夜东风折千梢，渡口小艇滚沙坳。
野树古梅卧屋角，疏影横斜书窗敲。
半枯几个蔫蓓蕾，欲开数点含香苞。
纵使画工也缩手，我爱清香把诗嘲。

“改得飞好！”杨慎道，“不过，最好别改，改了就少一支异曲了。”

廷表：“杨兄才思敏捷，小弟望尘莫及。何不作一首九言梅花诗，让小弟开开眼界呢？”

“让我试一试。”杨慎说，“九言不合传统习惯，况且梅花尚未开放，难以激起诗兴。待我思考片刻。”

“梅花见得多了，闭目即现眼前，灵感也就来了。”

廷表话刚落音，杨慎笑道：“有了！只是贤弟不要见笑。”说罢吟道：

元冬小春十月微阳回，绿萼梅蕊早傍南枝开。
折赠未寄陆机陇头去，相思自到卢仝窗下来。
歌残水调沉珠明月浦，舞破山香醉玉凌风台。
错恨高楼三弄叫云笛，无奈二十四番花信催。

“妙哉！”廷表忍不住赞道，“节奏感强，用典精当。真不愧状元公！虽不知能否绝后，却已空前了！”

“贤弟赞誉太高，愚兄汗颜呀！”杨慎说。

正是：

喜读宋词钦放翁，花香人品共峥嵘。
九言梅诗开生面，艺海行舟志更雄。

第二十三章
一夜咏梅诗双百　三人游临安桂湖

时光荏苒，转眼又是明嘉靖十三年（1534），十月尽，冬月来，冬月尽，腊月至。杨慎在阿迷一年多时间里，应王廷表之托付、学子之请求，又招收了不少弟子；又应廷表之邀，众弟子之盼，在状元馆讲学数十次。讲学之余，廷表与他常到乡下走走，收集资料，又常常挑灯夜坐，谈古论今，切磋学问，诗酒唱和，乐此不疲。

一日，二人循泸江河谷赏莽山蓄黛，悦木棉吐艳，到河边垂钓，尽情享受大自然的恩赐。河边垂钓时，升庵口占两句："只道江南鲈鱼美，岂知阿迷长条鲜。"留下"杨状元钓鱼台"的典故。南郊观景时，钝庵高亢一联："雨滴桥高风满面；禹湫龙卧客临波。"遗下"仙人洞作对"的传奇。

一天傍晚，突然吹来北风，下起小雨，雨中碎雪纷飞。天渐渐暗下来，小雨夹细雪虽小了些，却寒风刺骨。升庵将钝庵邀至状元馆，围炉向火冲嗑子、饮酒驱寒话友情。说着说着，升庵突然微笑着、望着钝庵一字一板地吟道：

"冬夜围炉坐。"

钝庵从升庵眼神里看出其用意，就接着念道："岂可无诗作？"

升庵："两人谁先后？"

钝庵：“杨兄客先说。”

升庵：“夜垂噬东山。”

钝庵：“庭漏一窗亮。”

升庵：“朔风撞墙回。”

钝庵：“雪花枝头漾。”

升庵：“庭前梅一枝。”

钝庵：“幽处香独放。”

升庵：“借此机唱酬。”

钝庵：“高下盘一趟。”

……

两人你一句我一句，兴致勃勃，十分开心。

正吟唱间，一阵寒风破窗而入，风中暗香扑鼻。杨慎灵机一动，微笑着说：“贤弟，你我总是如此这般唱和，路数已俗，毫无新意。不如你我兄弟二人，以律诗唱梅花，更显高雅，各自自唱自和，又相互点评。贤弟意下如何？”

廷表一听，不觉喜上眉梢，补充道：“乐诗逗趣，自古有之。你我今日赋诗，一人专攻五言，一人专攻七言，且以第一首之韵为韵，无论作诗多少，均一韵到底。兄长以为然否？”

升庵粲然一笑：“贤弟所言极妙！多首诗只用一韵，这比用险韵更险几分。但如此作诗，不亦是对你我胸中学问的一次大检验吗？贤弟是咏七律还是五律呢？”

“我选七言律诗吧！”廷表豪爽地说。

“不可！”杨慎故作嗔态，“每首七律比五律多十六字，费心费时，我既为兄，岂能拈轻怕重？还是我咏七律，弟作五律吧！”

“兄言差矣！”廷表莞尔一笑，缓缓道，“这绝非孔融让梨，长者食大。窃以为，以拈阄之法定之，较为公平。不知兄以为然否？”

“弟言之有理，听天由命，就抓阄吧。”杨慎边笑边用手裁下两张小纸片，分别写上“七”“五”二字。揉作两团，掷于桌上，毕恭毕敬地说，“贤弟请！”

“还是仁兄先来。”廷表推辞道，“弟乃主人，兄乃稀客，弟怎敢有悖常理，居客之先呢！兄长拜拘（谦让）了。”

“依贤弟所言，愚兄先拈，岂不是喧宾夺主了吗？”杨慎哈哈一笑，安详地说，“你我兄弟怡怡，何必刻意恭而有礼？随便些，顺其自然吧！那我就不推让了。”言毕，拈起一个纸团，轻轻拆开，脸上暗自绽放几分欣慰的笑容。

廷表拈起纸团拆开，不觉笑出声来：“兄长不愧兄长，知难而进，情操高尚呀！”

“此乃各人运气，也是冥冥之中，老天有眼，不容兄长欺负小弟。”杨慎一脸喜气，“那就书归正传，写诗咏梅吧！”

一直侍立旁边的仆人徐三见状，马上取来文房四宝，磨好墨，铺开纸。升庵和钝庵立即进入状态，挥毫疾书，须臾之间，升庵的一首《早梅》、钝庵的一首《未开梅》跃然纸上。

“杨兄，请斧正！”钝庵将诗笺递给升庵。

升庵接笺注目片刻，不觉喜形于色，抑扬顿挫朗诵起来：“‘蕊珠既累累，苞玉尚枝枝。一树已藏意，千颗欲放诗。有禽窥淡影，无蝶梦香姿。非畏寒威重，留春将待时。’”吟罢，啧啧赞道，“妙哉！好一个‘一树已藏意，千颗欲放诗！’梅花未开，蓄意已久，岂非爱春所致？所藏之意，其实是诗，含蓄美矣！‘有禽窥淡影，无蝶梦香姿。’似是写实，却又状虚，生花妙笔矣。‘非畏寒威重，留春将待时。’梅花为报春晓，不畏严寒，其风骨何等坚贞！须知，梅品即人品呀！”

钝庵自谦道：“兄对弟之拙作赞誉过高，实在令弟汗颜。但梅品即人品之论，实乃真知灼见，英雄所见略同也。想你我二人，胸怀奇志，忠心报国，却偏遇昏君奸佞，横遭摧残，不亦悲哉！但我俩矢志不渝，不为五斗米折腰，能持梅节，为探学问而竭尽心力，不亦乐乎！闪兴呀！”感叹之间，几滴眼泪却滚落下来。

“古人云：‘哀莫大于心死。’”升庵颇有感触，深沉地说，“是的，既痛快又安逸！我俩虽悲伤而心未死，就像那梅花，秋天叶落尽，只留下几杵虬枝，看去似乎已死，但其心却仍鲜活着，并等待时机，凌霜傲雪，争相开放。滚滚长江东逝水，浪花淘尽英雄，但青山不是依旧在，夕阳不亦天天红吗？我俩的心，堪与梅花、夕阳相比！危难之中，我俩未曾打梦脚（走神），值得庆幸呀。”说着，两行清流汩汩而下。

钝庵见升庵那既欣慰又伤感的样子，更觉心酸，但他强忍悲痛，话锋一转：“兄台请看，将将还飞着碎米雪，转眼之间，月白风清，你看那弯新月，多美呀！映月品梅花诗，何等别致！何等痛快！对了，兄之大作，当让弟大饱眼福了！”说着，向杨慎索诗。

杨慎将诗稿递给廷表：“还请贤弟不吝赐教！扯拐（出毛病）之处，紧到说。”

廷表铺开华笺，几行娟秀而苍劲的文字展现在眼前：

逢逢羯鼓聒花神，一夜罗浮识面真。
才放南枝四五朵，已招东阁两三人。
酒思吞海添新蕊，诗欲升天脱旧尘。
珍重初阳从汝得，融和独领万家春。

钝庵边看边频频点头，竟自言自语般赞叹起来：“用修兄不愧状元公大气魄，一首《早梅》写得如此新奇典雅，让人耳目一新。羯族之羊皮鼓‘逢逢’有声，吵醒了冬眠熟睡的花神，一夜之间，‘罗浮’美人现出了她梅花的真面容。这首联静中寓动，动中寓静，出语不凡，真神来之笔也。颔联看似平淡，但潇洒自如，平淡之中见真奇，绝非凡来之物。颈联笔锋一转，委婉直率而奔放。这不就是红梅几朵，欲报春满园，梅诗一曲，更超凡脱俗吗？尾联‘珍重初阳从汝得，融和独领万家春’，更将梅花‘自向深冬著艳阳’‘散作乾坤万里春’的品格和精神渲染得淋漓尽致了。而起、承、转、合恰到好处，怎不令人肃然起敬呢？”

升庵听罢，淡然一笑：“贤弟赞之太过了！其实，我俩之诗，尽管对仗工稳，寓意不俗，赋比兴安排得当，但也有不合格律之处，严格评判，也只能算古律，岂能以一好字定论！然而，即兴之作，又何必粉饰雕琢呢？辞不害意，顺其自然，岂不更显得情切可爱？”

钝庵笑道：“兄言之有理！那就拓宽思路，随意吟咏吧！”

升庵突然皱了皱眉，缓缓道：“贤弟，你用平水韵之四支韵，此韵部字多，便于取舍，但固定四字用韵，难度可想而知。再者，弟咏五律，句短不便铺述，难度更甚。贤弟可否不拘泥于一韵到底呢？”

钝庵哈哈一笑，果断地说：“君子一言，驷马难追。既已约法三章，则须恪守不渝。我自信兄台教诲多年，岂能老做‘哈巴儿’（傻子）。其实，兄用十一真部，坚持不换韵，同样不易。兄若思换韵、扩韵，自可随心所欲。”

升庵笑道：“你我弟兄才气如何，各人心知肚明。贤弟自小聪明过人，自称‘哈巴儿’，黑白颠倒了。想当年，我俩敢于面君殿试，不亦是自恃学业有成吗？区区几首梅花诗一韵到底，又何惧哉！”

钝庵不觉一声哀叹，伤感着说：“想兄才气过人，大魁天下，何等荣耀！只因维护礼法，仗义执言，惨遭浩劫，能不遗恨终生？能不让天下人兴叹不已？今日咏梅，兄可一吐胸臆也！”

升庵道：“古人云：‘诗言志，歌永言’‘在心为志，发言为诗’。写诗当然要抒发人生志向，我不太赞赏词风颓靡浮艳，风骨柔弱香软的花间词。对于当年的荣辱，我想忘却，但总挥之不去。不过，我十分醒火（清楚明白），‘塞翁失马，焉知非福’，但十年过去，为何总看不到福的影子呢？罢了罢了。今夜就强颜作笑，苦中寻乐，唱尽梅花吧！”

“来！用修兄，为我们的自由自在、无拘无束，干一杯！”

“干！”

时间一分一秒地逝去，不知不觉间已晃过子夜，万籁俱寂。

“老爷，善觉寺子时钟已敲多时，该晚安了。”徐三打着哈欠说。

“你自去睡，莫管我们。”杨慎说。

徐三走后，王廷表和杨慎静下心来，埋头疾书。很快，王廷表草就了《半开梅》等二十余首诗：

半开梅

肯将春浪掷，紧抱向南枝。
罄口微含笑，檀心半吐诗。
离奇多瘦骨，仿佛带羞姿。
一片精神聚，烟深月淡时。

全开梅

忽讶高低树，不分南北枝。
踏残庾岭雪，索尽孤山诗。
何尝不富贵，却是别丰姿。
酬酒三更后，调羹五月时。

老　梅

知是何年种，养成曲铁枝。
心灰千缕结，身历百年诗。
寿与松同算，瘦偕鹤共姿。
岂随桃李辈，争春二月时。

古　梅

霜皮全是藓，铁骨半横枝。
孔窍吹天籁，肌肤饱雪诗。
千年惟养拙，百折乃成姿。
春雨随花后，能同斗柄时。

瘦　梅

自古癯仙骨，全无臃肿枝。
花疏非是病，貌损却因诗。
骨格仍多健，精神不减姿。
纷纷肥脆者，谁与同霜时。

秃　梅

鸟宿无条干，苔生有力枝。
既寻种树谱，又诵伐柯诗。
乃悟斧斤后，更饶铁石姿。
北风吹不动，屹立寒岁时。
……

杨慎也似乎忘记了世间的一切，写下《新梅》等二十余首诗：

新　梅

生从南国始完神，调鼎才华已吐真。
弱似畹兰非媚俗，香于岩桂自宜人。
一枝摇雪清偏胜，几度经寒劲绝尘。
莫道后生风力软，丈人行里独娇春。

老　梅

疑是松精柏树神，崚嶒骨节炼形真。
黄昏月漾浮槎影，断续风传弄笛人。
历尽冰霜成铁石，挽同元气涤霾尘。
蟠桃开熟三千岁，争比年年一度春。

孤　梅

千林万木失精神，一干冲寒犹抱真。
野色晴空窗里树，芳情暗结陇头人。
影交水月成连理，梦断湖山隔世尘。
月落参横惆怅处，马蹄踏破故园春。

古　梅

铁树瑶枝玉作神，每于腊后见天真。
托根真自鸿蒙泽，试味曾经商室人。
剥落皮肤衣碧藓，孤高气节脱红尘。
芳菲不比闲花草，占尽三皇圣世春。

矮　梅

巨灵清魄海钟神，偃蹇形藏已逼真。

钩曲漫同崔氏子，栽培疑自道州人。
隆儒殿上宜供腊，独乐园中好避尘。
任是及肩藏行径，清江矮屋亦同春。
……

“一壶浊酒喜相逢。”升庵突然搁下笔，伸了伸懒腰，打破沉寂，笑道，“贤弟，李白斗酒诗百篇，你我冬夜赋诗，能不以酒相助吗？我处虽无黄封、新丰等美酒，浊酒倒有几坛。作诗多时，竟忘了喝口酒，岂不冷落了欢伯美意？”说着，提起暖在火炉边的酒壶欲倒酒。

钝庵举起酒杯，笑道：“兄言之有理。渊明将酒誉为忘忧物，东坡则赞酒为钓诗钩。你我相聚，其乐无穷。既别得烦恼，用不着以酒消愁忘忧，但以酒钓诗，以诗佐酒，何等畅快！来吧，先将杯中福水干了，再斟满不迟。”

升庵赶忙伸手拦住，笑道：“且慢！贤弟，杯中红友已凉透了心，饮之伤胃呀！添点热乎乎的交梨火枣吧！”说着，将酒杯添满，两人碰了一下杯，一饮而尽。

升庵搁下酒杯，说：“愚兄想看看贤弟之大作，先睹为快嘛！”

“有来无往非礼矣！”钝庵含笑将诗稿递给升庵，又顺手将杨慎的诗笺拿到手中。两人静静地翻阅起来。

沉默良久，升庵开了腔：“民望贤弟，这《半开梅》‘肯将春浪掷，紧抱向南枝’，首联对起不俗，将梅花的无私情怀彰显出来了。颔联出句‘含笑’，对句‘吐诗’，更将梅花人格化，比喻奇特。而尾联之‘一片精神聚’，不就是借咏梅一吐诗人情怀吗？其实，这凝聚的精神，就是民族之魂，就是人赖以生存的大无畏精神，也即人不死之灵魂！妙，实在妙！这《全开梅》，又是一番新意。听！‘忽讶高低树，不分南北枝’，将梅花全开之妩媚嫣润、花团锦簇的迷人风采，借赏梅人之口隐约道出了。看！‘踏残庾岭雪，索尽孤山诗’，更是出手不凡，意境高超，将雪里梅花诗化了。贤弟，堪称诗才呀！来，为弟得此佳句，当敬一杯！”

“用修兄且慢！”廷表意味深长地说，“要论佳句，兄之‘一枝摇雪清偏胜，几度经寒劲绝尘’‘蟠桃开熟三千岁，争比年年一度春’‘剥落皮肤衣碧藓，孤高气节脱红尘’等妙句，更是高屋建瓴、技胜一筹，亘古难觅。若李太白、陆少游读之，也当惊叹兄之才气过人也。要说敬，当先敬兄长。”

升庵微微一笑，自谦道：“李白乃绝代诗仙，‘李杜文章在，光芒万丈长。’愚兄安能与之比肩？再说，放翁……”

“且听弟先说。”钝庵打断升庵的话，慷慨陈词，“说李白是诗仙，可谓不虚。但冠绝代，则大谬也。‘长江后浪催前浪，浮世新人换旧人。’世事更迭，后来者居上，安有绝代之说？说不定‘高手在民间’呢！天上神仙难以计数，赤县诗人万万千千，而唯有一位诗仙，岂非笑话！弟非捧泡、假意奉承，我看兄长也应列于仙班！来，为杨谪仙干一杯！”

升庵频频摇头，拊掌大笑：“民望贤弟之见解可谓鲜矣！如此真知灼见，当流于后世，以启后尘。但慎自知才疏学浅，列于仙班，岂不贻笑大方？古人曰：‘高者不说，说者不高。’你我就甘为谦谦君子，卑以自牧吧！”

“好个谦谦君子，卑以自牧！”钝庵朗声道，“此言足以彰显兄之高风亮节。以谦卑之态度培养德行，弟当宝之。好了，杨兄，时已近三更，还是书归正传，继续咏唱梅花吧！”

升庵道：“要得！但这杯酒必须干，为我俩的相知有素、情真意切而干！”

“祝今宵快乐、永远快乐！干！”两人同举杯，同声喊罢，酒杯亮底。

几缕冷风夹着冷香徐徐破窗而入。王廷表和杨慎似乎未感到丝毫寒意和倦意，感触到的仿佛只有那醉人的梅花香韵，以及激情绽放的快感。暗香浮动诗如潮，一首首咏梅诗在二位诗人的笔下纷纷草就。

疏　梅

应嫌春太密，淡着两三枝。
脱略半窗影，离奇几叶诗。
常筛明月色，不隔远山姿。
相对惟宜竹，萧萧风雨时。

疏　梅

不比浮花浪蕊神，略开数朵便清真。
巡檐不碍书窗月，入景偏宜诗社人。
枯干零星横斗柄，芳标潇洒出凡尘。
寞云夜锁空枝上，栋宇花栽满树春。

折干梅

未绝其生意，太刚则折枝。
挽春犹有力，挂月岂无诗。
不作柔香骨，宁为碎玉姿。
谁知将断处，正是暖回时。

红　梅

姑射山人雪非神，也贪颜色蕴天真。
屠苏酒上东风面，安石花蒸南海人。

银烛焰消凝绛腊，雕阑芳谢扑红尘。
真心洁白常依旧，莫认桃园二月春。

双瓣梅

似畏东风冷，频增春挂枝。
细观一段景，更进几层诗。
已认雪添瘦，复疑鹤护姿。
单衣稀暖意，挟广互寒时。

绿萼梅

阆苑飘飘萼绿神，却于琪树幻芳真。
似游只拟青鞋客，羽化还同缟袂人。
自托危根为行杖，肯随华辈步香尘。
常常移向仙坛种，争羡蓬莱别样春。

双　梅

东树连西树，南枝并北枝。
交加禽对语，醉卧客联诗。
共沐月中影，如分镜里姿。
香光无彼此，相对益彰时。

鸳鸯梅

花鸟无心却有神，枝头羽化肖形真。
自然玉质成佳偶，何用金针度与人。
比翼暗林常带雪，双飞风苑不沾尘。
瓦寒枕冷芳情在，绝胜横塘浴暖春。

落　梅

春亦不能管，香残自去枝。
花无常在树，标有故存诗。
欲结调羹子，先销对酒姿。
纷纷浮水面，点点结苔时。

烟　梅

腊值王侯祀社神，满林琼树尽迷真。
轻霏暗渡枝头月，紫霭深笼花底人。
为结香云成锁黛，却将玉质暂埋尘。
禅君天上传消息，先报人间鼎鼐春。

罩烟梅

偶坐苍苔石，闲观碧藓枝。
烹茶思解渴，焚柏欲生诗。
鹤避疏斜影，蜂离隐约姿。
遥见花深处，知为酒熟时。

月　梅

广寒仙子万花神，朴朴幽芳独会真。
不似红妆照银腊，却同缟袂咏霓人。
横斜影浸冰壶水，淡荡香凝玉屑尘。
隐隐九霄丹桂影，接成连理树交春。

黄昏梅

影沉清浅水，香暗横斜枝。
欲待远山月，好题近夜诗。

归云迷古树，返景照芳姿。
鸟倦思归处，鸦栖未定时。

樵径梅

柯烂当年已脱神，化为琼树证幽真。
灵根不入铅华景，清况惟交草木人。
石径傍通仙子迹，山溪时堕玉枝尘。
担头和雪寺香转，一束薪挑一束春。

除岁梅

去来新旧岁，迎送向北枝。
若到明朝赏，便成隔岁诗。
不眠因酒力，长笑对花姿。
断续香盈几，平分亥子时。

书斋梅

书斋兀兀自家神，静对寒芳独悟真。
观化于中占剥复，探元既此贯天人。
香吞六藉宜调鼎，魁压群芳迥出尘。
闲傍小窗偕素笈，一枝幽蘸砚池春。

罗浮梅

醉卧云为枕，移神玉作枝。
霓裳三叠舞，翠羽再歌诗。
绰约侠仙醉，翩跹士女姿。
素衣香袅袅，大梦觉何时。

官　梅

雪株谁与最润神，仙尉当年羡子真。
山谷挂冠应有种，官家调鼎独优人。
公门桃李推先觉，召伯甘棠属后尘。
堂上双清齐济美，南枝开到北枝春。

抱石梅

云根生碧藓，雪树抱琼枝。
透瘦米家画，幽奇林氏诗。
镌成青壁字，写出白霞姿。
携酒拂苔坐，看香绕谷时。

梦　梅

清魂枕上独交神，月暗黄昏半未真。
绕树花霸槐国土，恋枝蝶傍漆园人。
翩翩羽化孤山鹤，皎皎香消离垢尘。
寒鹊争啼惊梦断，竹床纸帐尚留春。

咏　梅

未谱阳春曲，难题白雪诗。
敢云一斗酒，立赠百篇诗。
况复韵多险，那能句有姿。
此花不易写，看笔动经时。

赏　梅

从来花酒可怡神，花酒逢冬兴倍真。
破腊花迎解酒客，敌寒酒醉赏花人。

花从酒里生红润，酒向花间点素尘。
有酒有花兼有雪，问花添酒几分春。

品　梅

君子还同节，丈夫挽其枝。
酒仙花下酒，诗客雪中诗。
未及承筐献，谁知调鼎姿。
骚人宜搁笔，物色风霜时。
……

不知不觉间，东山顶上泛起鱼肚白，几缕清亮的晨曦从窗口透入书斋。

“仁兄，天亮了。”

“贤弟，天亮了。”

“杨兄，到此搁笔吧！拙作还请兄斧正！”王廷表说着，将诗稿递给杨慎。

升庵接过诗稿，又低头写下“冰林邂逅即留神，腊去随风敛却真。耽赏难为今岁别，相逢还是旧年人。饯斟石冻东风酒，梦入孤山诗思尘。吩咐年年莫负约，早从雪里报元春”。抬头浅浅一笑，语重心长地说：“今夜之疯（尽情地狂），终生难忘呀！但愿你我兄弟年年不负约，岁岁咏梅冬，不离不弃，长相厮守！”言罢，将诗笺递与钝庵，“切盼贤弟多多指教！”

两人相对一笑，伏案看诗稿。书斋趋于平静。突然，几只麻雀叽叽喳喳欢唱着，飞落到窗前。两人几乎同时侧目东窗，只见冬天的晨曦已跃上东山顶，亮光闪烁，暖气升腾。两双眼睛相视盈盈一笑，又各自低头看起诗来，看着看着，升庵突然将桌子一敲，连声赞道：

“硬是要得！飞好！贤弟之大作，几乎首首有妙句，句句有新意，真令人爱不释手，依依难舍。谢灵运曰：‘天下才有一石，曹子建独占八斗，我得一斗，天下共分一斗。’依我看，子建应匀一斗与贤弟。”

钝庵大笑：“那兄当取三五斗了！”

升庵摇了摇头，改口说：“其实，你我二人都不能以斗而论，能分得几两几钱足矣！天下奇才多如星宿，诗文多者、佳者比比皆是，曹子建岂能独占八斗呢？”

“对极了！”钝庵直抒己见，“陈思王曹植占一斤，谢康乐分三两，也算有过之而无不及。剩余之才，让天下人同享，方不悖于理。”言毕，盯住升庵带着几分神秘问，“兄可知兄之咏梅诗若干？”

“只顾埋头思考沉吟，实不知其数。”升庵摇摇头，笑道，“但弟之诗我边欣赏边默记，你说多少？不多不少，刚好百首！”

“啊？！”钝庵大吃一惊，“这就巧了，兄长之大作也恰好百首！”

“这岂不是心有灵犀一点通吗？”升庵惊呼罢，两人相视大笑。

“杨兄，我俩之诗都有不合律之处，是否细细推敲，认真锤字炼句，修改一番，使之臻于精妙，不至于让人讥笑，兄以为然否？”廷表试探着问。

“不必！”杨慎爽快地说，“取诸目前，不雕琢而自工，可谓天然之句。任其自然，是好是坏，任人评说吧！”

“好一个‘不雕琢而自工’！这不就是李谪仙‘清水出芙蓉，天然去雕饰’的诠释吗？”廷表信服地点点头。

“当、当、当——”善觉寺辰时报时钟敲响。

“贤弟，困了吗？天大亮了，眠一会儿吧。”

“是该好好睡一觉了！”

“老爷、老爷！”不知过了多少时间，突然有人敲门呼喊。

升庵猛地从睡梦中惊醒：“谁呀？”

“小人徐三。临安叶老爷登门拜访。”

“哪位叶老爷？”杨慎皱起了眉头，边穿衣服边自言自语，“是不是叶瑞？”

“是叶瑞！”王廷表一听，一骨碌爬起，披上衣服，打开房门，直奔客厅。杨慎紧跟其后。

叶瑞迎上来，首先开口笑道：“已时不起床，真成‘睡佛’了！”

“哪阵风将贤弟吹来了？”廷表笑逐颜开介绍道，“这位是叶瑞，字应期，号桐岗，临安人，嘉靖二年进士，官户部主事，前几年以终养父母乞归，大孝之人也！这是杨慎，赫赫有名的杨状元……”

叶瑞粲然一笑：“杨状元大名远扬，如雷贯耳，谁人不知？弟在京时虽未能与状元公促膝详谈，已曾谋面，更在梦中会晤多次了。小弟此番来，就是遵临安知府所嘱，也是在下本意，特意请二位兄长临安一游。”

“好！一定去！”廷表满心喜悦，欣然应允，又说，“贤弟在寒舍多住几日，然后一起赴临安。”

“不！钝庵兄，升庵兄，今日就走，现在就走！”叶瑞急切地说，“我已备好马车，特选了两匹快马拉车，天未黑，就可到临安了。状元公，没有不方便之处吧？”

“方便，只是有劳贤弟了。”

“好！走！”

临安，位于云南南部，即建水州所在地，明代设临安府，辖个旧、阿迷、蒙自、建水、石屏、屏边、河口、金平、元阳、红河及通海、河西、峨山、华宁、新平等地，境域辽阔，东到阿迷，北抵澄江，西连楚雄，南邻交趾（越南）。

约酉时时分，叶瑞、王廷表、杨慎一行已达临安府东三十里外的燕子洞。叶瑞说，太阳还没落山，是否走马观花，瞅一瞅燕子洞？二人同意，就下马步行，穿越枝叶茂密的天然林地，走到洞外岩壁前。三人仰望岩壁，只见数不清的紫燕如万箭齐发，翩翩起舞，呢喃声嘈杂纷繁，十分壮观，令人忍不住赞出声来。叶瑞说，这里属阿迷地界，因离临安府衙近，故近水楼台先得月。因要赶路，只能随便看看了，过几天再来细细赏玩。三人依依不舍走出燕洞，坐上马车，赶到临安府城时，太阳早已落山。叶瑞家人早已准备好晚饭，饭后，叶瑞又领二人观看了迎晖门（朝阳楼）。

迎晖门，亦称东门，是临安一道亮丽的人造景观，历史悠久、流光溢彩、檐角飞翘、画栋雕梁、巍峨挺拔、气势雄伟、肃穆壮丽。始建于明洪武二十二年（1389），比取“承天启运”“受命于天”之意建于明永乐十五年（1417）的北京承天门（天安门）早建二十八年，是中华边陲古老军事重镇的象征。

著者岔话：建水原有四座城楼，东冠迎晖门，南号阜安门，西唤清远门，北标永贞门。南、西、北三楼已毁于战火，独剩东迎晖门。迎晖门上二楼为朝阳楼，三楼题“雄镇东南”巨匾，乃清康熙二十四年（1685），石屏举人、书法家涂晫所书。后来，“镇”字坠落，“真”字粉碎，只剩“金”字完整。不得已，只得请人临摹涂晫笔法，以假乱真，将“真”字补上。清乾隆间，江苏丹徒进士、书法家王文治（1730—1802）任临安知府，刚上任时，见到迎晖门上“雄镇东南”匾，笑道：“三条活龙夹一条死蛇。”又传，他说的是“镇”字，“一条活龙夹着一条死蛇。”——仅供读者欣赏。

目睹雄伟壮观的迎晖门，杨慎赞声不绝。赞叹之间，他不觉感叹万分，喃喃道："早就晓得临安迎晖门早建于京都承天门，但却没想到如此雄阔。承天门只两层，这迎晖门竟然是三层！我想，若迎晖建于承天之后，建楼者非死不可！帝王都城之楼只两层，谁允许在野超越而建三层？幸哉！幸哉！"

廷表也叹道："这确是幸运！但高大建筑只能在两京，不亦悲哉！"话锋一转，"慎兄，你可知晓，临安尚有另一建筑，历史更加深远、规模更加恢宏？"

杨慎："你说的是文庙，对吗？"

廷表："对！"

杨慎笑道："我读史得知，临安之文庙始建于元至元二十二年（1285），算起来比迎晖门又早百余年。占地二十万多平尺，其建筑风格仿山东曲阜孔庙。说心里话，我真得感谢临安父老对我祖先之垂爱。"

"杨兄，您本姓孔？"叶瑞惊问。

"对！孔圣人之苗裔也！"杨慎显出些得意。

游罢迎晖门，已近亥时。当晚，王廷表、杨慎就下榻叶氏宗祠楼上。

第二天一整天，叶瑞与几位朋友陪同王廷表、杨慎畅游了文庙。第三天一早，他们又兴致勃勃地游览了洗马塘。

洗马塘位于临安城迎晖门东，占地千余亩。明洪武年间，沐英部将金朝兴奉命留守临安屯田戍边时，在此取土筑城，形成了一块开阔的洼地，积水成池。当年监督取土修城的一位将军天天到池里洗马，洗马塘因此而得名。

春夏时节，洗马塘四围堤上绿草如茵，垂柳依依，池中荷花朵朵，华盖如云，碧波荡漾，典雅清新。漫步洗马塘，园林山水融为一体，颇有“三面荷花四面柳，烟雨楼台入画屏”的意境。叶瑞满怀爱意介绍说：春天和夏时，堤上柳丝迎风起舞，生机激荡；凤凰花、碧桃花、紫薇花、花花吐艳，热情洋溢。纵湖四望，碧绿的水、碧绿的树、碧绿的荷叶、碧绿的堤岸，恍若置身翡翠世界，让人感到生机勃勃，情梦依依。时值寒冬，柳余枯条，荷败叶残，却亦波光粼粼，典雅圣洁，让人思绪纷繁，心驰神往，依依不舍……

“叶老弟，你说得不错呀！”叶瑞介绍毕，杨慎感慨地说，“观洗马塘之冬景，我只觉得心潮澎湃，意气飞扬。春天那美妙景象，早已在我脑海中萦回。噫！这个地方，我好像在哪里见过？”

廷表：“你说在哪里？”

杨慎也不作答，满怀深情吟道：

君来桂湖上，湖水生清风，
清风如君怀，洒然秋期同。
君去桂湖上，湖水映明月，
明月如君怀，怅然何时辍。
湖风向客清，湖月照人明，
别离俱有忆，风月重含情……

“升庵兄所吟，不就是兄之《桂湖曲送胡孝思》中的句子吗？”廷表忽有所悟，打断升庵的吟唱，说，“兄吟桂湖句，尽诉故园情。洗马牵于梦，饱含赋比兴。兄适才言所见过的地方，即新都桂湖，是不是？”

升庵神采飞扬，连声赞道：“对头！‘含情重含情，攀留桂枝树，珍重一枝才，留连千里句。明年桂花开，君在雨花台，陇禽传语去，江鲤寄书来！’这就是桂湖，美丽的小桂湖！我魂牵梦萦的小桂湖！”

“小桂湖？多美的名字呀！”叶瑞突然开口道，“实话告诉二位仁兄，今日下午，我尽地主之谊，设宴洗马塘，为杨兄、王兄洗尘接风。我还请了知府大人姜安，到临安视察的钦差王伉王大人……”

“谁？王伉？”杨慎略显惊讶。

“是的，请他俩一起赴宴，到时，我会给二位仁兄一个惊喜。”

“哪样惊喜？”

“到时便知。”

王廷表瞟杨慎一眼，轻声耳语：“刚才听瑞弟介绍王伉，兄何故吃惊？而且，我发现你十分反感。”

杨慎一咬牙，马起脸愤然道：“贤弟，不瞒你说，此人乃不敢伸直舌头说人话之小人，也是满身长黑手之魔鬼。今日到处走走，据叶老弟的朋友告知，并在人群中有所耳闻，这龟儿子又在临安作祟了！若愚兄估计不错，今天，将有一场好戏要开演了！”

“啥子好戏？”

“贤弟稳起（稳住不要露马脚），等着瞧！”

洗马塘边一座幽雅别致、清新宁静的小楼里，摆着一张古朴精制的八仙桌，桌边分宾主坐着杨慎、王廷表、叶瑞和知府姜安、知州沈学、教授赵维贤、钦差王伉及两位当地名流。见客人已到齐，叶瑞即喊老板上菜，喊罢，笑吟吟地说：

“今天请各位来，实为实现叶某平生愿望，拜会大名鼎鼎的状元公杨慎兄长，为钦差大人接风，也感谢知府、知州大人各方面的关照。承蒙各位屈驾光临，叶瑞不胜感激！”说着，介绍起客人来，“这位，是状元公杨慎；这位，是钦差大人王……”

“我就不用介绍了。”王伉打断叶瑞的话，呈一副大踱踱的样子、露一嘴傲慢的口气，“有状元公在，下官就不值一提了。”

哼！混账！瓜兮兮的（傻哩傻气），还想先发制人？杨慎在心里暗笑。

叶瑞见王伉翻脸，赶忙打圆场："钦差大人说句笑话，大家别认真。"接着，继续介绍。介绍完毕，话锋一转，"今日游洗马塘，升庵兄说洗马塘像新都桂湖。升庵兄的话启发了我，我想，就把洗马塘改为小桂湖。大家说好不好？"

"我赞成！这名字典雅、新奇，能与天府之国沾边，实在幸运。"知州沈学说着，转对知府："大人以为如何？"

"不错。"姜安点点头说，"明天就由你起草个告示，以州、府名义发布告，将洗马塘改为小桂湖。"转对王伉笑道："钦差大人，你看如何？"

王伉没吭声，一声冷笑。

王廷表看在眼里，但不知发生什么事，就轻声问杨慎。杨慎没吭声，却在心中说：这混蛋！当年你犯罪当斩，是一清大人救了你，命你到安宁办公务，以戴罪立功。可你却借口盐茶牛马应由朝廷专利，便重征迭敛，肆意勒索，坑害百姓，大饱私囊，企图"进金赎刑"。我揭发你，又请王白庵知府手下留情，不都是让你有机会改过自新吗？怎么就把好心当成驴肝肺了呢？哼！过河丢拐杖，病好打太医。如今，你到临安，又向州府索贿，歹心不改、贪得无厌！你这奸宦，龟儿子，我今天就要让众人看看你的嘴脸，让你原形毕露！

菜肴很快上齐，摆满了一桌子。叶瑞亲自给大家斟满酒后，高举酒杯，满怀喜悦说："叶瑞先敬各位大人一杯，请！"

接着，大家互相敬酒，酒过数巡，杨慎开口道："在座各位都是科举中的佼佼者，才华横溢，国之栋梁。我等同桌共饮，也当有点文化气息。我提议，行个酒令，以水为题，每人作首拆字诗，以添雅趣。作不出诗者，罚酒三杯，增加点气氛。各位大人以为然否？”

“好！诗酒不分家嘛。”王廷表已知杨慎用意，首先表示赞同。

杨慎的建议，合情合理，谁又能说个“不”字呢？待大家表示同意之后，杨慎不慌不忙说：“那我先开个头，我的诗共六句，前四句各五字，后两句各七字，一韵到底。献丑了！”说着，吟道：

有水也是溪，无水也是奚。去了溪边水，加鸟变成鸡。得势猫儿雄似虎，退毛鸾凤不如鸡。

王廷表在心中暗笑，笑毕，缓缓道：

有水也是淇，无水也是其。去掉淇边水，加欠变成欺。龙游浅水遭虾戏，虎落平阳被犬欺。

钦差王伉并非傻子白痴憨包，知是借诗讽刺自己，也不甘示弱，回敬道：

有水也是吐，无水也是土。去了吐边水，加人变成夫。是水非君子，无毒不丈夫。

王廷表一听，笑道：“尊贵的钦差大人，你大意了，‘吐’字忘记加水了。还有，‘是水非君子’是酿意思？鄙人才疏学浅，还请大人赐教。若不能自圆其说，自罚一杯吧！”

“不能罚！不该罚！”杨慎故作理直气壮，为钦差解围，“礼不下庶人，刑不上大夫，钦差大人你也敢罚？再说，钦差大人的诗，可比你我的高明多了！‘吐’字之‘口’，不就是口水吗？再说，水是女人，女人怎能称君子呢？至于‘无毒不丈夫’，就更高明了。可知，上句为‘量小非君子’，这量，是什么？不就是肚子里可装下天下金银财宝吗？肚子里可装天下所有宝藏者，绝非鸡肠鸟肚之人，乃真君子、大肚汉也！乃满身长毒瘤的大丈夫也！”

叶瑞本是东道主，见席间互相嘲弄，心中不免忐忑起来。他当然不想将酒宴搞糟，否则此脸面往哪里搁？这只能圆圆场、解解围了。只见他笑嘻嘻吟道：

有水也是清，无水也是青。去了清边水，加心是个情。火烧纸马铺，落得做人情。

建水知州沈学心中有不可告人之事，有意奉承，赶忙解围，念道：

有水也是湘，无水也是相。去了湘边水，加雨变成霜。各人自扫门前雪，休管他人瓦上霜。

知府姜安见场面斗争激烈，气氛极不和谐，有意缓和，就一边劝酒一边想主意。片刻工夫，他终于笑吟吟地说：“各位风流儒雅，睿智隽永，喝酒行令，佐饮助兴，宾主尽欢，情趣平添。我们何不来个执壶飞觞，改个酒令，慢慢欢饮呢？”

钦差立即附和说：“是呀！有道是‘三杯通大道，一斗合自然’嘛。”

杨慎回敬一句：“当然啰！‘悠悠迷所留，酒中有深味’呀！”

“好！我当行令官。”姜安赶忙岔开话题，“先来个粘头续尾令。我先说一句四字俗语，然后按顺序每人一句，但所续的首字必须和上句的末字相同或同音。”说着，念道，“八面见光。”

王廷表接着念：“光明磊落。”

叶瑞马上接："落落大方。"

钦差："方便之门。"

杨慎："扪心自问。"

廷表笑道："问心无愧。"

杨慎一声冷笑："钝庵，一个人要问心无愧，就不要吃了五谷想六谷，就不要鬼迷日眼，昨日贪安宁，今日贪临安。应该明白，头上有青天呀！若一贪再贪，就愧对祖宗了！还是掂量掂量，自己到底有几斤几两，摸摸自己的脖子，有没有欧阳驸马的粗！别以为太祖走远了，就为所欲为了！"杨慎说完，骂一声"砍老壳！得意个铲铲（得意个屁）！"与王廷表同声大笑，笑罢，不约而同地起身离座，说声"有事，告辞！"拂袖而去……

临安府是滇云又一方富庶之区，文化发达，士秀而文，因此被时人称为"诗书郡"，有"文献名邦""滇南邹鲁"之誉，有人曾赞道："临安之繁华富甲于滇中，金临安，银大理。"王廷表和杨慎在临安一住就是半年，其间，两人由叶瑞安排，有时住在其家中，有时居于福东寺，有时寓于指林寺。杨慎应姜安所求，作《临安府乡贤祠记》。明嘉靖十三年甲午（1534）除夕，杨慎兴致勃勃，作《甲午临安除岁》：

去年除夕叶榆泽，今年忽在临安城。
斜看暮景飞腾意，正念天涯流滞情。
寒梅判山我欲寄，烟草泸江谁唤生？
邻墙儿女亦无睡，岁火天灯喧五更。

正月的一天，廷表到郊外访兀吃都三弟侣氏后裔归来，杨慎撰《孟春与叶桐冈迎王钝庵于郊即事》：

正月勾东春已深，迟客登楼延赏心。
苔池飞泉漱鸣玉，菜圃黄花如散金。
汉阳莫作穷乌赋，楚狂且停衰凤吟。
绿樽共喜日日醉，华发那畏星星侵。

升庵的到来，使临安空前地热闹起来，他行踪所至，就有当地文人雅士，甚至其他州县文士骚客前来拜师求教，探讨学问，谈诗论文。半年间，王廷表、杨慎和叶瑞游览了燕子洞、黄龙寺、双龙桥、孔庙等风景名胜，而大部分时间在崇正、崇文、焕文等书院讲课授学，培育士子，奖掖后进，前来问学求知者常常为之满堂，因此，升庵、钝庵所居之巷，即叶瑞府所居之巷，被人们称之为“太史巷”。

一天夜里，杨慎、王廷表和叶瑞聚于福东寺，一起探讨古今诗文。杨慎感慨地说：“廷表，我不是有意阿谀奉承，说实话，我读过、批改过临安府所辖各州文士不少诗文，真切地感受到，存诗较多、水平较高、影响较大的人中，贤弟之成就当推第一。”

“杨兄言过其实了。”廷表摇摇头说，“对于诗，也是如鱼吃水，冷暖自知。其实，我的诗文，比起众才子来，差距不小，在兄长面前，更不敢启齿了。”

杨慎：“公起南服，文焰熖熖。蒙精荫萃，实无所栽。平心而论，我的词比你写得好。当然，你很少填词，无法比较。至于诗，我还得向老弟你学习。”

“钝庵，杨兄说得对，你受滇南风之熏陶，文辞响亮，熖爆有声；词采华茂，受天地灵气滋养也。我也认为，你的诗写得不错。”叶瑞说，“首先，你的诗有意境，独具匠心；其次，你的诗较规范，读来朗朗上口，便于记忆。你的一些诗，我还能背呢！”

“背一首试试！”杨慎说。

“好！就背那首《游石坝》吧！”叶瑞略一沉思，吟道：

燕市蜂衙喧客临，蚁陂鸦谷住云深。
桃花过雨成春醉，竹树凌风起暮吟。
白发不须缘绿坞，美人犹复信遥岑。
闲坐小阁余明月，独抱烦愁系苦心。

叶瑞咏罢，赞不绝口。廷表要叶瑞指出不足之处，两人你一言我一语争论得十分激烈。争着争着，廷表和叶瑞突然发现，杨慎坐在一边，默默无语，暗自流泪。廷表不觉大吃一惊，疑虑着轻声问：

“用修兄，又是何事惹兄悲伤？”

杨慎头也不抬，只顾抹眼泪。俗话说，男儿有泪不轻弹，只是未到伤心处，杨慎为何如此动情呢？他伤什么心了？廷表在心中问着，却突然发现，杨慎手里捏着几张早已揉皱了的纸，忙抢过来一看，纸上写满了诗和散曲，是黄峨的笔迹，其中诗《又寄升庵》写道：

懒把音书寄日边，别离经岁又经年。
郎君自是无归计，何处青山不杜鹃？

其中一首散曲《罗江怨》写道：

空庭月影斜，东方亮也，金鸡惊散枕边蝶。长亭十里，阳关三叠，相思相见何年月？泪流襟上血，愁穿心上结，鸳鸯被冷雕鞍热。

“杨兄，这不是历年嫂夫人寄给兄的诗吗？又掏出来看，是思念嫂子了？”廷表说着，只感到心情沉重，眼睛也模糊了。

“岂有不思念之理？”杨慎伤情地说，“当年想到云南，只是无面目见家乡父老。今日知老之将至，谁不盼望叶落归根！可是……”

“那就回新都一趟吧。”廷表、叶瑞同声说。

“回家一趟容易吗？”杨慎愁眉苦脸，愤然道，“前次黄峨病，我要回家，上头不恩准。经多少有头有脸的朋友说情，才回新都半个月，就被追回安宁。我这个犯人，背时呀！不自由呀！”

“杨兄，屈指算来，兄今年已四十有六了，该回故乡全家团聚了。”廷表说，“不过，兄是永远充军，按明律规定：‘年六十者许子侄替役’，兄尚不满六十，又无子嗣替代，照此看来，兄这辈子想还乡，希望何在呢？”

“杨兄，我有一言相告，不知当讲不当讲？”叶瑞突然开口说。

“贤弟有话尽管讲。”

“我建议兄长娶一妾，还来得及！”

“不行不行！万万不行！这样做，对得起你嫂子吗？”杨慎嚷起来。

“我认为这个办法好，而且，是兄实现叶落归根愿望的唯一办法。”王廷表说，“孟子曰：‘不孝有三，无后为大。’嫂子是位通情达理的人，不会不明此理。若她晓得兄欲纳妾，必然会支持、会同意！”

“不行不行！别出这些馊主意！”杨慎仍是摇头。

“不行也得行！”叶瑞果断地说，“到我这里，我做主。事成之后，我与钝庵联名给嫂夫人去一信。我想，嫂夫人一定会高兴的。”

十天后，在叶瑞的安排下，杨慎终于纳年轻貌美的新喻女子周氏为妾。

杨慎完婚后，发现周氏贤惠、善良而勤快，心情好了许多。在他正准备携妾返安宁时，叶瑞却请来临安一位有名的雕塑艺人，邀杨慎、廷表到家中坐定，让雕塑大师细细端详之后，准备塑一尊三人雕像，作永久纪念。

杨慎高兴极了，对雕塑艺人说："师傅，您雕像时，让我的两位贤弟士大夫穿戴，要显得英姿勃勃、仪表堂堂。我须头冠圆毡戎帽，身着赭色罪服，全身为戍卒装扮，但脸型要丰满些，面带笑容，双手置膝，神态安详，并塑得年轻些。"

"杨兄，为何要穿囚服？"廷表感到迷惑不解。

"我的心思，你应该知道。"杨慎笑而不答。

几天后，泥塑坐像完成，像高尺余，杨慎居中，左为叶瑞，右是廷表，穿戴模样都依杨慎所嘱，文质彬彬，栩栩如生。此像一直供奉于叶瑞家中，供世代儿孙瞻仰。

有诗为证：

双百梅诗一夜间，千秋绝唱话空前。
临安游罢情难舍，小桂湖中自誉仙。

第二十四章
郡游十二咏定稿　读史删后集完工

又在临安住了十多天后，王廷表返回阿迷。杨慎在临安住了三个月后，携周氏返阿迷。王颖斌知杨慎纳妾，十分高兴，他嘱咐杨慎要好好对待周氏，盼早生贵子，以期早日回新都，阖府大团圆。在状元馆住了两个月后，杨慎又接到叶瑞来信，邀他和廷表到临安讲学，他又和王廷表及周氏返回临安，并在叶瑞陪同下，由远而近，又由近及远，反复游览了澄江抚仙湖，江川星云湖，通海秀山、杞麓湖，石屏宝秀真觉寺（秀山）、异龙湖等风景名胜，一去就是年余。

初游抚仙湖、星云湖，通海后，王廷表感到心神不定，仿佛有什么事要发生，就辞别众友回到阿迷。回到家，却无事，心情才渐渐平静下来。他将自己关在桃川庐里，用十余天时间，为杨慎《奇字韵》《广夷坚志》《丹铅余录》等五部著述写了序。又静下心来收集、整理自己的诗文，准备汇成几个册子。他首先清点了自己写的诗，数了数竟有数百首，其中游览吟咏阿迷的有十二首，都是七律。于是，他将这十二首挑出来，编成一个集子，取名《郡游十二咏》。这十二首诗是：游乌冲山、游丹壶洞天、游龙潭、游盘江、游布沼、游温泉、游石坝，此外尚有：

游漾田

零雨连朝暗积阴，此山今日自开晴。
村亭酒薮犹无餍，客路风光亦有情。
度岭彩云天畔落，绕山新月座中明。
青刍白饭应相慰，宪节遥临本不轻。

游冰泉

雨滴桥高风满河，樀湫龙卧客凌波。
远天何处飞黄鹄，一径丛花照绿萝。
梦草未逢高阁伴，洗心犹听濯缨歌。
春环暮景尊中剧，情倚深林雨后多。

游桃花庄

桂树花开亲伴稀，南天风冷雁鸿飞。
歌临竹坞矜元发，醉向江桥洗苎衣。
执手看云山欲暮，穿林嘶马客初归。
欢娱有会便开口，懊恼相将易落晖。

游观音寺

太平风物在南州，鹤舞春郊与客游。
气象欲干青缕笔，逍遥还听白云讴。
三乘古刹鸣仙鹤，四照晴花绕石楼。
佳境正当频结社，明朝何处更凝眸。

游乐云庄

北林乌甸雨初收，结轸摇旌莽浪游。
贮月冷池藏绘鲫，响风晴竹挂长虬。

村回远地禾千亩，门外良宵客一楼。

抚景不须惊节序，佩壶还拟到瀛洲。

经数天的忙碌，《郡游十二咏》基本定稿，王廷表松了一口气。他又将几个文集细览一遍，修改一番。想起与杨慎所咏两百首梅花诗，他感到十分欣慰和自豪。他决定，将全部诗稿仔细阅读，认真润色，合为一卷，编印成书，传于后世。说干就干，他立即将诗稿翻出，埋头审阅起来。正审阅着诗稿，邮差送来一信，拆开一看，是杨慎的三首诗，不觉轻轻咏出声来：

自江川之澄江赠王钝庵廷表并柬董西泉云汉

其一

通海江川湖水清，与君连日镜中行。

孤山一点冲烟小，何羡霞标挂赤城。

其二

澄江色似碧醍醐，万顷烟波际绿芜。

只少数台相掩映，天然图画胜西湖。

其三

海鳌江蟹四时供，水蓼山花月月红。

自是人生不行乐，莼鲈何必羡江东。

正吟咏间，家院王纪来报，说韦学正和几位朋友来访。

“老师，在忙什么？”

“读杨状元寄来的诗，还有我二人写的诗，准备出个集子。”

“老师写的诗？能让我们看看吗？”

“这是杨慎刚寄来的诗，这是一年前我俩写的梅花诗。”廷表说着，将诗稿递给韦经邦，“还请贤弟不吝赐教。”

韦经邦将诗稿分给赵文明、钱嘉良等人，大家埋头翻阅起来。韦经邦看着看着，突然惊呼："嗬！都是梅花诗，这么多呀！"

赵文明看着，不由得赞出声来："默默三！昵叽多！老师真了不起！百首诗还一韵到底呢！"

胡玺看了一会儿，却试探着说："老师，昵叽多昵叽好的诗，一时也看不完，能不能让我们带回去仔细阅读，认真学习呢？"

"好吧！就带回去看吧，不过，看后别忘了多提意见。"廷表又补上一句，"千万别打失了！切记、切记！"

"老师放心！"韦经邦说。

"各位还有酿事呢？"

"弟子过几天要到上元县任教授，特请老师到天锡酒店喝杯告别酒。"胡玺说，"并借此机会，感激恩师多年来悉心栽培之恩！"

廷表高兴地说："恭喜！恭喜！祝你一路顺风，鹏程万里！"

"谢谢恩师！"胡玺又说，"我去请师母！"

"她不在家，在酒店帮忙。"

"那太好了！恩师，请！"

王廷表与韦经邦、胡玺等人有说有笑，朝天锡酒店走去。

东门，又称"迎旭门"，天锡酒店位于最繁华的地方。王天锡见父亲到来，又惊又喜，立即唤媳妇刘甸亲自收拾了一个雅座包厢，并带父亲等人在酒店里转了一圈，恳请各位多提意见。返回包厢坐定后，王廷表边喝茶边问：

"天锡，生意如何？没崴吧？"

"托父亲的福，生意不错，不但没崴，每天还可赚十多两银子。"王天锡高兴地说，"刘甸做得一手好菜，吸引了不少回头客，酒店几乎天天爆满。"

"她能做酿好菜？"

“麻辣醉香鸡、清蒸金线鱼、黄焖慈姑鸭、干炒饵块丝，等等。”天锡满脸堆笑，越说越兴奋，“这些都是我店的特色菜，有的清淡素雅，有的名贵高雅，有的酥软糯嫩，有的清心润肺，老少皆宜，顾客食罢，赞不绝口。不是我自吹，我媳妇确是心灵手巧，有宰着，辣糙得很，还能借名人诗句做成菜谱呢！”

“天锡，我以为，酒店不能只管吃管喝，还应该有点文化的东西。”廷表说，“你在四川不是看见了吗？在不少酒店里，都悬挂着书画、对子，还有‘猜中有奖’呢。”

“爹，你说，除对子外，该增加点酿文化内容呢？”

“我想，大门两边应该挂副对联，店内墙壁上应有几幅名人字画。”廷表说，“中国传统文化博大精深，酒店融入文化，就显得高雅、气派，古色古香、光彩照人。”

“父亲，我几次请你到店里看看，你都推托有事不肯来，若你早些来，小店不就早已文采焕发了吗？”天锡言语中含着些怨气。

“过去的事就拜提了，提起来伤心。”廷表话里也藏着些不满，“如今，你既走了这条路，就走下去吧！过几天，我将你杨伯父请来，写副对联，挂在大门两边。”

“爹，对联已经有了。”天锡说，“数月前，我写信给杨伯父，请他为酒店题副对联。前天，他已将对联用宣纸写好寄来，我已经请人镌刻，最迟三四天后就可挂上了。”

“那太好了！”廷表笑了，“你念念我听听。”

王天锡略一沉思，吟道：

酒香赢得神仙醉；
肴美招来龙凤朝。

“好！真不愧是状元公的大手笔。”韦经邦叫起好来。

“此联有点俗气。”廷表说，“不过，用于饭庄酒店，以招揽顾客为目的，也可以。”

“爹！字画呢？你能弄到吗？”

“先将家里展子虔那幅《游春图》和何澄的《归庄图》拿来挂上。”廷表说，“对了，在临海时，唐伯虎、文徵明送我的那几幅字画也挂上。那可是书画中之精品，我一直收藏着，舍不得拿出来。还有，你母亲画的《松鹤图》《东山玉带》《南苑洞天》等画及《和为贵》《天道酬勤》几幅书法也挂上。若不够，待过段时间我有空时，再请临安、石屏和当地名画家画上几幅。”

天锡：“爹，我也想搞个‘猜中有奖’，但小时候你让我们猜的那些谜语，好多人都晓得。若挂那些，小店就赔多了。”

廷表：“过几天，我给你创作几条。”

“好！”天锡说，“爹，你们坐着闲聊，我给爷爷、奶奶送饭去。”

“将爷爷、奶奶一起请来多好！”胡玺说。

“他们不会来。”廷表说，“二老习惯在家吃，不愿凑热闹。”

“爷爷、奶奶自己做饭？”

“不！有时是天锡娘做，大多数时间是天锡送过去。”

“爹，上菜了吗？”刘甸走过来问。

“等一等天锡。”廷表转向胡玺，“小胡，今天就由我做东道主，欢送你走马上任。好吗？”

“这不行！老师，请大家聚一聚，是弟子的心愿呀，哪能让恩师破费呢？”

“你我不都一样吗？别客气！”

“对了！请师母就座。”胡玺说。

“不必了，她不喝酒。”廷表道。

菜肴纷纷端上桌来，王天锡一一做介绍：这是“醉香麻辣鸡”，这道菜的特点是既麻又辣更香，最合云南人胃口。此菜的做法是，杀鸡前，先给鸡灌几汤勺美酒，烹调时，再配上各种调料，黄焖而成。此菜清香可口，麻辣回味，是我媳妇的拿手好菜，其他酒店的师傅来向她请教，她不拿俏、耐心教，但他们就是学不会，就做不出她那可口的味来。这是“清蒸金线鱼”，这是“两个黄鹂鸣翠柳”，这是“一行白鹭上青天”，这是“窗含西岭千秋雪”，这是“门泊东吴万里船”……

“天锡兄，你刚才念的不就是杜甫的诗句吗？”钱季问。

“对！是杜甫《绝句四首》之三。”

“这就奇了，杜甫的诗咋能够做成菜呢？”伍承佑不解地问。

天锡得意的口气说：“我将将不是说了吗？我媳妇心灵手巧，非同一般。这都是她的创意！”

“嫂子也是才女？”胡玺惊问。

“才女不敢当！可她也读过不少书和诗，还会作诗呢！”天锡说，“你们不信？那我喊她来，作首诗为我等助兴，给要得？”

“要得！”大家一齐鼓起掌来。

“刘甸！刘甸！”随着王天锡的喊声，刘甸走进门来。

“叫我有事吗？”

“你当场作首诗，为父亲、叔叔和兄弟们助兴！”

“我作酿诗？这不是鲁班门前弄大斧、当着关公甩大刀吗？别出丑了。各位慢请，我再去做两个菜。”刘甸羞涩地笑笑，匆匆而去。

“听不到弟妹吟诗，实在遗憾。”伍承佑说，“天锡，你就款款，杜甫的诗怎样做成菜吧！”

“慢慢讲！”天锡笑道，“无诗佐酒，实在可惜！谁先吟首诗呢？”

“好！我就来首《醉香鸡》吧！还请各位赐教。”韦经邦吟道：

佳肴号醉香，席上箸争忙。
此物非凡品，人间福气长。

“叔叔过奖了！”天锡笑道。

宴席在一片欢笑声中结束。应胡玺邀请，大家一齐步入其家中品茶聊天。聊着聊着，话题又转到灯谜。于是，大家你一言我一语，出了不少灯谜互相猜射。但所出灯谜几乎都是前人所创的老掉牙的旧作，不必费多少脑筋就可以猜中。看看猜老灯谜乏味，张羽终于开了口：

“我说，谁会创作灯谜，整点新鲜的吧。”

“老师，你是制谜高手，作几则让我们动动脑子吧！”韦经邦对坐在一边看书的王廷表说，“不然，我们的脑子要生锈了。”

“其实，我也是略知一二，称不上高手。”王廷表放下书，微笑着说，“不过，为了大家高兴，增加点气氛，就试一试吧。若制得不好，还请包涵！”说着，沉思一会儿，念道：“胯下之辱——猜三字俗语一。”

大家你望望我，我望望你，一个个摇起头来。

沉默良久，王廷表见大家苦苦思索而找不到答案，就笑着自揭谜底：“谜底是：信得过。”

“老师，这作何解释？”张羽问。

“灯谜贵在别解。”廷表解释道，“史料记载，韩信少年时佩剑行于市，有当地泼皮对韩信说：‘你若有本事，就刺死我，若无本事，就从我胯下爬过去！’韩信没吭声，就从那人胯下爬过。我的谜讲的就是这个典故。谜底之‘信’，别解为淮阴侯韩信。谜底

'信得过'，释为'韩信必须从他胯下过'。"

"哦！知道了。"大家会心地笑了。

"再出一谜。高祖无计斩齐王——猜四字常用语一句。"

大家又陷入沉思。韦经邦突然喊出声来："谜底是：难以置信！"

"对！"廷表说，"这条灯谜与上一条有异曲同工之妙。谜底之'信'，别解韩信，'置'别解为处置，扣'斩'字。"

"我明白了。"赵文明说，"谜面之高祖指汉高祖刘邦，齐王即韩信。韩信功高，刘邦封其为齐王。后来，刘邦怕韩信权力过大，威胁自己的地位，欲杀之，但已无法置韩信于死地了。当然，手握重兵的韩信后来还是被萧何、吕雉骗到未央宫杀害了。防不胜防呀！"

"解释得很透彻。"廷表说，"我再出一谜：点点吹散开——打一字。"

"点点，这个字有两点。吹字分散开。"伍承佑沉思良久，自言自语般惊呼起来，"是根'谘'字！姑父，对吗？"

"正确！"廷表笑道，"再出一谜：谁'必有勇'——射阿迷地名一。"

"阿迷地名太多，难猜难猜！"大家同声道。

"你们想想，'必有勇'是谁说的？整句话是哪样？"廷表提示。

"《论语》中有'仁者必有勇'句，是不是'仁者'？"钱季说。

"正是！"廷表点点头，"这是承上启下法。还有一谜：年高须制怒——猜阿迷地名一。"

大家正在低头思考，钱嘉良吟出声来："年高者，老翁也；制怒，就是克制自己，决不能发火……"

“谜底是‘老杀火’！”张羽抢先喊起来。

“中！”廷表满意地笑了，“区区灯谜，岂能难倒阿迷众才子？还有一谜：大喜——猜词牌一。”

猜了好一会儿，大家都猜不到谜底。张羽突然说：“我也试作一谜，请诸位指教。展翅奋飞——猜阿迷秀才名一。”

“哈哈！谜底不就是你吗？——张羽！”廷表笑道，“张飞望着刘备笑——猜春秋人名二。”

“难猜、难猜！”大家低头想了好一会儿，摇起头来。

“此二人中，一位是晋国大夫，本姓羊。另一位是秦国人，本姓孙，因有他，才有千里马。”王廷表提示。

“叔向、伯乐！”吴道隆脱口而出。

“射得准！叔向又名羊舌肸，反对变革，是个保守派。伯乐名孙阳，是相马高手，后人说：‘世有伯乐，然后有千里马。’”廷表话刚落音，大家一齐称赞起来，一致认为这是一条“最佳灯谜”。

“其实，要论最佳灯谜，我刚才所言几条，非‘高祖无计斩齐王’莫属。那条谜是双‘别解’，而且，用典精当。”廷表说。

“老师所言极是！”钱嘉良赞罢说，“我也出一谜。五女洗澡，十男偷看——猜四字常用语。”

“五光十色！”张羽不假思索，脱口而出，“女人洗澡，光着身子；男人偷看，即是好色。对不对？”

“扣得很准。”廷表说，“但此谜不能成立。”

“为酿？老师。”

“好的灯谜，谜面有的字，谜底冇得。”廷表解释道，“谜面有‘五’和‘十’，谜底也有，此谜就不成其为谜了。此谜可改为：两双半女人洗澡，两巴掌男人偷看。但这同样俗不可耐，此类灯谜最好拜整。”

大家嘻嘻哈哈地笑起来。不知不觉间，善觉寺钟声敲响了。

“各位，时候不早了，明天再会吧。”廷表说完，大家相互道别，各归各家。

王廷表回到家里，心情却久久不能平静，想到天锡酒店已开张年余，自己一直埋怨儿子无意功名而赌气，不肯岔巴、关心关心其生意，他感到有些内疚。是呀，人各有志，何必总在乎仕途呢？若人人都去挤官场，官场不挤倒才怪呢。再说，哪个来栽田种地？当官也要吃饭嘛。人生在世，不就默啦生活得快乐吗？做自己喜欢的事，本身就是快乐，为酿要抛弃快乐，自寻烦恼呢？想着问着，他的眼前突然亮起来。对！亡羊补牢犹未晚，我应该尽自己的力，帮帮天锡，让他在生意场上做出一番事业！咋个帮呢？对！主动拿出点资金来，让他将酒店后面那块空地利用起来，扩大经营范围。再在空地中央建个小水池，种上荷花，在池塘边栽两棵桂花树和万年青，让酒店生机勃勃、红红火火……想着想着，他不知不觉地伏在桌上甜甜地笑起来，笑着笑着，竟迷迷糊糊地合上了眼皮。

“孩子他爹，醒醒、醒醒！”

听到呼唤，他睁开惺忪的睡眼，见妻子站在面前，忙问：“几更了？”

“子时都快过完了。快上床睡吧！”

“夫人，你说，我是不是太死心眼、太无情了？一年多了，自己白淡无根，也不去关心关心儿子的生意，想起来真后悔。”

“后悔就好。我觉得，你这人有时候太固执，有根犟筋！大日愣！”

“娘子日捞得对！我马上改！我想拿点钱给天锡，在酒店后面盖房子，扩大经营。不知夫人意下如何？”

“你说呢嘎！但说到要做到，不能放空炮。我当然支持。”伍氏关切地说，“好了，天太晚了，快去睡吧！老是一天天熬夜，别累坏了身子。”

“好，我的贤内助，谢谢娘子多年的关心、支持！”廷表含情脉脉地说，“你先去睡吧！我为天锡写几条灯谜，马上就睡。”

伍氏眷恋着走后，廷表沉思一会儿，提起笔书写起来：

举杯邀明月——猜礼仪用语一

女娲炼石为哪般——猜四字俗语一

拐、拐、拐——猜阿迷地名一

风萧萧兮易水寒——猜文学名词一

昭君出塞——猜张九龄诗一句

嫦娥奔月——猜李白诗一句

连声叹——猜陆游诗一句

江水纵横日西下——打一字

增一分则长，减一分则短——猜唐诗人一

蚊子叮光棍——打一字

夫妻共鼓弦（此谜出丑）——猜成语一

加一等于一千二——猜阿迷地名一

陈涉进学堂——猜五言唐诗一句

三尺见方——打一字

娘来了——猜阿迷地名一

为何变成猪八戒——猜中草药名二

酣睡——猜中草药名一

诗圣搬家——猜《水浒》人名一

秋天来了——猜《三国演义》人名一

赵太后嫁女之愿（虾须格）——猜五言唐诗一句

……

数年时间，又在不知不觉中消逝。

其间，即明嘉靖十四年（1535）春节后，杨慎携银五百两，从安宁特意赶来，亲自监工，并在王颖斌、王廷表、叶瑞、董云汉等人的协助下，在状元馆旁建起了“恩荣坊”。杨慎亲自题写坊匾，撰写对联，联曰：

师恩师德布乾坤，如何报答？
学子学生珍岁月，不改初衷。

明嘉靖十七年（1538），天仪出嫁，归虹州知县包万殊。明嘉靖二十年辛丑（1541），王廷表给弟子们讲课，帮助要参加童试、乡试的学子批改文章，到乡下了解民情之余，将自己所写的文章、诗词做了全面的整理、修改，分门别类收入了《读史删后集》《读史管见》《桃川剩稿》等书中。“读史”两集中共有文章数十篇，多为对历史事件、历史人物的评价。《桃川剩稿》收入《万象洞赋》《城垣纪事》《迪功郎襄阳丞伍公墓志铭》《送杨生庐墓还序》《双桥碑记》等文章九篇，另有诗数百首，包含：《杨用修至集乐耘别墅》《同用修冰泉有怀》《游观音寺时用修欲返安宁》《阿迷奇异考》等。

十二月中旬，刚将几个集子编纂完毕，受晋宁知州之邀，王廷表又赴晋宁，准备为晋宁城关岭村关将军庙撰《关将军墓碑》碑文。廷表到达晋宁的第三天，突然感到心惊肉跳，烦躁不安。晚上倒在床上，又辗转反侧，久久不能入眠。刚闭上眼睛，恍惚间，忽见父亲晃到身边，笑道：“我儿，爹要走了。有一只白鹤飞来，要驮我去天国了！”廷表蓦然惊醒，知是一梦，心想：我离阿迷时，父亲偶感风寒，晋宁知州相邀，本不想来，但盛情难却，还是来了。日有所思，夜有所梦，并不奇怪。他没将梦当回事，静下心来，认真调查了解当地实情、收集历史资料，准备尽快将碑文完

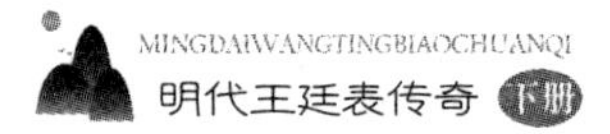

成。那天，他正在村里勘察，忽见冯玉良飞马而来，说父亲病重，要他速速回去。廷表一听，只得急急忙忙返回阿迷。进家时，见杨慎和周氏已在家中，周氏怀里还抱个婴儿。

“杨兄，到阿迷几天了？”

“三天了。偶闻叔父贵体欠安，我就从临安急急忙忙赶来了。”

“我父病情如何？”未等杨慎开口，廷表早已步入父亲卧室。

王颖斌躺在床上，不省人事。卧床不起两个多月的母亲杨氏躺在另一小床上，垂泪不止。廷表呼唤数声，王颖斌只是嘴唇动了动，没有回音。廷表急忙跑出屋来，问杨慎：“天锡母子呢？”杨慎说：“天锡又去赶郎中，估计快到了。天锡娘回娘家请天锡的两个舅舅，也该来了。”正说着，天锡领着郎中跨进门来。二话没说，郎中就走进屋里，给王颖斌把起脉来。

“我父病情如何？”廷表轻声问。

郎中轻轻摇了摇头，没吭声。正在这时，王颖斌突然睁开眼睛，双手拄着床，仿佛想坐起来。廷表和天锡赶忙扶住父亲，轻声呼唤：“爹，爹！我是廷表，你说话呀！”“爷爷，我是天锡，你的孙子！”

王颖斌看了廷表一眼，又盯住天锡，泛着红润的脸上浮起几丝几乎看不见的微笑。看着看着，又轻轻地闭上了眼睛，任儿子、孙子一声声呼唤，总没有回音。廷表将耳朵贴在父亲胸前，静静地听了好一会儿，却似乎听不到半点声息。他赶忙叫郎中号脉，郎中坐下把了一会儿脉，又摇着头说：“王老爷，尊父脉象已绝，刚才苏醒，大概是回光返照，或者是有什么事放心不下。我估计，多则五日，少则三天，令尊大人将驾鹤西去。准备后事吧！节哀！”说完，收拾好药箱，慢慢走出房门。

廷表立即坐到床前，声声唤：“爹！爹！你醒醒，你要走，怎么话都不说一句？”父亲一动不动，一声不响。廷表知事情不妙，伤心的泪水汩汩汩地滚落下来。

郎中刚走出大门时，伍氏和天锡的大舅伍迁、小舅伍迅已赶到。廷表对天锡说："你赶快赶往泸州，将你廷贵叔请来。"天锡说，"爷爷刚病，我就寄信去了，估计叔叔快到了。"

第三天，王廷贵与妻子李氏和三个儿女匆匆赶到时，王颖斌尚存一口气，廷贵喊了他几声，他刚刚睁开眼睛，盯了廷贵一会儿，笑了笑，头一歪，溘然长逝。时为十二月二十四日，王颖斌享年七十八岁。王廷表、王廷贵等家亲外戚和杨慎等人大哭一场。痛定思痛，杨慎当即写了《庠师逸翁王公墓表》，怀念恩师。王廷表又请来地师选好墓地，择吉于次年十二月九日安葬于北山祖茔。

也是福不双降，祸不单行。王颖斌去世后的第五天，久卧病床的杨氏贞贞突然永远闭上了眼睛。王家沉浸在无比的痛苦之中。

父母相继走了，王廷表仿佛生了一场大病，十多天来，一直郁郁寡欢，无精打采。杨慎见廷表像伤了元气般精神低迷，难免心中怏怏，就劝道："贤弟，人固有一死，节哀顺变吧。"

"杨兄，我真后悔，父母在世时，未能多陪陪二老。"廷表伤感道，"若知父母要双双离去，我为何要忙那几篇不值钱的文章呢？为了留几篇文章于后世，将亲情置于脑后，值吗？我太憨愣了。而老天咋就如此无情，竟然……"

"贤弟，忠孝不能两全，孝道与志向往往冲突。但我想，恩师、恩师母绝不会因孝而要你放弃你的追求。弟能获得真学问，恩师九泉之下，也当瞑目了。"杨慎劝罢又说，"前几天，士云来信，要我到大理办些事。张含也寄信来，要我到永昌为伯父上坟。我的门生邱月渚、杨墨池、张松霞也邀我到安宁、高峣讲学，并为安宁温泉写点东西。五天后就是张伯父的忌日，我明天就得出发先到永昌，祭奠张伯父。周氏和我儿同仁留在阿迷，还请贤弟多多关照，待我办完事，再来接他们。对了，恩师明年安葬时，就是有天大的事，我也要来！‘一日为师终身为父’，这句话，早已刻入我的骨子里了。唉！不能和贤弟一起守孝，我于心不忍呀！”说着，号啕起来。

“兄长有事尽管去办，那是正事，别让嫂子和众兄弟担心。”廷表说。

“对了，贤弟，我有十余本小册子，还想请贤弟写序。”杨慎显出些无奈的样子说，“但贤弟如今心情欠佳，先代愚兄保存吧！”

“兄长别见外，你的事就是我的事。”廷表真诚地说，“有多少大作，尽管拿来，我一定不负兄长厚望。”

杨慎当即将《经义模范》《升庵长短句》《词史万选》《滇程记》等十余本书稿递给廷表，流着眼泪意味深长地说：“弟已为愚兄多册拙著作序，再次谢谢贤弟了！”

“杨兄放心，廷表定然竭尽全力，完成使命。”

“但弟不必忙，心情好后，先看看，发现谬误，断然改之！有些集子，我往后还要补充些内容。还有些集子，正在编，都得麻烦贤弟作序。”

“好！兄放心走吧！”

有诗为证：

阿迷山水咏成诗，雅韵流芳万古驰。
无数悲伤翻作梦，乐耘不倦炳孜孜。

第二十五章
杨用修醉书蛮女　王钝庵救济灾民

明嘉靖十八年（1539），阿迷出现瘟疫，时断时续、时轻时重，延续数年。同年十二月，杨慎不顾瘟疫蔓延，到阿迷参加王颖斌葬礼。嘉靖二十一年（1542）正月至嘉靖二十三年（1544）十月，王廷表与杨慎再没见过面，但常有书信来往。其间，周氏带儿子同仁去了临安，又与杨慎辗转于滇南、滇西、滇东。在两年多的时间里，王廷表认真读史，撰写了专门研究历代皇室的文章，最终完成《皇统》一书，同时，《读史管见》《钝庵读史删后诗集》《桃川剩稿》《郡游十二咏》等十余部诗文集相继定稿、刊刻付印，寄予各地朋友。他又将杨慎留下的十余卷书稿认真研读，并一一作序写跋后，相继寄予杨慎，纷纷刊刻付印。

写完序跋之后，他又收到杨慎寄来的几本著作，认真看后，又写了序言。读完杨慎的《二十一史弹词》，他写了《升庵长短句跋》，对杨慎词作了高度评价。他将过去说过的话变成文字，写道：

吾友升庵杨子，乃至音神解，奇藻天发，率意口占，警绝莫及。尝语表曰：李冠张安国《六州歌头》，声调雄远，恨少有继者。乃援笔为《吊诸葛》词，其妥帖排奡，可并苏、辛而轨李、张矣。表尝评杨子词，为本朝第一，而《六州歌头》，在升庵长短句中第一。杨子笑曰：子岂欲为稼轩之岳珂乎？因跋兹集，并附其语……

明嘉靖二十三年（1544）腊月的一天，知州陆统正好登门拜访，读了王廷表的《升庵长短句跋》后，疑虑着问："钝庵，你如此评价杨慎之词，是否太过？"

廷表坚定地说："毫不为过！升庵之词，论数量、论质量，大明前人和今人很少可与之比拟者。而升庵的《六州歌头》，气势宏大、内涵丰富，若非大家椽笔，难以概括诸葛亮辉煌而悲壮的一生。历代咏孔明的诗词，吾独尊升庵词为上乘。"

陆统笑道："那你自信是升庵的岳珂吗？"

"岳珂字肃之，岳飞之孙，岳霖之子。岳珂曾大赞辛弃疾的《永遇乐》，赞得十分中肯。"廷表说，"我赞升庵词，实乃以文定论，绝非因私交而左右言行。"

陆统信服地点了点头。廷表又补充说："升庵并非沽名钓誉之辈，他才华横溢，秉性刚直，命运多舛，但坚忍不拔，文才凸显，功勋灼灼。我可以骄傲地说，就文学方面的成就而论，升庵堪称民族英雄。"

正说着，李元阳突然闯进家来。

"钝庵兄，杨慎……"见廷表家中有客人，话到嘴边，突然打住。

陆统知趣，赶忙推托有事，起身告辞。

"中溪，杨慎整酿了？快说！给我竹筒倒豆子！"廷表急得全身颤抖。

"说来话长！我肚子饿了，边填饥肠边说。"李元阳喘着粗气。

"走！天锡酒店。"

几年来，经王廷表、王天锡共同策划，请工匠精心施工，天锡酒店已面貌一新，店面不但扩大了两三倍，还悬挂了不少名人诗词书画作品，并修建了鱼荷池，种下的桂花树、万年青已枝繁叶茂，苍翠欲滴。由于环境美观典雅舒适，价廉物美，客人不断增多，餐桌常常爆满。

王廷表领李元阳走进酒店，天锡不在，他就叫刘甸做了几个菜，斟满两杯酒，就迫不及待地问："杨慎咋了？"

"他疯了！"李元阳怒气冲冲迸出一句。

"酿？"廷表大吃一惊，"到底发生酿事，快说！"

李元阳话还没说完，王廷表顿时愣住了。原来，杨慎离开阿迷后，足迹遍及临安、通海、河西、宁州、石屏、蒙自、曲靖，到大理喜洲访杨士云，又到感通寺写韵楼为杨士云诗文写了几篇序后，奉戎役去了泸州，后又与李元阳等同游石宝山，后返回安宁，寓居高峣。

忽一日，李元阳在大街上亲眼看见，杨慎喝得醉醉醺醺，左手搂一个妓女，右手搂一个妓女，在光天化日之下，又唱又跳。李元阳赶忙走去劝他回家，他却像不认识一样，各自胡闹。杨慎在安宁的弟子邱月渚还告诉李元阳，杨慎在安宁城里就几乎天天狎妓取乐，耽于酒色，消沉颓废，游戏人生。还有人说："杨慎在泸州时，就几次施粉涂朱，在大街上狎妓取乐。见杨慎如此胡闹，许多人迷惑不解，议论纷纷。"有人责备说："哼！这个杨状元，政坛遭受打击，生活就不检点，真是可悲可叹可怜！"有人则讽刺说："这杨慎，困踬夷险，降志辱身，厌溺嗜欲，这是什么状元公？"有人又讥讪："他是否有'东山之癖''登徒之况'？"更有人诅咒："这状元公是'半天空撑口袋——装风（疯）！'"又少不了有人到处捕风捉影、信口雌黄："你们知道吗？杨慎的得意门生董难，在为杨慎罗致，让他私通良家妇女蒋一葵！"

王廷表听李元阳讲罢，急得抓耳挠腮，不知如何是好，竟对李元阳发起火来："你们别造谣！杨慎咋会这样呢？"

"耳闻为虚，眼见为实。我亲眼所见，那还有假？"李元阳急了，"他敷粉簪花，诸妓捧觞，门生舁之，游于街市，又癫又狂！"

"张含、杨士云他们知道吗？"

"杨士云、冷珂也曾劝过，但他好像已目中无人了，谁劝他都自行其是，根本不理睬。"李元阳说，"因此，我们想到了你和张含，冷珂已到永昌请张含。钝庵，事不宜迟，快走吧！"

"好，明天一早就出发。"

"不！燃眉之急，现在就得走！"

两匹快马踏着晚霞，向北而去。当晚，在弥勒住了一夜，第二天天刚蒙蒙亮，通往宜良的小路上，又传来"嗒嗒嗒"的马蹄声。经三天晓行夜宿，第四天上午，王廷表和李元阳终于赶到高峣。然而，大街小巷寻遍，却找不到杨慎的影子。杨慎到哪里去了呢？李元阳突然想起：毛沂做生意赚了一笔钱，又在杨升庵等师友的鼎力帮助下，在滇池边建造的"碧峣精舍"即将完工，他是否会在那里呢？李元阳立即与王廷表直奔"碧峣精舍"。毛沂说："杨公已于三天前去安宁了。"二人又马不停蹄赶往安宁，到安宁时，太阳已挂在西山顶，他俩正牵着马向杨慎讲学的学馆"遥岑楼"走去，忽听到楼下人声喧嚷，走去一看，只见杨慎披头散发，面施脂粉，两手各搂一个花枝招展的年轻女子，疯疯癫癫，打情骂俏。

廷表急剧乱跳的心瞬间变得冰凉。未及多想，他立即跑到杨慎面前，面带愠色，却压低音量厉声道："状元公，好自在呀！乐得忘乎所以了？"

杨慎听到声音，抬头一看，见廷表站在面前，先是一惊，却马上镇定下来，轻声问："你怎么来了？"

“听说你疯了，能不来吗？”廷表一声冷笑。

“谁说我疯扯扯的？知我者，贤弟也。”杨慎叹一口气，吸吸鼻子，悲凉的口气，“一言难尽呀！走，楼上说话。”

杨慎打发两个歌舞妓女走后，随即牵着王廷表和李元阳的手，急忙忙走进“遥岑楼”。

“遥岑楼”始建于明嘉靖四年（1525），八年（1529）竣工，整整耗时四年。杨升庵被贬永昌后，杨一清老先生又写信向安宁太守王白庵打招呼，说杨慎将移居安宁，要王太守率州府官员热情接待杨慎。杨慎到安宁时，王太守像接待贵客一样安排杨慎住下。

杨升庵在云峰书院住了一个多月，受安宁温泉名士张素邀请，到温泉村居住。后来，王白庵和张素又专门筹款，在法华寺旁建盖了雄伟壮观的“遥岑楼”供杨慎居住和讲学。在温泉村，杨慎为当地葱山东侧的唐代名刹曹溪寺撰写了《重温曹溪寺碑记》，其开篇两句“连然金方，螳川宝地”很受安宁人喜爱。继后，杨慎又写了多首赞美温泉的诗作，在五言排律《安宁温泉》的序中，升庵总结出安宁温泉的七大优点，并称之为“海内第一汤”，使安宁温泉名扬天下。

“杨兄，此楼叫啥子楼？何人所建？”三人坐定，廷表明知故问。

“遥岑楼呀！贤弟来过多次，忘了？”杨慎答。

“我忘是小事，兄忘了就说不过去了。”廷表意味深长地说，“当年王太守和张大人，为建此楼，用心良苦呀！”

“是的，二位是我的恩人。”杨慎感慨地说。

“我估计，杨兄在此讲学已不下数百次了吧？兄培养的仁人志士，已当以百千计了？”廷表正色道，“我想，仁兄那些弟子，该不会耽于声色，自暴自弃，而心中总怀念王大人、张老爷，还有德高望重的杨恩师杨状元吧！”

李元阳忍不住将话题点明：“升庵兄，有人说你和过去判若两人了。兄听到这些流言蜚语了吗？”

“还是那句话：对酒当歌，人生几何；譬如朝露，去日苦多！”杨慎吟罢，抽泣几声，突然号啕大哭起来。

“我敬佩的状元公，雄起，行吗？”廷表慨然道。

“状元算啥子？”杨慎怒目圆睁，“说起来，我还不如你！御史大夫白崖刘渠、御史大夫剑门赵炳然两公，还能抗章将你荐于朝廷。谁荐过我？有个好友严嵩，也是个只会见风使舵、专扯把子、媚上欺下、不敢越雷池一步的小人！”

“那算哪样？荐又何用？其实，我早已‘不汲汲于富贵，不戚戚于贫贱’了！天马行空，独来独往，不亦安逸得板？”廷表有意用四川话开导。

杨慎没有再吭声，良久，却突然收住泪，将桌子一拍，怒目圆睁，吼道：“能振作吗？能雄起吗？能安逸吗？朝廷多次大赦天下，咋个就没杨慎？嘉靖十二年正月，已于上年被罢官的张璁，又继方献夫入阁当首辅，张能死灰复燃，我杨慎为何不能？同年八月生皇子，大赦！十五年十一月皇太子生，大赦！十二月九日庙落成定庙制，两番大赦！十七年上献皇帝庙号睿宗、奉主祔太庙，又大赦！有我杨慎吗？十八年立皇太子，又下诏大赦天下，当年谪戍的一百四十二人，大赦了一百三十四人，有的还官复原职，唯独不赦杨慎、丰熙、王元正、马录、吕经、冯恩、刘济、邵经邦八人，而且还听人说，这么多年了，嘉靖小儿还在寻思，要将我置于死地。说不定，最近哪一天，我就被嘉靖小儿剁成肉酱、抛尸骨于荒野，喂豺狼了！他吃了秤砣铁了心，这是为啥？为啥子？为啥子哟？！我是哑巴吃黄连，有苦藏心中，无法开口说呀！”

看着杨慎激动悲怆的样子，廷表难免惺惺惜惺惺，好汉惜好汉，泪水也忍不住要夺眶而出。但他强忍住悲痛，为让杨慎冷静下来，就平静地说："杨兄，还记得张含兄写过一首诗，为你画像吗？"

杨慎没吭声。

李元阳深情地念道："年少东都客，临危不爱身。投荒十六载，犹是独醒人。"

"这是张含兄写的。"杨慎说，"但赞誉太过，鄙人不敢当！"

"我觉得愈光兄说得对，杨兄不愧'独醒人'。"廷表慷慨陈词，"但愿兄长不负众望，虽醉亦醒。而且，我发现，兄身上有种'不物之物'，'老不能使之衰，穷不能使之踬，厄不能使之惘，历万变而不变'的情怀。杨兄，复本来面目吧！"

杨慎没吭声，唯有几声哀叹。

"挑明说吧！"廷表心平气和地说，"兄簪花敷粉，召妓暴饮之举，实为佯狂诈癫，而兄胸中实不知有几斗热血，眼中实不知有几升热泪。怀才不遇，壮志难酬，谁不痛心！"廷表双目滴泪，哽咽着说，"兄谪永昌之初，世宗曾多次询问你这个'小秀才'的下落，总欲物色罪名而置之于死地……"

"是呀！"李元阳插话道，"王白庵大人曾告诉我，听杨一清大人说：只要有人自云南返北京，嘉靖必问：'杨慎过得如何？'若答：'杨慎苦不堪言！'嘉靖就得意地笑起来，实乃幸灾乐祸。"

"二位贤弟既知这些，为何要阻拦我自我保护呢？"杨慎说。

"杨兄，凡事适可而止。"廷表说，"'欲加之罪，何患无辞'，兄到云南已近二十年，若嘉靖要整你，你还能活到今天吗？既没整死，又知再无出头之日，就应该静下心来，做自己该做的事！莫疑神疑鬼、不扯混脑儿、做噩梦多好。旧梦破碎，重做新梦，梦梦不止，梦梦香甜，灵魂不死呀！"

"我没做该做的事吗？"杨慎猴急起来，辩解道，"不瞒二位说，白天我癫狂，夜里我著书……”

正说着，忽听到有人敲门。王廷表拉开门，杨墨池、杜松霞、杨自新走进来。杨自新是王廷表的弟子，见老师坐在面前，惊喜过望，赶忙施礼：“老师，你也在这里？啥时候来的？”

“啊！自新，你不是在漳州吗？怎么……”

“我已从漳州府镇调安宁，现为学正。”

“好好好！又可以常见面了。”

王廷表和杨自新在谈话时，杨墨池告诉杨慎：“老师，张素大人请你到张府一晤。”

“走吧！”杨慎立即站起身，急匆匆朝张府走去。

温泉村张素府里。杨慎刚进门，张素就将一封书信递给他，说是越州土官海知州寄来的。杨慎拆信一看，脸上泛起喜色。张素见杨慎高兴，忙不迭地问：

“状元公，又有啥子喜事了？”

“越州海知州邀我到越州一游。”

“那你去吗？”

“恩公能去吗？”

“老朽近来行动不便，很少出门，就不去了。”

“我想邀几位朋友同往。待我与廷表、元阳商议后再说。”

“他二人在哪里？”

“在遥岑楼。”

“快！请他俩寒舍一叙。多年不见，真想他们呀！”

越州，即曲靖。明代尚未“改土归流”时，越州土司龙海阿资父子以越州、东山和富源、罗平为基地，拥军与朝廷对抗。后沐英、沐春奉命讨伐，结果明军死伤逾万人，几乎比白石江一役消灭元梁王付出的代价还大。

杨慎对这一段历史十分熟悉，但他虽多次到过越州，却只品尝过越州名酒“靖州古酒”，而未曾目睹过龙海阿资旧址。这次海知州相邀，去不去呢？他给王廷表、李元阳讲述了这段历史后说：

“明军之所以伤亡惨重，是啥子原因呢？其实，是龙海阿资父子据‘万山之险’所致。海知州既在临风台设宴款待，实为一睹‘万山之险’的好机会，岂能错过！二位贤弟，愿与我同往吗？”

“小弟愿往！”廷表当即表态。

“我就不去了。”李元阳转对王廷表说：“钝庵，杨兄近日心情欠佳，兄当尽心照看啊！”

廷表听出元阳话中有话，一语双关，就意味深长地说：“我与杨兄同往，必定不辱使命。元阳贤弟尽管放心，我定会让杨兄高兴而去，满意而归。”

杨慎和王廷表到越州的消息很快传到越州，海知州闻讯，喜出望外，亲自率众官员在十里外等候。杨慎和王廷表刚跳下马，他就急忙走上前去，双手牵住杨慎、王廷表的手，连声感激。寒暄之后，他又亲自将杨慎、王廷表扶上轿子，命轿夫直接将轿子抬到越州临风台。

到了临风台，海知州又亲自将杨慎、王廷表扶下轿子，步入临风台，推坐在上席坐下，又是一番感激，旋即，命丫环献上龙井茶。海知州如此殷勤，杨慎始料不及，趁海知州离席之机，他忍不住悄悄问廷表：

“贤弟，海知州如此热情，你感到意外吗？”

“见怪不怪！”廷表笑道，“兄长乃当今天下第一才子，海知州岂有不尊重之理？杨兄，他必定有求于你，若不信，就等着看好戏吧！”

“未必吧！”杨慎摇了摇头。

正私议着，海知州笑眯眯地走进来，刚坐下，就高声喊：“上菜！”话音刚落，山珍海味就接二连三地端上桌来，瞬间，呼不出名来的美味佳肴就将桌子摆得满满当当的。海知州又喊，“给贵客敬酒！”随着喊声，两个美如天仙的少女走上前来，从杨慎开始，一一上酒。待斟完酒，海知州即举起酒杯，满怀喜悦地说：

“今天，是越州的大喜日子！状元公屈驾光临，海某感到万分荣幸！此杯酒，敬状元公。状元公，请！”

众官员附和着海知州一齐喊：“状元公，请！”

随着喊声，所有酒杯亮了底。接着，海知州又命斟酒。酒过三巡，海知州迫不及待地试探着说：“状元公，此番光临僻地，能否留下墨宝呢？”

“知州大人，鄙人此番有幸到贵地，承蒙热情款待，感激不尽！”杨慎缓缓道，“但慎近日心情不好，且无诗兴，拙墨迹就免了吧！”

“状元公来一次不易，但愿能满足越州人之愿。”海知州说。

“恕慎确实心情欠佳。”杨慎仍婉言推辞，“待有空时，我到龙海阿资旧址看看，若有灵感，再写不迟。”

海知州一听，火热的心蓦地凉了半截。他知道，杨慎是有意推托，但有什么办法呢？若过于强求，显得自己不近情理。但若错过机会，必将悔恨终生。怎么办？想着想着，他突然在心里说：“对！必须将他灌醉！”于是，他装出一副安之若素的样子，满面堆笑说：

“状元公，今日无灵感，也就罢了。喝酒喝酒，今日一定要尽醉方休！明天，海某一定亲与状元公一睹龙海阿资旧址。”

海知州说着，立即亲自把盏，斟满“靖州古酒”，与杨慎、王廷表共干一杯。干完，又命众官员轮番把盏，与贵人干杯，以表仰慕之情。众官员深知海知州用意，哪敢怠慢，纷纷站起，频频给两位客人敬酒。杨慎和廷表拗不过众人之甜言蜜语，干了一杯又一杯。

一番热闹之后，海知州见杨慎已有七八分醉意，心中大喜。只见他悄悄离席，返回时，身后已跟来两个年轻貌美、着一身雪白绫裙的蛮女。蛮女又走上前来，为杨慎斟酒，与杨慎共饮之后，竟翩翩曼舞起来。舞着舞着，两个蛮女竟同时向杨慎道万福施礼，请杨状元在白绫上题诗。此时的杨慎，已酩酊大醉，即借着酒兴，将袖子往上一撸，猛然站起，大喝一声：

“拿笔来！”

海知州一听，喜不自禁，立即大喊：“快！取笔墨！”话音未落，两个衙役即将早已磨好墨的端砚摆放好，并毕恭毕敬、将笔呈与杨慎。升庵握笔在手，待两衙役将蛮女身上的白绫展开，饱蘸浓墨，又掭了掭，大笔一挥，一首遒劲而娟秀的行草《南乡子》跃然裙上：

携酒上吟亭，满目江山列画屏。赚得英雄头似雪，功名。虎啸龙吟几战争。　　一枕梦魂惊，落叶西风别唤声。谁弱谁强都罢手，伤情。打入渔樵话里听。

“好！”“板扎！”大家一齐欢呼起来。这时，另一个蛮女又走上前来，衙役又一左一右将白绫扯开抚平。杨慎握笔蘸墨，略一沉思，大笔挥处，一首《西江月》展现在众人面前：

道德三皇五帝，功名夏后商周。七雄五霸闹春秋。秦汉兴亡过手。　　青史几行名姓，北邙无数荒丘。前人田地后人收。说甚龙争虎斗。

杨慎刚搁笔，在场的官员异口同声喝彩，经久不息。海知州更是满怀深情，欣喜若狂。他轻抚白绫，爱不释手，笑得眼泪汪汪。

赞赏一番之后，只见他仰天大笑，眉飞色舞，当即命管家取来白金百两，亲自呈与杨慎，朗声道：

“状元公，下官得公之墨宝，终身无憾矣！区区薄礼，不成敬意，请笑纳！”

杨慎笑道：“几句歪诗，几行拙字，何足挂齿！海大人如此垂爱，真叫杨某汗颜。赠此大礼，岂非见外？心领了！”

“不！一定得收下！”海知州说着，命管家包裹好，又命两个衙役，“待状元公走时，你二人一路相送，直达安宁，不得有误！”

天有不测风云，人有旦夕祸福。

王廷表和杨慎从曲靖回到安宁时，已是乙巳年（1545）春节后。廷表见杨慎心情已如往昔，心中的一块石头终于落了地，第三天，他即与杨慎告别，在寒风中，返回阿迷。进入阿迷郊外新寨不久，却看见一幕幕凄凉悲惨的情景：一起又一起送丧的队伍抬着棺木，相继走入墓地，凄厉的哭声彼伏此起，哭得叫人揪心、令人恐惧。他忙不迭地跳下马来，向路人打听原委：

“老大爷，为酿有那么多人送丧？半个时辰不到，我就瞧见四五起了。”

老大爷哭丧着脸说：“客官有所不知，除夕刚过，老天爷又降灾难了！阿迷城里，流行瘟疫已经五六天了，死去的人听说已数十人，但瘟疫还在扩散，现已波及郊外了。”

王廷表一听，瞬间愁肠百结，忧心如焚。他万万没有想到，延续数年的瘟疫竟会发展得如此迅速和凶猛。未及多想，他立即跳上马，快马加鞭，向城里飞驰而去。可到了家里，却见大门紧闭。到邻居一打听，邻居告诉他，知县包万殊已将伍瑶琴及伍天仪母子俩接走。廷表听罢，心里有了些安慰。他又跑到天锡酒店，却看见酒店大门上着大铜锁。他想找个人打探天锡的下落，走了几条街，却见不到人影，而偶尔听到远处噼噼啪啪的鞭炮声。阿迷城简直变成了一座恐怖的死城。

王廷表又返回天锡饭店，去敲隔壁邻居的门，敲了大半天，才将门敲开一半，门内露出一张惊惧的脸，见是王进士，战战兢兢问：

“王老爷，有酿事？”

“请问大嫂，天锡他们到哪里去了？”

“王天锡？哦，刚发现瘟疫的第二天，就将酒店关闭，带着妻儿走了，不知克哪儿呢。”

回到阿迷，找不到一个亲人，王廷表又惊又悲又气。他惊叹的是，自己离开阿迷才二十几天，家乡的瘟疫竟然大面积扩散，弄得多少个家庭妻离子散，家破人亡；欣慰的是，家中亲人都远离家乡，可以躲过瘟神的蹂躏；气愤的是，自己的儿子王天锡在家乡父老兄弟姐妹有难时，竟然不伸出援助的手，而一走了之。想着，恨着，他不由得骂出了声：

“王天锡！你这根胆小鬼！怕死鬼！小气鬼！老子将你养大，难道就养出根‘拔一毛而利天下，不为也’的人？我看你有何面目见家乡父老，有何脸面在阿迷混日子！”

气归气，骂归骂，自己该做的事还得做。王廷表立即跑回家中，从书橱里找出妻子收藏的云南医学家“小圣”兰茂的《滇南本草》，以及“药王”孙思邈的《千金要方》等书，找到治疗瘟疫的章节，抄下治瘟的草药名称，带上白银三百两，跑到尚郎中家，核对准方子后，直奔州府衙门。

“知州大人，阿迷流行瘟疫，不知大人如何对付？”廷表急切地问。

“唉！在天灾人祸面前，真叫人束手无策呀！”陆统摇头哀叹。

廷表愤然道：“大人是一州之主，阿迷父母官，总不能袖手旁观吧？！总得想想法子呀！”

知州显得无可奈何地说："下官也是倒霉，刚来就碰上瘟疫。我想过，但不知何药可治瘟疫。阿迷又没个好郎中，再说，买药的银两从哪里来？"

"州府年年收那么多捐税，咋说冇得？"廷表正色道。

"那可是朝廷的钱，谁敢动？动了是要掉脑袋的呀！"陆统面露难色。

"历朝历代，凡遇灾荒，官府都会赈灾，阿迷逢此大劫，咋就拿不出钱来？将百姓生死置之度外，还要颗脑袋干酿？"廷表气得七窍生烟，怒目横眉嚷起来，"国家的钱，就是用在百姓危难之时，如何不能用？荒唐！"

"不在其位，不知其难。我已将灾情上报，在上司没批准之前，谁敢乱来？"陆统也显出生气的样子，"王大人，你也做过官的，应该知道，乱动用国库，是要杀头的呀！当年，王一鳞免了几项税，就被革职……"

"拜说了！做个闲官，与'食之无味，弃之可惜'的鸡肋有何两样？降病魔救人要紧。"王廷表只得压住怒火，耐下心来说，"我这里有白银三百两，还有治瘟疫的药方。请大人赶紧准备几口大锅，将阿迷各个药铺的药买来，在阿迷四城门埋锅煮药、熬粥，让每家每户人人都来喝药，有口饭吃。事不宜迟，快！"

陆统脸上瞬间露出些许笑容。他立即喊州同杜琨找来十几个衙役，按王廷表的吩咐速速办理。

药很快收集到并煎熬好。王廷表立即回到家中，找了个铜盆，在大街上边走边用木棍敲起来，边敲边喊："各家各户听好了，四城门都有治瘟疫的汤药，还有稀饭，无偿地供大家餐食、饮用！"

见王廷表满街敲盆喊话，陆统心中顿生几分敬意，立即叫来几个衙役也取来铜钹皮鼓，分散到大街小巷敲喊起来。很快，家家户户大门敞开，阿迷城又熙熙攘攘，欢声笑语，热闹起来。

然而，令王廷表犯愁的是，阿迷所有药铺的草药，最多只够两天服用，而且，三百两银子肯定不够用，卖田地已来不及了。咋办呢？他眉头一皱，计上心来，立即跑进州衙，找到陆统，请他派出人员，到蒙自、个旧、弥勒等地收购药材，并请州府暂时垫支五百两银子，待灾情过后，他卖田地如数归还……

“爹！我回来了！”正在这时，王天锡满头大汗跑进来。

“你这家伙，躲到哪里去了？跟我躲猫猫？”王廷表怒目圆睁，断喝。

“爹！陆大人！快！快到门外搬药材、搬大米、蔬菜！”王天锡也不争辩，喘着粗气说，“四马车！我想，够用些日子了。我已叫刘楷继续在昆明收购药材。”

王廷表一听，知道自己错怪儿子了，激动和感激的泪水不知不觉夺眶而出，拍了拍天锡的脑袋说：“爱妹，我的好儿子！我就说，你不是油子（滑头）。”

“爹！刘甸也来了，在门外搬药材。”天锡说着，掏出一个包裹递给陆统，“陆大人，这是我和刘楷所捐白金一百两，就分发给受灾最严重的人家吧！”

“王公子，不必了！你爹已捐了白银三百两。”陆统感动地说，“再让你们破费，我心不安呀！”

“救灾要紧，老爷务必收下，这是家乡赤子的一点心意。”王天锡喘着粗气说，“几百两银子远远不够，大人一定收下！”

“不不不！王公子，我查过州衙记事，多年来，阿迷旱灾、涝灾、地震，你家就捐过白金、白银数千两赈灾，买水车、雇劳工，在城里支起数口大锅煮米粥、菜肴救济灾民，又买棺材为亡者入殓，买药品为伤者疗伤。这次……”

王廷表打断陆统的话说：“这次是这次，收下吧。”

“那我就不客气了。”陆统立即喊，“赵师爷！快来记账！”

赵师爷立即跑过来。陆统将白金递给他，又拉开抽屉，取出大明宝钞一百贯，吩咐道：“这是我的一点心意。你快叫几个人，到各家各户调查，将受灾困难户认真记下。对了，有些人家可能已无粮断炊，应该救济他们。”

赵师爷走后，陆统立即坐到公案前，书写起来：

嘉靖己亥年三月始，阿迷流行瘟疫后的嘉靖甲辰年，瘟疫扩大、蔓延

王廷表捐白银叁百两

王天锡、刘楷捐白金壹百两　药材壹马车　粮食叁马车

……

有诗赞道：

醉书蛮女壮而悲，不用真才知怨谁？
可敬王家情最重，心中常念众安危。

第二十六章
父子相继营酒店　王杨义愤讽严嵩

《楚辞·卜居》曰："黄钟毁弃，瓦釜雷鸣；馋人高张，贤士无名。"

明嘉靖十三年（1534）后的十余年间，朝廷仍像往年一样，变易频繁，真可谓"你方唱罢我登场，离合悲欢都是伤"。张璁致仕，费宏入内阁，费宏去，夏言为首辅。严嵩预机务数年，变本加厉，迫害忠良。官员中，稍有不顺其心者，就成了他毁灭的对象。他先后献谗言杀害夏言、曾铣、张经、杨继盛等人后，终于于明嘉靖二十七年（1548），如愿以偿，摇身一变，当上首辅……

几年间，乱事频仍，民不聊生。嘉靖大兴土木，百姓遭殃；九庙失火，朝野惊魂；鞑靼小王子频频进犯，人心惶惶；内宫发生"宫婢之乱"，皇室凄凉；俺答大举进攻，危及京师；倭寇攻陷黄岩，哀鸿遍野；嘉靖日求长生，不理朝政，人心涣散……

其间，明嘉靖二十四年（1545）秋季，王天锡因阿迷地震、瘟疫中出力、捐资，表现突出，经老知州陆统和被新任知州李第共同联名推荐，经省同意申报，破格进京任鸿胪寺丞，职掌为朝廷祭礼仪之赞导等。当时，天锡不想去。

廷表开导说："天锡，这是一个千载难逢的大好时机，错过了，必将后悔终生。你没参加乡试，就该后悔了。未参加科考，就能当官，轮到谁，都是求之不得的事，而且，初涉官场就是六品官，这是磕头碰着天呀！是光宗耀祖呀！人到世间，能凭权力，不管是大小，施展自己的才华，为黎民做些好事、实事，岂能轻易放过？”

天锡摇头说：“爹，您整天想着黎民百姓，足见您情操高尚。但我听惯了朝廷的庸腐，看惯了官员的贪婪，心中只有恨。因此，我羞于步入仕途。再说，我本来就不想做官，不想把泥鳅拉得黄鳝长，只想凭自己的双手解决衣食住行问题，只想好好赡养父母、教育儿孙，全家平平安安。”

廷表苦口婆心劝道：“其实，你能被破格录用，这是你屡次建功的结果。朝廷用人，主要有渠道三：一是世官制，也称世卿制，实为世袭，这与平头百姓无缘。二是荐举制，也叫察举制，这是地方郡守等高级官员将品德高尚、才华超众的下级官员或平民推荐给朝廷。三是科举制，即‘开科取士’，学子凭考试‘金榜题名’，获得一官半职。州、省按第二种制度将你视为贤士，推荐当官，这是荣誉呀！为父已虚度五十五岁，能看到你为祖宗争得口气，即便脚蹬后山墙，也瞑目了。这次，若你不听我的，我肯定要急，那又将是多少个日日夜夜夜不成寐，食不甘味，我……”廷表说着，泪流满面。

刘甸见公公伤心，也耐心劝说，叫天锡到北京大都市闯闯，长点见识。还说，孝敬二老的事，她会承担。天锡拗不过，才勉强进京就职。但两年后，就以父母年迈多病，辞去官职，回到了阿迷，仍旧开酒店，做生意。廷表见天锡弃官归来，十分生气，免不了唠叨、指责。

天锡也愤然道：“这种官有何稀罕？皇帝上下朝，就喊‘上朝’‘退朝’，太监一般！为皇帝收贡品、收彩礼，我看见那些礼，心中的气就不打一处来！老百姓苦死累死，吃糠咽菜，皇帝老儿为酿就享用不尽？什么大典礼、郊庙、祭祀、朝会、宴飨、经筵、册封、进历、进春？什么接待文武百官、外国使臣到习礼亭演习觐见礼仪？这些怪古龙神的东西，弄得人头昏脑涨！唉，真是烦死人！我才不想干呢！”

廷表没法，只有摇头叹息，最终哑巴了。

其间，杨慎应巡抚刘大谟之邀，到成都纂修《蜀志》。在此前后，杨慎先后收到丽江土司木公的《雪山始音》《隐园春兴》《庚子稿》《玉湖游录》《万松吟卷》《仙楼琼华》《木氏宦谱》等诗文集，并请杨慎为之作序。

在云南历史上的土司群中，木氏土司首领接受汉文化最早。史称：“云南诸土司，知诗书，好礼守义，以丽江木氏为首。”木公，字恕卿，号雪山，又号万松、六雪主人，系木泰土司的孙子。木公自幼好学，才气不凡。他到处寻师访友，常与张志淳、张含、张贲所、李元阳、贾体仁等诗酒唱和，特别敬重杨慎，但一直未能谋面，就将诗文稿远寄昆明，请杨慎作序。杨慎收到稿后，就认真阅读，精心校对，将六部诗集精选为三卷《雪山诗选》，又为其他几部诗文作了精彩的序文，赞道：“雪山世守丽江，以文藻自振，声驰士林；其所为诗，缘情绮靡，怡怅切情。其秀句佳联，坌出层层。”[注：木氏作家群“文墨比中州”“共中原之旗鼓”，诗文造诣颇深的有木泰、木公、木高、木青、木增、木靖六位。其中，土知府木增与伟大的旅行家、地理学家、文学家徐霞客（1587—1641）是好友，曾将霞客接到丽江，丽江木府被誉为“丽江紫禁城”，霞客在其著述中留下“宫室之丽，拟于王者”句。]

明嘉靖二十一年（1542）七月，杨慎在安宁纳北京人曹氏为妾，第二年生子宁仁。明嘉靖二十六年，杨慎应毛沂之请，正式搬入高峣“碧峣精舍”居住，潜心著书立说。明嘉靖二十七年（1548），时逢六十大寿，众弟子聚于安宁，为其祝寿……

其间，王廷表为杨慎的十数个集子作了序，又遍历阿迷山川，遍访村村寨寨，重新拟定《阿迷山川考》《阿迷姓氏考》《阿迷人丁考》，为《阿迷州志》早日完成呕心沥血；又考察了东沟西沟，惊叹“东西二沟水，旱涝保丰收”，并目睹两沟已泥沙囤积，沟堤毁溃，污水四溢的现状，欲为重修两沟做准备，并在南洞至仁者一带精心选址，为建人工湖做准备；又考察了文庙学宫，准备伺机搬迁；又埋头撰写诗文，为著作集增补内容……

明嘉靖二十四年（1545）瘟疫发生后一个月，包万殊来为治瘟疫捐白银三百两。天锡从北京弃官归来的那年，即明嘉靖二十七年（1548）三月，天锡告诉父亲：为能多筹措些资金，多办些善事，他决定与刘甸到昆明开一家商铺。王廷表因天锡在治瘟疫中的出色表现，对儿子怜爱有加，并深深感到钱财的作用，当即同意天锡的打算。天锡与刘甸走后，王廷表接手天锡酒店，将原班人员留下，酒店照常营业。

接手天锡酒店后腊月的一天，王廷表正在“桃川”庐翻阅《历代皇宫膳谱》，家院王纪突然来报：“老爷，杨状元回来了。”

“真的？”王廷表大吃一惊。

“这没有假。”王纪说，“我见状元公及一个手牵四五岁幼儿的年轻女子。”

有朋自远方来，不亦乐乎！王廷表听罢，立即向状元馆走去。一进状元馆，廷表就嚷开了：“杨兄，回来了？怎么不预先打个招呼？”

“贤弟来了？我正想去找你呢。”杨慎高兴地说，“这是拙荆曹氏，这是小儿宁仁，四岁多了。”

“你不说我也晓得，这是嫂子和侄儿。”廷表笑眯啰呵说，“仁兄又逢喜而添丁，大喜呀！同仁和他娘呢？”

“都在临安。”杨慎说，“这久忙编《蜀志》、校对《云南通志》和《升庵集》第三十卷，为木公诗文作序，无暇到临安。唉，没法子，只能天各一方了。”

“兄来得正好！”廷表说，“等会儿到我的天锡酒店喝酒，你我弟兄多年不见，理应好好聊聊，多喝几杯。”

“贤弟,刚才听你说天锡酒店是谁的？你莫不是扯把子吧？！”

“是我的呀！兄长何时见小弟日白扯谎？”廷表笑道，“不瞒兄说，天锡已到昆明拓展生意去了，如今我已经成了酒店的主人。”

“我晓得，贤弟说谎也不骗人！”杨慎莞尔一笑，“那弟不就变成儒商了吗？”

“德高望重的文化商人才能冠此殊誉，我不够格！”廷表笑道，“好了，还是到酒店摆龙门阵吧！我先到酒店准备准备，你和嫂子慢些来。”

“要得。”

天锡酒店经王天锡、刘甸几年的苦心经营，门面和内室已焕然一新，规模扩大了两倍多，已可摆四十多桌酒席。又经王廷表的精心策划，大厅和包厢都挂上了古色古香的名人字画，透出了浓郁的文化气息。大厅里，每天都悬三条灯谜，供顾客猜射，猜中有奖，奖项设状元奖一名，猜中可享用一桌八大碗酒席；设榜眼奖一名，猜中奖四碗特色菜，美酒一壶；设探花奖一名，猜中奖两碗特色菜，一杯美酒。由于酒店诚信待客、价廉物美、环境幽雅，文化气息浓郁，以至远近闻名、宾朋满盈、生意红火。

走进酒店，王廷表就告诉酒店代主管、烹调大师伍音：“给我安排一桌，我要宴请杨状元。”

伍音一听，为难地说：“姐夫，今日东城外丁贵家娶儿媳妇，席位已满。纵个整？”

“那你就准备一桌，端到家中。”王廷表说完刚想走，丁贵却迎面走来，笑容满面打招呼：“王进士，你要去哪里？”

王廷表并不认识丁贵，就随意回答：“回家。”

丁贵知王廷表不认得自己，就自我介绍说：“我叫丁贵，家住东门外东山庄。在状元馆揭牌那天，见过您王大人，后又几次见过。今天为我儿完婚，大人就喝杯喜酒吧！”

“啊！原来是令郎大喜，恭喜恭喜！”廷表笑道，“不了。我今天有客，我已让伍师傅过一会儿将饭菜端到家中。”

“王大人可以将客人一起请来。”丁贵高兴地说，“能请王大人喝杯喜酒，是丁某的福气呀！不知客人是谁？我亲自去请吧！”

正说着，杨慎领着曹氏走过来，与王廷表打招呼。丁贵一见杨慎，又惊又喜，脱口而出：“这不就是大名鼎鼎的杨状元吗？状元馆开馆那天我见过！幸会幸会！王大人、杨大人，今天这杯喜酒，丁贵是非敬不可了！”

“我看就不必叨扰、麻烦丁老爷了，若能腾出张桌子就行了。”廷表推辞道。

“王大人，就拜客气了。”丁贵急躁起来，哀求般地说，“二位贵人德高望重，请都请不来呀！咋个是麻烦呢？添根人，添双筷，还请二位大人赏光！”

“好吧！恭敬不如从命，就沾沾贵公子的喜气吧！”廷表知道盛情难却，终于应承下来。

“好！爽快！二位大人，请入席！”丁贵立即笑眯眯地将王廷表、杨慎领进大厅，坐在贵宾席上。

伍音见王廷表已入席，走过来问：“姐夫，酒菜不送家里了？”

“不送了，就喝丁老爷家的喜酒了。”

“啊！王大人，伍师傅是你内弟？”

“是我妻子的堂弟。不瞒丁老爷说，这酒店其实是我儿天锡开的。饭菜是否可口，还请丁老爷多指点！”

“指点谈不上，能在贵府酒店办喜事，是福气呀！”丁贵笑容满面，侃侃而谈，“之日能再睹王进士、杨状元尊容，鄙人可是喜出望外了。状元公，你晓得吗？在我们村子里，甚至好多村寨，都供三尊像，这三尊像是哪几个？我说出来，你们可能会摇头。”

“哪三尊像？”杨慎问。

“观音、关公、杨状元！”

“哈哈！”杨慎忍不住大笑起来，“杨某一介凡夫，而且还健在，公然成神了。惭愧！惭愧！”

“杨兄，你知晓这意味着哪样吗？”廷表道，“这说明，阿迷人崇文尚武，讲究义气，注重文化。”

“这话不假！”杨慎感慨地说，“我等虽不是神，但若不能为云南文化的昌隆做出点贡献，就该惭愧汗颜了！”

正说着，王廷表忽见新上任的学正耿介和张羽、赵文明含笑走过来。赵文明说：“二位恩师，别来无恙！今日幸会，又当借花献佛，敬恩师几杯了！”

“三位来得正巧！坐坐坐！”王廷表赶忙打招呼。

新郎新娘及双方父母都已到来。客人纷纷进入酒店，送罢彩礼，各找位子坐下。司仪宣布婚礼开始，大门外顿时鞭炮齐鸣，震耳欲聋。接着，新郎、新娘拜过天地，拜过祖宗，拜过父母后，夫妻对拜，送入洞房。过了约莫半个时辰的工夫，丁贵突然领着儿子、儿媳走过来，给杨慎、王廷表等人一一敬酒。大家在热烈的气氛中，边饮酒边畅谈起来。

“噫！贤弟，弟妹和贤侄他们一向可好？”杨慎问。

“天锡、刘甸今年到昆明开商铺，算来已半年多了。”廷表回答，“天锡和天礼家都有了儿女，你弟妹也跟着上昆明，帮儿女们带小孩。小女天仪已完婚，女婿包万殊，阿迷人，虹州县令。”

“你又忙著书立说，又忙做生意，忙得过来吗？”

“其实，我只是空头老板。”廷表笑道，“店中一切事务，都由我内弟伍音负责，店里有十多个伙计，还有一个专门记账的先生，每月他向我报一报收支情况。”

“文人兼做生意，也是一桩奇事。”杨慎微微一笑。

“这有酿办法呢？”廷表颇有感触地说，“过去，我极力反对天锡经商，只想让他求取功名，现在想来是错了。若没他做生意赚得些钱，面对阿迷几年前那场瘟疫，我就束手无策、望洋兴叹，只能抓石头打天了。”

“贤弟，我见大厅里悬着一匾额，上书‘儒商典范’，那隶书写得不错，落款用行草，流利而刚遒，整幅书法相得益彰，很不错。署名荀儒，荀儒是谁？”

“是上一任阿迷知州，此匾系其自撰自书自刻。”廷表说，“那年阿迷流行瘟疫，天锡从昆明购来几马车药材和粮食，才解了燃眉之急，他又捐白金百两，陆统大人走时，将此事告知荀大人，荀大人十分感动，又亲自到店里考察、用餐，被价廉物美的现实再次感动，他就送此匾以作嘉奖和纪念。”

“哦！天锡真了不起，情操高尚，佩服！这正应了‘天道酬勤、地道酬善、商道酬信、业道酬精’那句格言。”杨慎由衷地赞罢，又说，“对了！贤弟，那年你信中告诉我，天锡进京任鸿胪寺丞，咋又说上昆明了呢？”

廷表：“唉！拜提了。这小子不是当官的命！才干了两年多，就适应不了官场，自己罢官回家了。他现在昆明，拓展生意。唉！不知拓展得如何。”

杨慎：“我看，不当官也好。天锡和你一样，一根老牛筋从头通到脚，只有当官的才，没有当官的命。”

廷表：“彼此彼此！”

“其实，王老爷不当官，更是了不起的人物。”耿介插进话来，“我听说，阿迷旱灾、蝗灾、地震、瘟疫，王大老爷、王老爷、少爷都不惜钱财，次次出手大方。这叫什么？这叫有其父才有其子！父行子效呀。”

杨慎叹道：“我一介书生，逢灾难而只能袖手旁观，惭愧呀！”

廷表笑道：“兄何言惭愧！你来到云南之后，到处讲学，培养和造就了那么多人才，可谓德艺双馨、功德无量。”

“唉！让后人评吧。”杨慎叹罢，话锋一转，“不说这些了，就说说天锡酒店吧。对，我想起来了，门前那副对联太俗，应该换掉。”

“老师又有妙对了？”赵文明问。

“算不上妙。我吟出来，请各位斧正。”杨慎吟道：

美酒邀朋吆酒美；
诚心飨客想心诚。

“好！状元公此联，实为回文联，雅俗共赏。受老师启发，我献上一联，请赐教！”张羽随口念道：

致富无方无富致；
生财有道有财生。

“不错！又是回文联，与状元公之联可谓珠联璧合，而各有千秋。不过，我以为，‘致富’和‘生财’合掌了。”耿介说，“我建议，将‘致富’改为‘处世’，不知可否？”

“改得好！”廷表高兴地说，“处世若无方，就没有立锥之地，这‘方’其实是规矩，是人的秉性。这是警语呀！明天，请状元公书写第一联，我书写第二联，写好后，我尽快请人雕刻，早日挂上，为小店添光彩。”

“王大人，你为酒店写的那些灯谜，曾有人猜中吗？”耿介问。

“有！”廷表诙谐地说，“我的谜太肤浅，致使天锡付出了两桌‘状元奖’酒席的代价，‘榜眼’‘探花’也多次被人抢去！哈哈！”

“这说明，阿迷文化底蕴不浅，贤弟要当心呀！”杨慎悠然一笑。

“但愿天天有虎中箭，我落个顺水人情。”廷表莞尔一笑。

“老师，您出的那些灯谜其实很深奥，我抄回家猜了几天，也悟不出玄机。”赵文明说，“比如，‘昭君出塞’‘连声叹’‘拐拐拐’，谜底是什么？”

“‘昭君出塞’已被阿迷一位老贡生射中，谜底是‘美人适异方’；‘连声叹’扣‘太息复太息’；‘拐拐拐’其实并不难猜，只要熟悉阿迷地名，用会意法就可射中了。”

“老师‘拐拐拐’，谜底是不是‘三转弯’？”赵文明突然惊问。

“对！你是怎么猜到的？”廷表又惊又喜。

“前天，我到团坡走亲戚，表弟告诉我南边有个村子叫三转弯。老师刚才一提醒，我就想起来了。”

“状元公，这些年定有诗作了？能让小弟一饱眼福吗？”廷表转了个话题。

“这些年几乎走遍滇南、滇西，滇东、滇北，也留下些足迹，故也有些小诗，但都不满意。”杨慎说。

“老师的大手笔，岂能不是极品？老师，念几首吧！”赵文明哀求。

“杨老师，我读过您的一些著作，获益匪浅。”耿介说，“诗词也读过一些，但总觉得不能满足。老师，念几首吧！”

“那就献丑了。”杨慎说着，吟唱起来：

羡霞标挂赤城

海螯江蟹四时供，水蓼山花月月红。
自是人生不行乐，莼鲈何必羡江东。

自通海之澄江赠王钝庵缪碌溪

通海江川湖水清，与君连日镜中行。
孤山一点冲烟小，何羡霞标挂赤城。

宿曲江

曲江驿里无灯烛，残月微明觉夜深。
梁苑薄游成滞迹，并州客舍有归音。
连营吹角呜呜起，叩鼓持更𬘡𬘡沉。
三十从军今六十，何时西隐蜀山岑。

升庵吟罢，众人一齐叫起“好”来。钝庵略一沉思，感慨着说：“杨兄，那年游通海、览秀山，令人终生难忘。当时，兄与宗周兄诗兴大发，留下不少名句。兄赠弟及宗周之诗，我视为珍品保存。碌溪兄的咏茶花诗同样珍藏。今又听兄重咏，我似乎又回到了当年。”

“是呀！当年是何等快乐！”升庵叹道，“如今老了，回到当年不可能了。对了，贤弟，你当时不是也赋诗无数吗？”

“那些诗，被弟子们借去，就未能物归原主了。”

“可惜可惜！那可是一段美好的时光呀！”

“杨兄，‘宿曲江’诗，不是兄耳顺之年所作吧？”钝庵说，

“那年十一月六日，众弟子为兄祝寿，纵个未听兄吟此诗呢？”

“其实，‘宿曲江’为那年春所作。”升庵说，“当时之所以未吟那诗，是因为我自觉后两句太凄凉，不敢扫众人雅兴。算了吧，别提那些往事了。来！今朝有酒今朝醉，干！”

喜宴在欢声笑语中度过。意犹未尽，王廷表、杨慎等人又聚于状元馆，自古而今、天南地北、诗词书画、工商农耕，高谈阔论起来。说着说着，话题又转到了朝廷。杨慎突然说：

“各位可知道，夏言被罢官后，严嵩继嘉靖二十一年入内阁预机务后，已于嘉靖二十七年（1548）擢升为内阁首辅。”

“严嵩是根哪样人？”张羽说。

“廷表，你给各位介绍介绍吧。那可是一位相当了不起的人物呀！”杨慎咬了咬牙，又吹了吹鼻子，显出些不耐烦。

王廷表笑笑，讲了严嵩的情况。

严嵩是江西人，进士出身。上一届首辅夏言也是江西人。起初，夏、严二人并无过节，志趣还很相投。因夏言的关照，举荐年近花甲的严嵩从南京调入京城为官，任礼部尚书。夏言自恃有恩于严嵩，待他如门客。但严嵩“狐狸戴面具，假充好人”，表面上处处尊重、百般讨好夏言，简直可说时时“忍痛穿小鞋”，暗中却“打鱼哥哥心太厚，宰了一扣又一扣”，打着夺取首辅的小算盘。严嵩任尚书后，与世宗接触的机会多了，就疏远了夏言，转而对皇帝处处献媚，事事献殷勤，如一条哈巴狗，只会摇尾巴，并与世宗宠信的陶真人结为死党，对夏言进行谗害……

“这严嵩也太鬼、太卑鄙了！”张羽愤愤不平地说。

王廷表继续讲：

这几年，世宗朱厚熜，即嘉靖小儿，不理朝政，醉心于修道，默啦长生不老。他常令臣子们为他写仅供焚化、用于祭天的青词。

夏言和严嵩都是写青词的高手，但夏言写了几年感到厌倦了，就交给门生代撰。那些门生都是些写青词的生手，所写的青词让世宗大倒胃口，“每掷地而弃之”。严嵩看在眼里，立即抓住机会，投世宗所好，搜肠刮肚，连连给世宗写了不少青词，令世宗赞不绝口。在讨好皇帝的同时，严嵩翻脸不认人，又暗地里造谣陷害夏言，结果，夏言被革职，不久，即被杀害，严嵩摇身一变，坐上了首辅的宝座……

“哼！这严嵩，也太恶毒了。”赵文明骂出声来。

严嵩确实是一个卑鄙恶毒的小人。他当上首辅后，更肆无忌惮，顺我者昌，逆我者亡，恶掐恶估，先后将夏言、曾铣、张经、杨继盛送上断头台，又贪污受贿，贪赃枉法，到了无以复加的地步……

“贤弟，你所讲这些，有些我有耳闻，但有些却是第一次听到。到底是真是假？是不是陈以相、戴鱀告诉你的？”杨慎惊疑着问。

“不是，他们两人都辞官了。我在四川时，结交了一位朋友，就在我离开四川那年，他考取了进士，留京做官。他常和我书信来往，故朝廷发生的好多事，我了如指掌。”

“哦，原来如此！我还以为你是千里眼、顺风耳呢！”杨慎若有所思，似有所求，坦率地说，“他叫啥子名字？我想找机会会会他。”

“遵朋友所嘱，保密。”廷表显出无可奈何的样子，又淡然一笑，“升庵兄，我晓得，严嵩是令尊大人的门生，又是兄长的好友，我在这里揭严嵩的底，该不会倒胃口吧？”

“说我反感？你说啥子唉！哼！”杨慎突然马起脸、愤然道，“实说吧，我现在与严嵩已形同路人，与‘朋友’二字不沾边了！”

“杨老师，为啥子会与朋友反目成仇了呢？”耿介不解地问。

杨慎脸上露出痛苦、悲伤、愤怒又无可奈何的神色，讲述了下面的故事：

严嵩入内阁任一人之下、众人之上的首辅后，寄了一封信给杨慎，表面上说了不少同情朋友的话，实际上是在向杨慎炫耀自己。他还寄了一份他写的《七政历》给杨慎，以显示自己的才干和执政的本事。杨慎一眼就看出了严嵩的内心，但他为了自己能得到解脱，没去理睬严嵩的得意忘形，却把大赦的希望寄托在了严嵩身上，只希望严嵩能凭借自己的大权，在皇上面前美言几句，让皇帝产生点恻隐之心。因此，杨慎复信严嵩，并寄去一首诗："架悬凤阁新颁历，衣有鸾坡旧赐香。醉看成行儿女大，益惊戎旅年岁长。"信寄出后，杨慎一直在等好消息。可是，年余过去了，嘉靖并没有下大赦令，严嵩也没有寄来只言片语。于是，杨慎想方设法，向在京的朋友打听，问严嵩是否在皇上面前提到自己，为自己说过好话？朋友们来信都异口同声说："没有！"杨慎终于醒悟：严嵩为了保官保命，在皇帝面前，根本不敢放一个冷屁，更别说为朋友"两肋插刀"！……

杨慎讲完，愤怒地说："这够朋友吗？够个锤子！这龟儿子，不是东西！我真瞎了眼，将狼崽子当小绵羊了！"

"用修兄，你晓得不晓得，严嵩当首辅前后，干了些啥子勾当？"未等杨慎回答，廷表面带几分轻蔑说，"严嵩每月俸禄为八十七石，每天早上睁开眼，就能见到两石九升稻米在眼前摇晃，但他还不满足。平步青云，任礼部尚书独揽大权后，来个肥水不流外人田，串通吏部，将他儿子严世番安插在朝廷一个要害部门——尚宝司。严世番得此肥缺，越发飞扬跋扈、骄奢淫逸，明目张胆地贪污受贿，结果被夏言抓住把柄，欲奏明皇上处置。严嵩见势不妙，立即与儿子直奔夏府，双双跪在夏言榻前，装出可怜巴巴的样子，哀求放过他们，他们会感恩不尽、没齿不忘！"

“唉！养虎为患呀！”杨慎感叹道，“我估计，这龟儿子严嵩已是白布掉进染缸，洗不清了，他必定要成为历史上的第三个大奸相。”

“老师，前两个大奸相是谁呀？”张羽问。

“升庵指的是秦桧和蔡京。对吗，慎兄？”廷表说。

“就是。”杨慎冷笑一声，说，“秦桧阻止抗金，认贼为父，风波亭害死岳飞。蔡京结党营私，戚党遍布，误国殃民，遂有‘靖康之耻’。这两人都可称为历史上的大罪人。”

“杨兄，你还别小看秦、蔡，还有严嵩，他们既是大罪人，还是大才子呢！”廷表淡然一笑，说，“秦桧的书法自创一体，被时人称为‘秦体字’。蔡京精工书法，尤擅行书，字势豪健、痛快沉着。当时有‘苏、黄、米、蔡’共称宋朝‘四大家’。这四人就是：苏东坡、黄庭坚、米芾和蔡京。”

“噫！宋‘四大家’中的蔡，应该是蔡襄，为什么会是蔡京呢？”耿介感到迷茫。

“按理说，原本是蔡京，但人们痛恨蔡京是奸相，之后，而不提他，而让蔡襄顶替了。”廷表说

“原来如此！”耿介、赵文明、张羽连连点头。

“严嵩的臭名可与秦、蔡比肩，其才学也毫不逊色。”杨慎说，“他的书法造诣很深，完全可称‘严体’。”

“杨兄，我发现你的书法也颇具严嵩风格：雄健、豪放、清雅而高洁。你说是吗？”廷表说。

“不错。”杨慎坦然道，“我与他为友，常在一起习书，对他的字看多了，觉得好，就有意无意地模仿了。”

“唉！人们都说‘字如其人’，其实，写字和做人不能混为一谈。”廷表感悟着说，“不管怎样，若严嵩再如此贪下去，绝不会有好下场。我真遗憾，当年没能告倒他，让他错过了改过自新的机会。”

“老师，你告过严嵩？”张羽问。

“那是明嘉靖元年（1522）的事，一天，钝庵连夜写奏章二则，一则弹劾种勋贿赂张佐，一则弹劾严嵩受贿并贿赂张璁，结果不了了之。”杨慎叹息着说，“后来，钝庵调四川，谁料到，竟落得个诬陷之名，被勒令致仕……”

“杨兄，我被贬回乡几年后，我那位巴蜀朋友自京来信说，我之所以被勒令致仕，就是因为严嵩和张佐、张璁搞的鬼。他们沆瀣一气，打压证人，编造事实，诬陷于我，欲置我于死地，还伤害了不少地方官员。若不是杨一清大人、杨伯父据理力争，廷表早就化为枯骨了。唉！往事不堪回首，别提它了！”廷表一声冷笑，“宋·俞成有诗曰：‘善恶到头终有报，只争来早与来迟。’严嵩不灭，天理何在？”

“是呀！天理何在？‘猫抓糍粑，脱不了爪爪’，我断定，严嵩绝不会有好结果。”杨慎语罢，又突然含泪说道，“想到朝廷，我就想到一清大人。慎尝奉使过镇江谒杨一清，惊其博闻强识，而益肆力古学，既投荒多暇，于书无所不览。而其功绩，明代至今无人能及。一清大人是我最敬重的长者，也是云南的骄傲，称他为云南历史上的第一人，毫不为过。杨大人于嘉靖九年仙逝后，我大哭了一场，也大病了一场。病中，我在安宁连然镇题刻了《杨文襄公故里碑》，撰写了一联：相业四朝称第一；人文六诏羡无双。”

“是呀！杨大人是杨兄的恩人，若无大人相助，我与杨兄安能常常谋面？杨大人之死，必定让严嵩、张璁之流弹冠相庆、大笑不止了……”廷表感慨之间，两行浊泪滚出眼眶。

耿介见状，赶忙转个话题：“两位老师，依弟子愚见，严嵩决不会有好下场！一定会死得很难看！等他跷脚那天，我还要放几封炮仗呢！”

话说，严嵩贪污受贿早已成性并已发展到不可收拾的地步。他最大的过恶有三：一是重用心腹赵文华，使东南倭患愈演愈烈；二是清除异己，继杀曾铣、夏言之后，又杀杨继盛，使明朝杀谏臣开了恶例，最后又杀沈鍊、王忬等；三是与儿子严世番合伙贪污纳贿，在朝内结党营私。

多行不义必自毙！严嵩之恶，令朝野上下敢怒不敢言的同时，也埋下了严嵩必将倒台的伏笔。子曰："德不配位，必有灾殃。"《左传》也说："其兴也勃焉，其亡也忽焉。"厚德载物，厚德也养福，一个人若不讲道德，必将减寿减福。明嘉靖四十一年（1562）的一天，世宗召徐阶推荐的方士蓝道行入禁中，让其预卜祸福。其时，严嵩有密扎欲呈世宗。徐阶知严嵩欲言事，事先重金买通蓝道行，在皇帝面前降神仙语："今有奸臣奏事。"御史邹应龙、林润当时在京，听到这一消息，认为这是扳倒严嵩的好时机，'机不可失，时不再来'，待严嵩奏本后，两人立即相继上疏，弹劾严嵩父子不法状。结果，严嵩被勒令致仕，严世番被斩首。

接着，世宗命人查封严嵩家产，上报：金三万二千余两，银二百余万两，另有珠玉宝玩数千件……

严嵩回到江西，晚景凄凉，满身臭气白虱窝，一副邋遢花子样，"死时寄食墓舍，不能具其棺椁，亦无吊者"，暴尸荒野，狼餐血肉。此是后话，按下不表。

有诗咏叹：

奸臣执政酿灾殃，恰似穷途遇虎狼。
但愿人间尊正道，岂容魔鬼逞凶狂！

第二十七章
同心协力修州志　献策筹资扩东沟

明嘉靖二十八年（1549）二月的一天，夜已很深，万籁俱寂。

王家大院里，烛光闪闪。王廷表和杨慎在桌子两头相对而坐，各自埋头书写，静静的夜里，不时响起翻书的声音。

杨慎第一次到阿迷时，王廷表就与他商定，两人同修一部《阿迷州志》。后来，杨慎几次来阿迷，王廷表都要领他到处游历山水，走村串户，了解阿迷的历史、地理、经济、人文、民风民俗等情况，记下了不少真实有趣的资料。二十余年间，王廷表更是历遍阿迷山山水水，几乎走遍阿迷村村寨寨，又多次到州衙查阅了历代有关阿迷方方面面的情况，记下了二十余万字的资料。今天，他俩要将各人所记文字汇拢，增删之后，编定卷目，准备尽快成书。

王廷表边看杨慎收集的资料，边在自己认为可入志的文字下打上线条或画上圈圈，并标明拟入之卷目。杨慎也用同样的方法，阅览了王廷表收集的资料，打了线条，画了圈圈。写着画着，杨慎开了口：

“贤弟，你所记资料，全面而翔实，极有价值。原先，我们曾商定，以十个卷目总揽全书。看了你所记的资料，我觉得十个卷目太粗，容纳不下阿迷的全貌，须得重拟卷目。”

“兄言极是。我已初步理出个头绪，拟出卷目十九个。不知可妥当，请兄过目。”王廷表说着，从抽屉里取出一纸卷递给杨慎。

杨慎翻开纸卷，一段段文字展现在眼前：

卷一　舆图：阿迷全景图一幅

卷二　星野：阿迷星野图，井宿缠度考，分野志论，气候，气候考，气候论

卷三　疆圉：山川形势、附村寨，邮旅，邮旅志论，险要，驿铺哨塘

卷四　建置：官署，仓廒

卷五　城池：城垣桥梁，津渡

卷六　水利：堰塘，沟渠，汛防

卷七　坛壝：寺观

卷八　风俗：市肆，习尚，风俗论

卷九　沿革：历史沿革，土司，种人

卷十　户口：历代户口，丁徭，田赋

卷十一　秩官：历代知州，州同，学正，训导

卷十二　学校：书院，义学

卷十三　选举：历朝科举进士，举人，贡生

卷十四　名宦：历代名宦，乡贤，流寓（升庵）

卷十五　忠义、节孝：忠臣，义士，孝子，节妇

卷十六　物产：稻属，蔬属，果属，木属，花草属，食货

卷十七　古迹：古迹，名胜

卷十八　灾祥：天灾人祸，地震，瘟疫，洪灾，杂异

卷十九　艺文：艺文志，历代诗、词、曲、赋

附录　谚语方言

杨慎阅罢卷目，点头赞道：“贤弟所列卷目详细而简洁，我十

分赞同。有些卷目本来可以分列，但内容不多，合在一起更好。附录中的谚语、方言，也很重要，这可是各民族语言的精品，应该互相学习、发扬光大。至于将我列入卷十四之流寓，就不必了吧。区区杨慎，何德何能？载入青史，岂不贻笑大方？”

“兄虽为外籍，但阿迷有居所，且兄长之名已家喻户晓，列入州志，乃为阿迷增光彩，岂有不入志之理？”廷表认真地说，“兄就不必推诿了。好吧！卷目既定，我两人是否分分工，各人负责几卷，完稿后再汇总，统一增删，最后定稿？”

杨慎露出些为难的神色，说：“贤弟，按理说，分工撰稿很好，但我杂事繁多，要编好几部书，又要督促同仁、宁仁完成学业，实在搞不赢，真不好分身呀！再说，两人分卷撰稿，往往没有连贯性，且特色不同，难免扯拐……”

“杨兄的意思是……”

“贤弟，我收集的资料就交给你，由你增删、汇总、编纂，好吗？”杨慎说，“明天，我准备携曹氏到临安，看看同仁。同仁已十余岁了，还不知在学堂可有长进，真叫人放心不下呀！我还想回一趟四川，将黄峨接到昆明，全家团圆。”

“行！”廷表豪爽地说，“那你就放心走吧！志书就由我负责完成。待初步完稿后，兄再审阅、校改一番，最后定稿。”

“那就拜托贤弟了！不过，说心里话，我真不忍心让贤弟一人操劳。”杨慎无可奈何地摇了摇头。

杨慎走后的数月间，王廷表为杨慎写完《南中续集序》后，又将全部州志资料看了一遍，并分门别类进行了合并增删，写入各卷之中。写到卷六的堰塘时，赵升、东沟、西沟几个字紧紧地吸引住他的眼球，赵升修东沟、西沟的情景竟然像幻影般晃动在脑海中。他情不自禁默默地回味起来：

明宣德、正统年间（1426—1449），邑人乡贤赵升堰亭公倾其家资，引南洞水开挖东沟，引泸江水开挖西沟，开成三百六十水口，设三十六户小水，灌溉良田数千亩，其工程巨繁，乃阿迷前所未有，其功绩之伟，汗青千秋彪炳，百姓万代讴歌。后人尊赵升为“赵老祖公”“沟神”，可见民心所向……

默默自语之间，前久去察看东、西沟的情景突兀在眼前，情不自禁地悲吟起来：“唉！百余年过去了，两沟到处被荒草掩埋，沟内泥沙淤积，沟堤多处崩塌，水流不畅而改道，需水处无水，不需处被淹，两沟功能日渐消减，且带来灾难，却无人重修，不亦悲哉！吾侪既为州民，世代沐恩于南洞、泸江，岂能熟视无睹乎？……”

廷表自语罢，头颅突然一扬，坚定地说：“我应该牵头，重修东西沟，圆当年之梦想，为民造福！”

如何修呢？人力物力财力从何而来？他陷入了沉思……

“对！依靠官府，发动群众，群策群力，还有哪样困难克服不了呢？”他想着想着，修东西沟的方案及两沟未来的美好蓝图，渐渐地清晰在脑海里……

辗转反侧了一夜，太阳还没露出山头，王廷表就起了床，梳洗完毕，喝了几口凉开水，就直奔州府衙，敲开了府衙大门。经门子通报，于明嘉靖二十八年（1549）刚到任的知州四川茂州举人陈朝仪揉着惺忪的睡眼，从后院走出来。王廷表趋前几步，满脸堆笑，寒暄起来：

“陈大人，别来无恙？”

“哟！是老前辈驾到，有失远迎，抱歉抱歉！”陈朝仪笑道，“敢问，王老爷屈驾光临，有何见教？”

“陈大人，无事不登三宝殿嘛！”廷表笑道。

“好好好！有何吩咐，大人只管道来，下官听命就是了。”陈朝仪笑容满面说，“先喝茶，慢慢聊。”接着喊：“上茶！普洱茶！”

两人坐定，下僚已将盖碗茶端来，陈朝仪招呼廷表喝茶，自己轻轻呷了一口，缓缓问：“老前辈到此，有何贵干？”

“我为东西沟而来。”廷表开门见山，“老爷，我州有东、西两沟，可谓阿迷百姓的幸福之源，民谣曰：‘东西沟，东西沟。旱有水，涝有收。赵公是沟神，肥水不外流。沟经百年后，哪个来重修？’然而，自赵公开挖至今，已越百年，当下，两沟泥沙淤积，沟堤倾塌，流水易道，冲毁庄稼，造成灾殃。我想，应该修一修了。民谣所说，是否预示，我等应该负起修两沟之大任呢？还有，南洞水源极丰，白白流入大海，实在可惜，若能在城东南建一人工湖，就可以与旱灾抗衡，并为阿迷增一美丽、独特的风景区。”

“关于东西沟流水不畅、造成祸殃之事，前任李第已告诉下官，说老前辈已多次向几任州官反映，要求修理一番。而且，百姓到官府反映已不下十次了。我到任后，已曾有人来反映。”陈朝仪慢条斯理地说，“然而，有啥子办法呢？心有余而力不足呀！修两沟需人力财力，这‘力’从何而来呢？历任之所以没有动作，不就是力不从心吗！唉！难呀、难呀！”

王廷表一听，心中不悦，但他耐住性子，以商量的口气笑道：“大人，我知道，官府有困难，但只要大家想想办法，困难是可以克服的，事情是能够办成的。阿迷历史上出现的各种灾祸，最后之所以能降到最低程度，就是因为官民同德同心的结果。那民谣说‘沟经百年后，哪个来重修’，是否将希望赋予我辈呢？”

“这民谣下官也耳有所闻，但民谣毕竟是民谣。不过，老前辈有办法？”陈朝仪眯着双眼问。

“我揣摩好几天了，也想出个办法来。”廷表自信地说，“我粗略算了算，修两沟大约需八百左右白金，建人工湖估计需一千两左右白金。白金从哪里来？我想，官府能否出八百两，再在民间筹措千两……”

“老前辈，不瞒你说。”陈朝仪打断廷表的话，冷笑一声，“阿迷官府历来贫穷，别说八百，就是要拿出二百两金，也比登天还难。要在民间筹一千两，也是不可能的事。”

“陈大人，我求大人，还是想想办法吧！人工湖可暂时不建，但修东西沟迫在眉睫。”廷表直截了当地说，“官府出不了八百，就出五百，行吗？其余的，我想办法，负责解决！大人看怎么样？”

陈朝仪看王廷表态度如此坚决，想了想，终于笑着说：“那好吧！为官一任，造福一方嘛！我陈某到阿迷半年了，还毫无建树，自然惭愧，就硬着头皮，办件好事吧！我同意你的看法，先修东西沟，人工湖暂缓。一言为定，官府再难，也想办法筹两百。其余的，就拜托老前辈了！”

廷表一听，高兴得几乎要跳起来，赶忙说：“那好！就请大人以官府的名义，贴个筹资告示，行吗？”

“当然行！告示由前辈来拟，我派人书写，然后用印。”

“好！先谢谢大人了！”

王廷表走出州衙，立即到学宫找到耿介，将自己建议修东西沟，与知州陈朝仪商议的情况，及自己的打算一说，耿介却摇了摇头，鼻子一哼，苦笑道：

“王老爷，如今的官，当面是人，背后是鬼的多得很，要想官府出面支持，简直是梦想。他现在口头同意出两百，说不定一觉醒来就变卦了。到时候，全副担子都落在您肩上，您承受得了吗？那时，就马高镫矮，上下两难了。”

“我想，陈大人也是个正人君子，不至于说话不算数、自食其言吧！”

“如今当官的哪个不滑头？您看，文庙破烂得不成样子，学正换了两三个，且多次向历任州官反映，都笑着说‘等机会’！可是，换了一个又一个父母官，‘机会’在哪里？”耿介又是冷笑，“说不定，这陈大人又是信口开河，过后就要赖，说想不起来了，或者说官府没有这笔开支。若真如此，大人您咋办？八百两白金，可不是小数目呀！”

“我心已决，修不好东西沟，我死不瞑目！”廷表正色道。

“好！”耿介似乎被廷表感动了，也慷慨陈词，“王大人，您不愧‘富贵不能淫，贫贱不能移，威武不能屈’，说一不二的大丈夫，令人钦佩！请相信，我耿介也非懦夫！我一定助您成功！”

“贤弟，廷表谢谢了！那你说说，我所说办法是否可行。”

“老师，我认为，您说到点子上了。”耿介侃侃而谈，“其一，成立个团体负责，很重要。其二，有意识地找有钱人家捐款，完全应该。其三，发动群众，特别是受益最多最直接的村子、民众有力出力、有钱出钱，最为重要。我赞赏老师的举措，也会支持老师的行动。从明天开始，我将在弟子中做动员，请他们说服家长，伸出援助的手。老师，还要我干什么？尽管吩咐。”

“我知道，你家远在滇东，人口众多，父母常病，你爷爷瘫痪在床，并不富裕，你就拜捐款了。”廷表说，“你做好鼓动之类事就算尽心尽力了。”

“不！老师，该出的力应该出，再穷，也得表表寸心。”耿介说，“到时候，您就看我的行动吧！”

王廷表告辞耿介后，立即找到杨有兴、李士英、杨应登等德高望重的乡贤和伍一颜、王廷彦、伍明伦、杨学、李廷英、杜显才、黄桂芳等富绅，诉说了自己的打算，也表达了知州陈朝仪的意见，得到了不少人的支持。为将修东西沟的事落到实处，他立即与几位乡贤名宦组成了指挥处，又具体安排了各自的职责。一切调理妥当，他才拖着一身疲惫回到家中。到了门口，却见门虚掩着，正吃惊，伍氏拉开门，急切地问：

“夫君，你克哪呢呀，叫我好找！”

“娘子，你何时到家？咋不预先告知一声？”

“临时决定，就无法写信了。”

“你帮儿女两家带娃娃，辛苦了！你回来，孩子们咋办？”

“天锡、天礼的娃娃都已进学堂。”伍瑶琴说，“前几天，刘楷的母亲上昆明，说最近农闲，她无所事事，孩子她带，我就回来了。”

“娘子回来得正巧！”廷表高兴地说，“我有件要紧事，要和你商量。”

“你要说些酿？”

“阿迷的东西沟你晓得吗？”

“那是赵老祖公所修。”

“东西沟至今已百余年，是不是该修一修了？”

“早该修了。”伍氏说，“不过，钱从哪里来呢？”

“我刚刚去找州太爷，决定号召民众自动捐款。”廷表试探着问，“娘子，你看我们家捐多少？”

“前几年涝灾、蝗灾、地震、瘟疫捐了不少，家中已没多少余钱了。”伍氏说，“要捐，就只有卖田地了。”

“就卖田地吧！”廷表说，“我们家现有良田肥地近两百亩，绝大部分是祖宗省吃俭用、日积月累留下的产业。我家每年能从佃户手中收租金折合银子三五百两，但这些钱已所剩不多，这我心中有数。娘子，这回就卖八十亩，或者一百亩，除捐款外，积攒一些。你看如何？”

“我没意见！凡是夫君要做的事，妾除了支持，就是唯命是从。”伍氏爽快地回答罢，又补上一句，“不过，此事还要征得廷贵同意，祖宗留下的财产毕竟属于你兄弟二人所有。”

“我的好娘子！”廷表激动得忘乎所以，一抱将伍氏搂入怀中，轻声说，“瑶琴，父亲去世时，贵弟回家，我已将准备买田地支持故乡公益事业的事告诉他，他表示同意，说‘天生一棵草，自有露水珠’，他不会将希望寄托在祖宗的产业上。还说，‘敛财千万箱，不如做好事一桩’。这你放心好了。我累了，想躺一会儿。你远道归来，也疲倦了，就回房歇息吧！”

“我没有大白天睡觉的习惯。”伍氏满脸羞涩，嘴里说着，却任廷表搂着腰肢，缓缓步入内室……

经王廷表多方奔走，耿介组织学生到处宣传鼓动，两个月内，已募捐到白金近五百两，白银八千两，大明宝钞一万二千余贯，其中，廷表卖良田肥地九十亩，捐白金一百六十两；耿介捐白银一百两；官府及府内人员出白金二百余两。这些捐款，耿介和州府邹师爷一一登记，账目十分清楚。捐款结束后，王廷表命耿介将款全部交州衙，由知州陈朝仪、州同沈三畏和王廷表负责审批，统一使用。在继续募捐款项的同时，王廷表、耿介和州府派来的人认真组织，招募组建了两百多名民工组成施工队伍，修东西沟拉开了序幕。原先，王廷表准备在大洞重修一条沟渠，但筑了一段石坎后，廷表又认真实地考察，发现新建沟渠困难太大，且所灌溉田地不尽如人意，又怕改动大洞水流方向后，导致流水枯竭，就放弃了建新沟的方案，而集中人力财力修东沟。至于西沟，因沟水受季节影响，秋后直至夏初缺水，扩修无多少意义，也在放弃之列。

经八个多月的紧张施工，耗资五百余金，东沟比原先拉长了五里，从原来的六尺左右扩宽到七至十二尺，铲除了大量覆盖于沟面的杂草，清除了沟中大量的淤泥沉沙，修通了上百个水口，增挖了数十条分流小沟，致使东沟水流通畅，受益面扩大不少……

扩修东沟完工后，王廷表与耿介等人顺沟环视了一番，看到东沟面貌面目一新，水流欢快，大家都感到十分欣慰。当天，廷表做东，在天锡酒店设席四桌，宴请知州陈朝仪、州同沈三畏、名宦乡贤李成栋、杨蕃、李士英及耿介等有功人员。

酒宴上，大家举杯互相祝贺，特别赞扬王廷表胸怀坦荡、无畏无私的高风亮节，说：东沟获得新生，钝庵大人功不可没。说：廷表为邑人屡建奇功，德高望重，子孙万代将铭记不忘。于是，大家你一杯，他一杯，给廷表敬酒，祝廷表“算衍春龄”“万福攸同”。

廷表喜气洋洋，捧杯在手，一一回敬，却谦虚地说：东沟有幸绽开新颜，是大家同心协力、献计献策之结果。他特别感激知州陈大人、沈大人运筹有方，心装民众，不愧为阿迷父母官，于是提议：

“敬两位大人一杯！祝大人官运亨通、飞黄腾踏、服冕乘轩！”

陈朝仪看着大家伸过来的酒杯，又惊又喜又愧，只见他满脸涨红，颤声道：“各位垂爱，下官感激不尽，但也羞愧难当！修东沟一事，本官原先并无信心。试想，多年来，阿迷州官换了无数任，都不敢言及修东沟之事，我陈某能不胆怯？幸得王大人耐心开导，我才如梦初醒，明白了当官不为民做事，实际上就是‘聋子的耳朵做摆样’，因此，参与了这一场‘战役’。东沟修成，钝庵老前辈应居首功！来！这杯酒，就让我代表阿迷百姓，敬王大人。”

沈三畏也插进话来：“廷表兄以富阿迷为己任，不失其赤子之心，真大丈夫也！如此楷模，理当多敬几杯。干！”

“干！”在叮叮当当的碰杯声中，一个个酒杯亮了底。

待大家坐定，王廷表说：“尚有一事要与大家商议。”陈朝仪问：“是啥子事？”廷表颇有感慨地说：“我自四川回阿迷后，曾多次在学宫讲学，总觉得，学宫建于城外不妥，而今，多年未修葺，已破败不堪。因此，廷表曾多次建议历任知州，将学宫从东门外搬迁到城北守备司旁，但二十余年过去，此愿一直未能了却，心中常常火烧火燎，惴惴不安。”于是廷表清了清嗓子，直截了当说：

“今日，阿迷有头有脸、德高望重的名士都在。我建议，乘修东沟成功之机，一鼓作气，将学宫搬迁，让读书人有一个更优美、方便的环境。不知各位大人意下如何？”

“我认为，学宫应该尽快搬迁！”耿介立即应和道。

热烈的场面瞬间沉默下来，各人脸上浮上各种异样的神色，大家都将茫然的眼神投向知州。默然良久，陈朝仪缓缓道：“关于迁学宫的事，还是过几年再议吧！近几年，阿迷连遭地震、瘟疫、蝗灾之劫难，而且刚修完东沟，大家已精疲力竭，囊中羞涩，要搬迁文庙学宫，困难太大了。还是从长计议，等待时机吧！”

“我认为，东沟修建成功，大快人心，百姓都看到了同心协力扭成一股绳的力量，更尝到了辛勤劳动结出的香甜果实。只要讲清道理，群众是会支持的。”廷表满怀激情、充满信心、慷慨陈词，“这次修东沟，共筹金七千余两，经精打细算，尚余二千余两，迁学宫，再筹金三四千两就够了。借此东风，一鼓作气势如虎，成功就在眼前！”

“老前辈，你说的不无道理，但这几年这灾那灾，已将人们折腾得够呛，大家都捉襟见肘了。至于官府，帑缩役稀，府库空空，心有余而力不足呀。”陈朝仪露出为难的表情。

沈三畏有气无力地说：“我赞同陈大人的意见，从长计议，让人们有个喘息的机会。”

“我赞成钝庵的意见。”李士英捋了捋花白的胡子，语气柔中有刚，“孟子曰：‘志，气之帅也。’陆游说：‘有志者事竟成。’只要大家有志气，就有办法。至于钱嘛，像之回一样，发动群众，你捐点我捐点，自能积少成多。我表个态，捐银百两。”

“我也捐百两。”杨蕃说。

“为了长远的利益，别心疼眼前碗里的肉包子。我也捐！”李成栋说。

“大家同意，我也不反对，但州府也无力了，还请各位见谅。好，你们慢慢聊，我有点事，先告辞了。”陈朝仪言毕，起身扬长而去。

大家你望望我，我望望他，沉默了。

廷表看势头不妙，心也凉了半截。沉默良久，他突然一跃而起，坚决果断地说：“趁热打铁，学宫一定要迁！东沟不也是一拖再拖，一朝成行吗！”

“廷表，坐下来慢慢商议。”李成栋微笑着说。

“破釜沉舟！干到底！”王廷表和耿介竟然异口同声喊起来。

正是：

修志盼将明镜悬，抚今追昔构佳篇。
才圆修建东沟梦，又为学宫难入眠。

第二十八章
迁学宫呕心沥血　建文庙鬻地卖田

王廷表独坐孤灯下，心事重重，闷闷不乐。他将《阿迷州志》稿翻开，想尽快完成这一工程，但仿佛吞下二十五只耗子，百爪挠心，总静不下心来。数日前议论迁学宫的事老在脑海中盘旋，想暂时忘却，却总是挥之不去。在有生之年若不能了却此桩心愿，他自觉死也不会瞑目。那天酒席散后，他回到家里想了一夜，心中的疙瘩就是解不开。他知道，陈知州的话不是毫无道理，要迁学宫，钱是基础，没钱作铺垫，想完成此项工程，不就等于提着自己的头发想上天吗？然而，火烧芭蕉心不死，水淹木头心何干，学宫一日不迁，学子没有个好的读书环境，怎样为国家培植有用人才呢？国无有用人才，犹如房屋缺少顶梁柱呀！……

想着，问着，他感到身心困倦，就伏在桌上，想闭目养一养神。眼睛刚刚闭上，他突然发现自己摇摇晃晃，一脚高一脚底，走在崎岖逶迤的山间小道上。走着晃着，竟飘飘然飘进云雾里。他正想寻回家的路，竟被一堵高墙拦住，猛然抬头，只见高墙上写着几个斗大的金字："南天门"。噫！我纵个走到天上来了？正疑虑着定睛一看，"南天门"三个字不见了，门墙也变成了一座阁楼，上书"阿迷学宫"四个大字。啊！到家了！他高兴极了，赶忙笑眯啰呵地朝学宫大门走去。走到大门口，便使劲敲门，边敲边喊："耿介！耿学正！”喊了半天，白淡无根，没有回音。突然，眼前乌云滚滚，耳畔雷声隆隆。正惊讶恐惧间，一个闪电如利剑般刺向他的眼睛，一声炸雷惊天动地。他赶忙躲避，却没站稳脚跟，从悬崖上栽着跟斗，“啪”一声响亮，撞在岩石上，又掉进深沟底，摔得全身生疼……

他忍住痛睁开眼睛，却分辨不清自己在哪里。啊！是梦！日有所思，夜有所梦？我为酿会做这样的梦呢？想起梦中的情景，他情不自禁地挣扎着喊：“学宫！阿迷学宫！学宫……”喊着喊着，迷迷糊糊地向老学宫方向走去……

阿迷学宫，实为文庙，于明洪武二十二年（1389）建于州治东门外，明正统二年（1437），知府徐文正、通判彭书道、首任汉官张安继修。占地二十余亩，是阿迷最宽敞、辉煌的建筑之一。文庙正殿，供奉儒家创始人、至圣先师孔子神位，左右建有几座配殿。多年来，文庙作为学宫，成了阿迷为社稷育才造士、兴贤荐能、扶名教、正纲常之场所，培育了不少人才。然而，百余年来，文庙未曾修葺，已颓垣断壁、屋漏墙倾，濒临坍塌；而且，建于城外，地卑制隘，不可以奉圣，夷拔秃缺、荒如坻场……

“迁！一定要迁！”他迷蒙的眼睛望着茫茫的夜空，喊出了声。

伍氏被喊声惊醒，赶忙披上衣服，跑到书房一看，只见丈夫伏在桌上拼命挣扎，立即摇动着他的身子，连声喊：“夫君，醒醒、醒醒！”

王廷表一骨碌爬起，睁开惺忪的眼睛，没头没脑地问：“我……我……几岁了？”

“自己几岁都不晓得？忙昏了！再过几个月，你就年享花甲了！我正准备为你庆祝六十大寿呢！”伍氏笑道，“你为酿问起年庚来了？”

“不！我是问，现在几更天了。”

“三更已过。”

“哦！我咋个在这里睡着了？”

“拜说了，快上床睡去，别因着凉，惹病缠身。”伍氏含情脉脉，爱意绵绵说，“年纪大了，要晓得爱惜自己，保重身体。整天熬夜，别说年轻人受不了，你一个老头子……”

“我的贤惠夫人，谢谢了。”廷表感激地说，“夫人与我厮守三十余年，我很少陪伴夫人，还让夫人处处关心，事事担心，廷表惭愧呀！但每天要做的事做不完，实在难以入眠。”

“好了，拜说了！天都快亮了，有事明天再做。你在熬夜，妾怎能安睡？”说着，硬将廷表推进卧室。

“对了，贤妻，我的六十大寿就别铺张了。”廷表边脱衣服边说，“祝寿的钱，就准备作捐款吧！”

“那是我的事，你拜管！”伍氏嗔道，又莞尔一笑，“我晓得，你又要迁学宫，但我不用家里的钱，自会想办法。”

“贤妻，说好了，你千万别将陪嫁时的首饰当了。”

“你就拜‘杞人忧天倾’，瞎操心了！”伍氏突然话锋一转，关切地说，“夫君，我看你这几年视力不好了，总见你眯眼看书，是不是老花了？”

廷表说：“好像是。我想买个眼镜，却买不到。”

瑶琴：“眼镜？什么眼镜？”

廷表：“在京时，我就见一些年纪大的官员用眼镜，可将字放大。据说，我朝宣德年间就有眼镜了，但那时没有眼镜这种说法。几年前，在安宁升庵处看到嘉靖年间郎瑛的《七修类稿》，说：‘闻贵人有眼镜，老年观书，小字毕见，诚世宝也。’可惜，那些年眼力好没在意，也没想法买个备用。”

“那我教你一法，不用眼镜，即可逐步增加视力。”瑶琴笑道，“拇指背面，即指甲一方关节处，有三个穴位，分别是凤眼、大空骨穴和明眼穴，经常按摩此三穴，可治老花。还有，可突然睁开眼望远方，又突然闭眼，又睁开，经常反复做这些动作，眼力就会恢复。”

“好！谢谢夫人指点迷津。”

王廷表倒在床上，辗转反侧，怎么也睡不着。他的心又飞进文庙，脑海里又浮现出一次次造访州衙，建议历任知州尽快搬迁学宫的情景。唉！二十余年了，熬到耳顺之年，可怜白发生，还不能如愿以偿，死不瞑目呀！叹着，想着，急着，他突然一拍大腿，喊出了声：“对！‘内事不决问张昭，外事不决问周郎’，我何不里外结合，拉人募捐呢！”喊罢，他身子一挺，披衣下床。

“夫君，咋不睡了？”

“瞌睡虫跑了。”

“你整天想入非非，咋睡得着嘛。”

“夫人，我想在有生之年，将学宫搬入城里。你说，能办到吗？”

“办得到！你不就是缺钱吗？”伍瑶琴粲然一笑，“自己带头，亲戚支援，朋友帮助，百姓募捐，钱就有了。当然，脸皮要厚！”

“我的贤内助，你说的和我想的，毫厘不差！英雄所见略同也！说真的，我知道求人难，但为了早日迁学宫，即使是胯下之辱，我也甘愿承受。”廷表满脸堆笑问，“夫人说‘自己带头’，那我该出多少钱呢？”

“你心中有数，我们家里没有积蓄了。”伍氏说，“要带头捐款，只有再卖田地了。”

“夫人，你说，卖多少？”

“夫君为民办事，我心里舒坦。我家的田地，现在已不足百亩，卖多少，夫君自主张，即便要卖完，我也没意见。反正，能保证一日两餐粗茶淡饭就可以了。金钱对于人，多有多用，少则少用。也拜老惦记后代，‘儿孙自有儿孙福’。你看天锡，不也在尽量为家乡做好事吗？若那些贪官闻到你王家之股正气，大概要羞愧得无地自容了。”伍氏说，“我还将去动员伍氏族人，鼎力相助，以解夫君之愁，更为学宫早日落成尽微薄之力。”

“有夫人这番话，廷表可以睡个安稳觉了！”王廷表高兴得几乎要跳起来，他一伸手搂住妻子，“好！好好睡一觉！”

太阳升起来了，大地一片光明。树上的喜鹊“叽叽喳喳”，像在唱歌弹琴。

廷表兴冲冲迈进“桃川”庐，磨好墨，铺开纸，提笔疾书。约莫一个时辰的工夫，他写了三十余封信，写完，将信装入信封，又装入一个布口袋里，即向州衙走去。敲开州衙大门，他告诉门子，要找陈大人。门子说，陈大人前天回四川茂州省亲去了，只有沈州同在府内。廷表想了想，说：

“那就请告知沈大人，就说王廷表有要事相商。”

“王老爷，别来无恙？”沈三畏一见廷表，笑道。

“沈大人，廷表今日冒昧求见，实为迁学宫之事。”廷表开门见山，直截了当说，“我准备想办法自筹资金，将学宫搬往北守备司旧址旁。特请大人审批，并帮助调停。”

“迁学宫需要钱，州府可没钱哟！”沈三畏先发制人，叫苦不迭。

“钱由我神着，不烦大人操心。”廷表说，“大人划给地址就行。”

“地址好办！”沈三畏欣然道，“北守备司左之空地本无大用，我负责审批就是了。明天早上辰时，你在守备司等我，好吗？”

“好！谢谢大人了！告辞！”

廷表走出州衙，立即直奔邮驿，将布口袋里的信全部寄出。信寄出后，他又串东家走西家，说理道情求人募捐，特别祈求富贵人家慷慨解囊，为学宫早日建成做出贡献。回到家，忽见耿介坐在大厅喝茶，耿介见他整日忙得团团转，笑道：

“老师，您变成化缘和尚了！”

廷表苦笑着回答：“能早日迁学宫，让学子安心读书，早日成才，即使真呢变成了和尚，我也无怨无悔。”

伍瑶琴一听，嗔怒道：“胡说八道！当酿和尚？”

廷表莞尔一笑，赶忙解释：“说句笑话，夫人莫怪。其实，凡人的福都还没享够，谁会去当苦行僧呢！”

“贫嘴！”伍氏鼻子一哼，笑了。

经王廷表、伍瑶琴、耿介等人半年多时间的忙碌奔波，终于陆续收到百余人的捐款，折合白金三千八百余两，其中捐银百两以上的有三十三人，他们是：宁州同知邝民望，陆良卫经历萧韶，澄江府通判桂士元，沾益州同知曹松，沔阳知州李廷玠，阿迷学正耿介，安宁学正杨自新，上元县教授胡玺，廪长杨显才、王一心、黄桂芳，乡贤杨有兴、李士英、杨应登，还有张羽、赵文明、杨绍庵、杨学、杨番、李廷英、尚祺、邹启梦、万一葵、伍一颜、伍音、伍迁、伍迅、伍承佑、王廷表、王廷贵、王天锡、刘楷、包万殊。捐少数白金、白银、铜钱者不计其数，应该提及的是，杨慎、李元阳、杨士云、冷珂、王廷讚、杨景秀等朋友、宦友都捐了款，张含虽也去世，其儿子也代父捐了款，东山小王爷杨葛也捐了款，就连当年“装鬼吓鬼”、后考取进士、不想为官、醉心义学的丁聪儿，也不知从何处得到消息，从四川寄来白银三十两。耕种王廷表家田地的十余家佃户，廷表童少时的伙伴李仪、姜贵、张吉等，听说要迁学宫，有的捐银子一二两，或大明宝钞几文，有的则将大米、蔬菜、干柴等提到王廷表家里，以尽微薄之力。

原知州王一麟不知何处探得消息，也寄来白银九十两，同时，寄来一封信，信中盛赞钝庵著述，说他收到《皇统》《郡游十二咏》等书后，“日夜拜读，敬慕不已，感悟颇多”，说“钝庵之诗，民歌气息浓厚，比喻奇特，感人至深”“将山峰比作珠宝玉石、花朵比作千娇百媚的人（高撑远映三峰玉，百媚丛开二月花）；将温泉喻为火龙宫（山国风淙沸井洪，杵天云窟火龙宫）；将岩洞比拟神仙府（黄精岭斸寒千里，瑶莫村横月半宵）；把家乡誉为瀛洲仙岛（抚景不须悲节序，佩壶还拟到瀛洲）；客人来访则是‘海客凌波’（雨滴桥高风满河，樀楸龙卧客凌波）”。说“如此比喻，将赋比兴诠释得淋漓尽致了”，又称颂“钝庵之诗，气势宏伟、气魄宏大，一身正气，满腔豪情。这是故乡山山水水养育的结果，也是钝庵兄热爱家乡的见证”。信内还就迁学宫赋诗一首，诗曰：

旧梦牵魂几度秋，学宫易址怯回眸。
当年遗恨炊无米，今日忽闻兄解忧。
可敬黎元明大义，更祈赤子读高楼。
区区薄礼情难诉，只盼稍消往昔羞。

王氏家族中，王廷表卖田地数十亩，收入白银八百五十两，全部捐献；王天锡因大部分资金已买了土地，准备扩大商铺和建住宅，也向朋友、邻居借款捐白银一百两。王廷表的内弟伍迁、伍迅及堂侄伍承佑各捐白银百两……

当耿介和沈三畏将募捐结果张贴出来时，廷表激动得泪流满面，泣不成声：“我阿迷民众，真是无私无畏、品德高尚呀！有这样好的民众，阿迷能不人才辈出，兴旺发达吗？”

款项落实，资金到位，王廷表心中的石头落了地，他立即召集在阿迷本土捐款最多的人商议，成立了搬迁学宫议事堂，王廷表任议事堂堂主，耿介、李士英、杨显才、黄桂芳为副堂主，捐款最多的三十三人为成员；请知州陈朝仪、州同沈三畏为督办；具体项目开支由耿介、杨绍庵负责，王廷表审批。

接着，王廷表与几个负责人又请沈三畏到北守备司实地勘查，划定学宫新址，确定规模。一切筹备工作就绪后，王廷表和耿介立即亲自请来泥瓦、砖石、雕塑等能工巧匠。旋即，亲自拟就一份招募民工的告示，抄写一百余份，请知州盖上官府大印后，张贴于城里城外。为使工程进展迅速，早日完工，王廷表又召开议事堂会议，提议全体民工集中在老文庙食宿，统一调度，并推荐伍氏负责食宿管理。在阿迷的议事堂成员统一意见后，王廷表才拖着一身困倦，走进天锡酒店，叫伍音做了几样小菜，端来一壶糯米酒，高高兴兴地自斟自饮起来。

“夫君，之日为酿这般高兴？”坐在一旁的伍氏惊奇地问。

“爱妻，实不相瞒，欲迁学宫，成竹在胸。万事俱备，只欠东风了。”廷表笑道。

“啥东风西风，我听不懂。有意卖关子？打哑谜？哼！”伍氏鼻子一哼。

“夫人，告诉你吧！钱有了，所欠不多了！一切都安排妥当，很快就开工了。”廷表笑逐颜开，话语仿佛沾了蜂蜜，甜甜的。突然，话锋一转，嗫嗫着，“我，还建议，民工集中食宿，便于指挥。我……还……自告奋勇，推荐你担当食宿总管。”

“食宿总管？嘤嘤三，多大的官呀！”伍氏冷笑道。

“啊！夫人，实在对不起！”廷表不知妻子的心思，赶忙改口说，“怪我冒昧，没好好想想。夫人整天在酒店帮厨，忙得不可开交，已很劳累，我咋就……就忘了呢？夫人若不情愿，我重新找人。”

“夫君，你小看我了。”伍瑶琴笑道，“‘食宿总管’这个官，不当白不当！明日，我把我两个妹子叫来，也封她们个官当当！”

“封哪样官？”廷表不解地问。

“食宿副总管。”伍氏一字一板道。

“夫人真幽默！真辣糙！”廷表笑了，那笑声，充满了童稚的天真无邪。

“夫君，拜捧泡！田里的癞蛤蟆，只会叫呱呱？”伍氏也笑了。

经过一个多月的紧张忙碌，泥瓦、砖石、雕塑等师傅相继到位，五十个身强力壮又有一定建筑技术和经验的民工已陆续到齐。王廷表将他们安置在老文庙住宿，伍氏和妹妹琬琴、瑛琴姊妹三人则负责民工的食宿。一切准备工作就绪，王廷表和耿介立即请来风水先生，择吉日良辰，破土动工。

一阵噼噼啪啪的鞭炮声响过，王廷表和知州陈朝仪带头铲土奠基，待到场的议事堂成员都铲过土后，王廷表大声宣布：“开工！”

廷表话音未落，鞭炮声又一浪高过一浪，响个不停。随着鞭炮声，熙熙攘攘的人们一阵阵地欢呼起来。一时间，整个工地像过节般热闹非凡，整个阿迷城沸腾了！

听着鞭炮声，廷表脸色却变得有些异样，只见他铁青着脸大声喊：“耿介！耿介！”

“老师，喊学生有何吩咐？”

“耿介！不是说过，‘挣钱好比针挑土，用钱如同水冲沙’，要精打细算，节约每一文宝钞，规定只放十封炮仗吗？咋要放这么多？”

“禀堂主大人，我们只放了十封。其余是民众所放！”耿介答。

“钝庵，迁学宫，是民心所向呀！这鞭炮就是最好的证明。”从宁州特意赶来的邝民望感慨着说。

“廷表兄，你的功绩，汗青必将千秋彪炳！”陆良萧韶赞道。

看着这一热烈的场面，刚省亲归来的知州陈朝仪含羞带愧说：“王老前辈，你情操高尚、目光远大，实在令下官钦佩！对了，若资金不够，请告诉一声，下官必定想办法补足，即使因动用府库，被撤职查办，也在所不惜！”

“按理，加上修东沟剩下的钱两，应该够了。若不够，再说。”廷表说，“先谢谢陈大人了！”

王廷表回到家，忽见王天锡躺在床上，不由得惊问：“你、咋个回来了？”

“爹，此番回家，有件事想和您商议。”天锡翻身下床，开口道。

“啥子事？”

王天锡叹一声，喃喃道：“城东门外，学宫附近的元天观，多年失修，已破烂不堪，也该修葺了。我……”

王廷表打断天锡的话：“你的意思是……”

“我想趁迁学宫之机，将元天观也修葺了。这是我多年的梦想。”天锡说。

“钱从哪里来？别做梦了！”廷表脸上露出些不快。

“钱我单个神着！”天锡说，“我的店铺推迟一二年扩展。筹备店铺的钱，用来修元天观，绝不会和爹你扯渣筋。”

“这事还是从长计议吧！”

“不！我意已决！”

“话说在前头，我只顾得了学宫的事。”

“这不要爹操心。”天锡说，“钱我已准备好，估计八九百两银子够了。我亲自招工、监工，以最快的速度完成，最多七八个月。不过，爹，民工的吃住，能否集中在旧学宫呢？就想听听爹的意见。”

“这可以，但你娘更忙了，我心过意不去呀！”廷表叹道。

“我叫刘甸来帮忙，店铺让小工暂管。”

“好！就这样定了。”廷表说，“你有个方案了吗？”

“当然有！”天锡得意地说。

两项工程施工有条不紊而紧紧张张地开展起来。王廷表并未因大局已定稍有松懈，而更忙碌了。白天，他常常带着耿介等弟子亲临现场，查看工程质量、安全和工程进度，发现问题，及时解决。他又责成耿介，亲自参与购买各种建筑材料，务必精打细算，并将账目一笔笔登记清楚。又时常到老文庙检查民工住处是否打扫干净，是否存在安全隐患；询问民工，对伙食是否满意，并时常与民工一起进餐，了解更多情况。他常常从清晨忙到收工后，才拖着疲惫不堪的身体回到家中。归家后，又赶忙独伴孤灯，思考当天的工程，记下发现的问题，拟定处理办法。接着，又翻开《阿迷州志》稿，细心阅读，认真校改，常常忙到善觉寺子夜的钟声敲响多时，才左顾右盼一番后，揣着几多不放心倒在床上……

妻子伍瑶琴同样忙得不可开交。天刚蒙蒙亮，她就悄悄地起床，煨好开水，为丈夫沏好茶后，叫醒刘甸，就急急忙忙赶往东城菜市场，买好菜蔬、鱼肉之类，挑进文庙。接着，和刘甸边拣菜、洗菜，边煮开水、冲茶水，准备挑往工地。这时，妹妹琬琴、瑛琴也来了，于是，二人立即走进民工住处，打扫卫生，又帮民工折叠被子，接着，就帮姐姐拣菜、洗菜、切菜、泡米、劈柴，这些事做完，就该煮饭、炒菜了。饭菜准备好后，姊妹、婆媳四人就分别挑到两个工地，看着民工吃饱后，又将碗筷挑回文庙，开始清洗。清洗完毕，顾不上闭一闭眼睛，又该准备下一餐了……

半年很快过去，经王天锡的精心料理，日夜监工，元天观修葺完毕，面貌一新。经王天锡、王廷表的策划，元天观改名为祖师殿，殿正中塑玉皇大帝、达摩祖师、纯阳祖师三尊神佛像。这是天锡的建议。天锡还亲撰一联，悬于大门两侧楹柱上，联曰：

华夏有真人，是祖是师，东西来去思扬善；
古城居帝子，亦仙亦佛，南北纵横为驱邪。

有人问："天锡，此联怎解？"

天锡答："我华夏历史悠久，文化发达，万国难及。我神州人才辈出，圣贤林立，誉满天下。我国道教至今已历三千余载，儒家思想遍布古今，后代获益多多。后来，佛教进入，又添一支新秀。三教九流求同存异，共同发展，驱邪扬善，意义深远。而数千年出现的贤士圣人、英雄豪杰，以及传说中的世外仙佛，应称哪样呢？祖、师、仙、佛，就是他们的名号。老子自东向西出函谷关，达摩自西往东入大中华，为的是酿？传经传道，让世人从善如流！想到这些，拙联就应运而生了。但愿世人无欺，和睦相处。"

听天锡一说，人们信服得拍手称快。

经过近一年紧张有序的劳作，学宫大成殿、两庑、明伦堂、敬一亭、仪门、棂星门、乡贤祠、名宦祠等主要建筑已初具雏形，再建起斋宿房、省牲所、四表访，凿成碑记石等，工程就完成八成了……

看着新文庙、新学宫即将以规模宏丽的崭新面貌耸立于阿迷城北，王廷表会心地笑了！

夜幕笼罩，万籁俱寂。桃川茅庐，烛光忽隐忽现。

王廷表与耿介相对而坐，谈笑风生。

“王大人，此番学府搬迁，心愿终于了了。”耿介长舒一口气。

“是呀！众人同心，其利断金。”廷表感慨万端，“首先得感谢知州陈大人，若得不到官府支持，办事难呀！记得三十年前，我信步文庙，见韦学正在教授学子时，我曾提及学宫陈旧，而且不宜建在郊外之事，后来，我和他一起造访王一麟大人，建议搬迁学宫，王大人口头支持，却无行动。其实，也不能全怪王大人。那些年，苛捐杂税很重，百姓叫苦连天。可是，收到的捐税，上司命分文不少，统统上交。后来，东山仆喇不满官府欺压，欲聚众造反，王大人为息事态，擅自减免赋税，才未引起动乱。”

“这我知道。”耿介说，“王大人减税赋后，上交款项大大减少，上头几番追查，命王大人在一年内将所缺金银补足。但哪里拿钱来补呢？结果，王大人被勒令致仕，含恨离开了阿迷。想起来，真叫人气愤呀！”

“后来，知州换了一个又一个，我们一次又一次将盖满邑人手印的联名申请呈交州衙，州官一见，顿时吓得面色寡白，将头摇成了货郎鼓。”王廷表连声哀叹。

“如今，全仗大人多方打点，四处周旋，学宫竣工在即，大人可以睡个安稳觉了。”耿介高兴地说。

“不可！耿老弟，往后事情还多着呢！”廷表显出认真的样子，缓缓道，“主体建筑虽已完成，讲堂、馔房、号房、庑案、门屏、射圃、经阁等才初见端倪，有一些则未动工，要想松口气，还为时过早！就说资金，看来还不够呀！”

“大人，你太累了，我看你最近瘦了一大截，还时而听你咳嗽不止。往后之事，就让我动手跑腿吧！大人少操些心，动动口就行了。”耿介说，“请大人放一百二十个心，我一定不会辜负阿迷百姓之厚望。”

“有贤弟在，我岂有不放心之理？”廷表直言不讳地说，“近两年，我自觉时常精神恍惚，懒说懒动，真想好好睡上几个大觉呀！可是，心中有事，虽苦虽累，又怎能安安心心地闭上眼睛呢？”

“大人，真的，你应该好好歇息了。”耿介推心置腹地说。

“说歇息，实际上也并非那么容易。”廷表带几分困倦说，“就这样吧，建学宫之事，贤弟多操点心，我想静下心来，写一篇《阿迷州迁学记》，写完后，再编纂《阿迷州志》，志书完后，就得考虑建人工湖的事了。”

“大人放心，就这样定了。那我走了。”

“子夜梆声早已敲过，就在寒舍迁就一夜吧！”

“不方便吧？”

“方便！你睡这桃川草庐，我到乐耘去住。”

“那好，晚安！”

诗曰：

人生最重是求知，勤奋读书莫误时。
可喜学宫城内建，钝庵声誉永垂之。

第二十九章
州志未竟人先故　升庵撰铭祭亡灵

桃川庐里，发出均匀的鼾声，耿介早已进入梦乡。

王廷表倒在床上，怎么也睡不着。睡不着就看看书吧！他心里想着，即翻身下床，点亮油灯，随手从枕头边抓到本书，低头一看，竟是《周易》。不由得会心一笑，自语道："此书与我有缘呀！"说着，转念一想，将《周易》放回原位，又取出另一本书。"哦！《道德经》。就重温老子吧。读哪章呢？"他顺手翻开一看，是第八章。就一字一句读起来：

"上善若水。水善利万物而不争，处众人之所恶，故几于道。居善地，心善渊，与善仁，言善信，政善治，事善能，动善时。夫唯不争，故无尤。"

读完，略一沉思，自语道："最高的善是什么？就像水一样。水善之表现在哪里呢？水善于滋润万物而不与万物相争，停留在众人都不喜欢的低洼之处，从不好高骛远。人们都说：'人往高处走，水往低处流'，向往高处，这没有错，但泥鳅不能拉得黄鳝长，适可而止最好。而水，总往低处流，这不能不说是一种境界，是人应该学习的道德品质。所以说，水最接近于'道'。道是什么？老子曾曰：'有物混成，先天地生……可以为天下母。吾不知其名，字之曰道。'这就是说，道，是宇宙万物的本原、本体。

道，也是自然的法则、规律。因此，真正的好人，就该遵循自然法则，按自然规律办事。怎样按自然规律办事呢？”

廷表陷入沉思。想着，他微微一笑，又自语起来：“最善良的人，应牢记下面七个方面，即所处之处，必定最善于选择地方，无论在哪里，都能生活下去；心胸善于保持沉静，就像居于深渊，深不可测；待人善于真诚、友爱和无私；说话善于恪守信用；为政善于精简处理，能把国家治理好；处事能善于发挥所长；行动善于把握时机。最善的人，正因为有与世不争的美德，所以没有过失，也就没有怨咎。哦，上善若水，真妙！”

廷表赞叹着，又自言自语道：“是呀！人到世间，不就是相互为伴，和谐共处吗？人与人不同，花开几样红，争什么呢？争来争去，争名争利，争个你死我活、鱼死网破，有酿意思？不小心眼儿、强干白、滥用职权、仗势欺人、借权整人，不依权势生财，多好！水不与万物争，总往低处流，其道德何其高尚！人总想往高处走，道在哪里？德在何方？路又在何处？人啊，学学水吧，造福于人，造福于万物。是的，我如今已老，但有生之年，还须上善若水，为家乡百姓尽我绵薄之力……”

廷表自语着、沉思着，趴在桌上，昏昏然闭上了眼睛。忽然，有一个声音在耳畔呼唤：“印！乖印！爱妹！”睁眼一看，是爷爷，正欲呼喊，王封的影子一闪，不见了。正疑虑着，又有人在呼叫：“民望！民望！”循声望去，是父亲。“爹！”廷表刚喊出声，王颖斌笑了笑，飘然而去。“爷爷、爹爹都在我闭眼的瞬间出现在脑海里，这是为酿？”

廷表感到头昏脑涨、浑身无力，又疲惫地闭上眼睛。在他的面前，突然出现一个小孩，定睛一看，不觉大吃一惊：“这不是我吗？”正想着，一个小女孩蹦跳着跑过来，嘴里在喊：“廷表哥！廷表哥！”他定睛一看，是伍小琴，赶忙喊：“小琴，跑慢点！小心掼跤！”话音刚落，小琴一跤跌在地上。廷表急了，赶忙跑去搀扶，可手刚接触伍小琴，小琴却变成了一尊石雕美女像。廷表定睛一看，那像又轻轻地摆动起来。这回，他看清了，女郎袅袅婷婷、文雅文静、端庄秀雅，这不是瑶琴吗？他激动得喊出声来：“贤妻！贤妻！”喊着，伍瑶琴却后退着慢慢升上天空，飘忽而去，廷表正要追赶，耳畔忽闻环佩叮当、香风飘逸、琴声悠扬、歌声环绕，歌曰：

仙境三分梦，红尘几度春。
来时情酿酒，去后意牵魂。
无悔连成理，有缘结作姻。
仕途遗憾恨，青史誉殷勤。
当谢君怜我，可知我敬君。
今生唯有乐，来世又相亲。
厮守草庐里，为君再鼓琴。
……

廷表大喊一声，从梦中惊醒，他感到身上冰凉，伸手一摸，一身冷汗、虚汗。他不觉喃喃自语：“我在做梦？刚才那歌的词，不就是瑶琴梳妆台抽屉里那首诗吗？那首诗太不吉利了，我曾骂她，并将诗烧了！诗虽毁了，我心中总是悒悒不乐。我咋会做这样的梦呢？又为些酿听到瑶琴的诗变成歌了呢？难道是……”他不愿想下去，也不敢想下去，他自觉自己该做的事还没做完，贤妻绝不会，而会……想着，从袖里取出当年瑶琴托小女孩送来的香袋，又将香袋轻轻合在脸上，正在这时，门“吱”的一声开了，耿介站在面前，轻声问：

“老师，您在做噩梦？喊声好大，将弟子唤醒了。”

“真对不起！”廷表一声叹，“是做了个梦，梦见我爷爷、我爹，还有瑶琴。真怪，这些天，老是做梦……”

“老师，总做梦，是身体虚弱和多虑的表现。”耿介说，“老师这几年太忙、太累、太操心了。老师，我听您经常咳嗽，又见您最近消瘦多了，精神似乎也大不如前。您该好好休息，也该好好请郎中诊断诊断，并好好补一补身子了。”

“现资金恐怕尚欠缺，还有好多事要做。心中有事，总放不下，要休息好，难呀！”廷表莞尔一笑，“不过，我没事！等学宫建好，州志完成，人工湖造就再说吧。”

“老师，迁学宫的资金，我初步预算，大体够了，若不够，我再努力筹措。学宫收尾，只是时间问题了，一切都交给弟子吧！至于建人工湖一事，看来，只能过一二年再说了。”耿介说，“您养好身体，再用心编州志，好吗？”

王廷表感到十分疲惫，本想说点什么，但没说出口。耿介知道老师太累，睡眠明显不足，就安慰了几句，回到桃川庐。耿介一走，廷表倒头便睡。不知过了多久，忽见杨慎笑眯眯迎面走来，他后面跟着张含、杨士云、吴懋、胡廷禄、唐锜、叶瑞、缪碌溪、叶泰、曾屿、熊过、邱月渚、杨墨池、张松霞、赵贞吉、董难、冷珂、简绍芳等一帮弟子。老朋友久别重逢，分外亲热。但王廷表边打招呼边想站起来，却怎么也挪不动身子。杨士云见廷表只顾笑着寒暄，而挣扎不起，开起了玩笑：

“钝庵贤弟，被糨糊粘住了吗？你把衣裤脱了，就不粘了呀！”

张含也笑道：“今日乃升庵师六十大寿，众弟子都在安宁为状元公祝寿，你何故高卧高峣水庄，是何道理？”

廷表惊讶道：“我这不是在安宁吗？”

众人大笑起来：“对对对！你在安宁！”

叶瑞说：“谁不知晓，为状元公祝寿，还是你提议，并发帖子通知的呢！？”

“就是嘛！”廷表环顾众友一番，突然惊问，“元阳贤弟呢？咋个不见？”

“中溪路途遥远，又偶感风寒，未能来到，但他托人送来了《寿升庵先生六十序》。”杨士云念道，“序曰：‘成都太史升庵杨先生，寓螳川，今年寿登六秩，仲冬之朔为初度之辰，从游弟子某辈将称觞焉，吾余作文以为寿。余居隔千里，不能从群弟子之后，谨于寿说质于先生……’”

杨士云念罢，众弟子请杨慎大堂正中高坐，众人礼拜祝寿毕，各人争先恐后吟诗作对祝贺，好不热闹。廷表也不管什么“十四寒”“十五删”“一先”等韵部，随口占一诗曰：

六旬大寿寿升庵，暖意蒸腾洗尽寒。
弟子三千应笑慰，高徒数百更心安。
人生九十休言老，醉梦万年何谓贪？
但得恩师春永在，桃川种骨笑嫣然。

廷表吟罢，众人一起起哄起来：“钝庵说哪里话？何谓‘桃川种骨笑嫣然’？大家都盼好友常相聚，为何要‘桃川种骨’？”“廷表此诗可谓不祥之语，岂不令众友心寒！”“众兄弟当不离不弃，芳龄永继，岂容一人驾鹤西去？”“此等劣句，当唾几声：‘呸！呸！呸！’”……

大家怒吼着，只见杨慎突然步下寿坛，一掌打在廷表胸前，断喝：“贤弟之言谬也！快快向众兄弟谢罪！”

廷表自觉胸口一阵剧痛，猛然翻身，睁开惺忪的双眼，眼前空无一人，才发觉自己又在做梦，不觉自言自语起来：“适才所梦，不就是嘉靖二十六年十一月六日为升庵祝寿呢情景吗？我为酿做这个梦呢？这段时间我为酿老做梦呢？”叩问着，突然想起当时自己所作的诗，又想起梦见爷爷、爹爹、妻子的情景，几缕伤感竟涌上心头，情不自禁地怆然泪下，又干咳起来……

明嘉靖三十年（1551）十月的一天早上巳时时分，王廷表正在乐耘草庐校对《阿迷州志》稿，突然听到门外有人叫喊："老爷！老爷！快开门，夫人她……"

王廷表赶忙把门拉开，不觉惊呆了：妻子伍瑶琴躺在一辆牛车上，双目紧闭，面色苍白。未等他开口，伍琬琴、伍瑛琴争相哭诉起来：

"姐夫！我姐在送饭到工地的路上，突然晕倒，不省人事。"

"我们喊了半天，喊不醒，就雇辆牛车，拉回来了！"

"娘、娘！"刘甸趴在婆婆身上，泪流满面，不停地呼喊。

王廷表一听，脸色蓦地变得更加惨白，急忙伏在妻子身旁大声呼唤："瑶琴、瑶琴！你醒醒！醒醒！"喊了几声，似有所悟，又喘着粗气急促喊，"冯玉良！快备马！送郎中家！"

老车夫冯玉良听到喊声，立即从大院跑出来，急切地问："老爷！何事呼唤小人？"

"快备马车，送夫人到尚郎中家！"

"老爷！备马太疲（慢），来不及了！我用推车更快些！"冯玉良说着，立即将推车推来，将伍氏抱上车，飞一般地跑上大街……

尚郎中家里，静得掉根针在地上都可以听到响声。伍氏双目紧闭，躺在床上，尚郎中坐在床边，静静地把脉听诊。过了一会儿，他打开银针盒，给伍氏扎了几针，伍氏渐渐苏醒过来，微微睁开双目，发出声声呓语，音量极弱：

"夫君，我……不行了，你……拜悲伤，要保重自己……"

廷表泪流满面，泣不成声："瑶琴，我……对不起你……我不该……让你为……迁学宫……为祖师殿而操劳。我知道……你是累出来的病，我的夫人……若有个……三长两短，我……我万身难赎呀……”

“廷表，这……不怪你，我愿意，能为阿迷尽一分力、能了却你几十年的心愿，我死也瞑目了。夫君，我大概……不行了，我死后，你将我……葬在北山，但一定要……要面北，我……我要看北边、看昆明的儿女。你……一个人……在阿迷……孤单，应该到昆明，或到虹州，与天锡、天礼、天仪他们……一起生活……夫君，当谢君怜我，可知我敬君？今生唯有乐，来世又相亲。厮守草庐里，为君再鼓琴……”伍氏说着说着，闭上眼睛，气息奄奄。

“尚先生，你……一定要救活我的爱妻！我……不能没有我的爱妻呀！”廷表眼里的泪水汩汩地飞泻下来，哽咽着哀求。

尚郎中一声长叹，轻轻摇了摇头，说：“王老爷，令夫人劳累过度，极度贫血，心力已完全衰竭。若是数月前就医，恐还有点希望，现在晚了。准备后事吧！”

拉回家的第二天，伍瑶琴悄悄地离开了人间。王廷表在为妻子换寿衣时，从她的抄袋里发现几张揉皱了的药方，药方字迹是妻子的笔迹，其中一方名叫“益气补血汤”：阿胶、生地、藕节、鸡血藤各二两四钱，黄芪、白芍、地骨皮、人参须、麦冬、当归各一两八钱，黄花倒水莲一两二钱，花蕊石三两，水煎服，日服三次……

尚郎中说：“这些药方都是治疗贫血、身体虚弱的方子。”

轻抚着妻子的遗体，王廷表悲悔莫及。用哪样东西表示对贤妻的忏悔，对妻子的怀念之情呢？唯有哭诉。王廷表悲痛欲绝，呼天叫地：“贤妻，你自个开的药方，咋不去抓药呢？都怪我，将贤妻的时间都陷入了学宫！我……我，该死……该死呀！”哭着喊着，颤抖着双手，从袖里取出香袋，轻轻放在瑶琴心口。“贤妻，此香袋，为夫揣在身上几十年，就让它先陪伴你吧，但愿我夫妻二人如香袋上的那对鸳鸯，长相厮守！我……我……做完事，就……就来……来……”话未说完，眼前一黑，昏倒在地……

王廷表在悲痛中度过了整整一年。这一年，他自觉精神恍惚，头昏脑涨，全身无力，胸腹时时隐隐作痛，常常咳嗽不止，还偶尔咯出血来，连下床的力气都没有了。天锡、天礼、天仪回家为母亲丁忧，从四面八方请来郎中为父亲治病，直到腊月间，父亲的病情才稍稍有所好转，可以拄着拐杖下床走上几步。一天下午，王廷表正硬撑着坐在桌前闭目养神，晋宁兵宪蒋虹泉突然走进家来，寒暄之后，蒋兵宪说明来意：

“王大人，数年前请大人撰《关将军墓碑》文，未知完成否？”

“已草就。”廷表说，“但那时关将军庙倒塌，大人只说要主持重建，正在筹备，故碑文写后自觉不满意。现文庙已将竣工，就将碑文赶写出来了。本想亲自送达，但一直未能脱身。”说着，从抽屉里取出文稿递上。

蒋虹泉接稿，展开一看，不觉喜形于色。原来，碑文记述了关将军庙早期创建、倒塌毁损后，蒋虹泉主持修复的情况。也记叙了此庙系三国蜀汉诸葛孔明南征时，诸葛亮由越巂入，关羽之次子关索曾与都降都督领交州刺史李恢率军回建宁，经过此处，后人建庙以志的情况。整篇碑文，短短五百六十四字，可谓简明扼要，而全面翔实。蒋虹泉阅罢，赞道：

“王大人妙笔生花，字字金玉，自然无懈可击。虹泉代晋宁城关岭村百姓感激了！”

“区区小事，何足挂齿！”廷表笑道。

蒋虹泉从褡裢里取出百两白金，双手呈到廷表面前，笑吟吟说：“这是微薄酬金，已是晋宁人心意，请大人笑纳！”

廷表一听，哈哈一笑，婉言拒绝道：“一纸拙文，哪值百金？

撰此碑文，乃鄙人之责，岂能坐收酬礼！请大人见谅！”

“大人若不收，虹泉心不安呀！再说，我怎样回去交代呢？”蒋虹泉硬将白金塞进廷表怀中。

廷表脸上露出些不快，将白金推给蒋虹泉，安详地说：“金钱于人，生不带来，死不带去，请大人不必在意。”话锋一转，“不知碑文请谁书刻？”

“董云汉书篆，沈芹镌刻。”

“云汉乃澄江进士，字倬庵，是我和杨慎的好友。云汉楷、隶、篆、行俱工，篆书尤精。”廷表微笑着说，“倬庵书丹，算是找对人了。”

“王兄，碑成之日，尚请兄移步晋宁，欢聚一番。到时，弟亲自来接，兄切莫推辞了！”

廷表点了点头，开口正想说话，却大咳几声，咯出一团鲜血。

“王大人，你怎么了？”蒋虹泉大吃一惊，“你气色太差，生病了？我给你找郎中去！”

“不必。”廷表吃力地说，“你人生地不熟，知郎中在哪里？再说，区区一口鲜血，岂奈何得了我？”

“唉！王大人，在下不知贵体欠安，妄自登门打扰，心中不忍呀！”蒋虹泉抱歉着说，“我知道，最近你在为迁学宫呕心沥血，你这是操劳过度了呀！嫂夫人呢？怎么不见呢？”

“她……去年去世了。学宫将建成，我的爱妻，却头也不回，走了！”廷表言毕，只觉胸中剧痛，泪水哗哗地涌出来。

蒋虹泉一听，十分难过，嗫嚅着说：“王大人，虹泉不知，实在抱歉！节哀顺变吧。”

蒋虹泉走后约一刻钟，耿介突然登门，开口便道：“学宫工程很快就竣工，就等老师的《迁学记》了。”

“啊！我已草就，差点忘了。”廷表说着，拉开抽屉取出几张写满字的宣纸，递与耿介，说，“你拿去认真看看，若有不当之处，改一改，若有认为该加的内容，增加进去。过几日，我去请状元公书丹，请沈芹镌刻，争取竣工典礼时，树碑于学宫，以壮迁学宫之盛事。”

耿介接笺展开一看，一行行娟秀但略显歪斜的字迹凸显在眼前：

阿迷州迁学记

郡昔治于土酋，宣德年始建学，地卑制隘不可以奉圣。土酋废，知郡者议迁，辄中辍，盖帑缩役稀。儴其事则诺而变，徐曰：“不能副遂。”夷拔秃缺，秽如坻场。官无谕临，士无肆聚，不见视其败而思以图之者。礼丧俗讹，法弛盗炽，皆由于学像去而闃寂日甚，戍卒居而不惮。哀哉！

表罢宪归，徒请图之。乞君，不可。表曰：“吾不能碏备础礲耶？不竣事，笑于人。”乞君，仍不可。师徒又至，垢文晦。表曰：“昔士屡登科，表忝续之，何晦哉？”

历二十年，学正耿介偕廪长杜显才、王一心、胡玺、黄桂芳辈谋于众，诣上官告，檄下。椎牛酾酒，会众订出。表倡之，得金百余。买民地营度殿庑，明伦堂、敬一亭、斋库、廨舍改守备司。

择日告庙纷析，表与摄郡宁州同知邝民望晨谕，士庶莫不至。表与邝坐踞（叫），众惧牵徬（彷）。日未暮，毕迁。立圣殿表任之，率傔备具。阅月，完丰盘冠、山觚、造天楣。柄霓横桷，瓴松茂，丹雘映日，白盛幕云，盘螺濳垩，石铺芬列，华主伉赤，鼋蹲（鼎）炉，比燎架，设扃禁渎，振铃御巢，至是可奉圣矣。继完启圣祠，完两庑，完明伦堂，完敬一亭，完仪门，完棂星门，完名宦祠，完乡贤祠，完斋宿房，完省牲所，完四表坊，完碑记。缮构既多，财力亦罄。讲堂缺，馔堂缺，号房缺，庑案缺，门屏缺，射圃缺，尊经阁缺，俟于后。

是役也，师徒士庶捐助，无费于官。承檄始事，摄郡宁州同知邝民望。继事，摄郡陆凉卫经历萧韶，澂江府通判桂士元，沾益州同知曹松。督作，则典膳王廷赞、杨景秀。旦暮视，诸士咸在。若夫（大众）之力，表与（谁）共之？尚愧多所缺焉。旹（时）。

“老师，《迁学记》写得很好。”耿介看完，笑道，“我拿去再斟酌一下，再请您定稿，然后请人书刻。”

“好！”

“那我走了。现资金看来还有少许欠缺，我再去募捐一些。”

耿介走后，王廷表翻开《阿迷州志》稿，认真校对、修改起来。一个时辰过去了，他已将前十三卷校改完毕。在十一卷中，他将历代可稽者知州、州同、学正、科举人才等按先后排列至明嘉靖三十二年（1553）正月。

知州（含土官）：

普宁和　土官，洪武十五年归附明朝，次年准袭土知州

普　柱　洪武中土知州，设汉官后被废

张　安　四川眉州人，正统间任始，首任汉官

郑洪范　浙江黄岩人，进士，正统年间御史迁知州

胡　中　江西永清人，景泰年任

李　玉　湖广麻城人，景泰年任

姚　纳　江西弋阳人，天顺二年任

周希旦　四川广安人，成化二年任

杜　参　江西丰城人，成化十六年任

黄时中　湖广麻城人，举人，成化年任

陈　原　福建龙溪人，弘治三年任

黄　宪　福建莆田人，举人，弘治十年任

曾　升　江西清江人，举人，弘治十五年任

王　元　四川合川人，举人，弘治十八年任

张　经　北京人，举人，原任石屏州，正德五年补任

侯　相　四川保宁人，监生，正德九年任

朱　钺　广西阳朔人，正德年间任

李　夔　贵州前卫人，举人，正德十六年任

王一麟　四川青神人，进士，户部主事降金州同知，嘉靖年任

周　冕　浙江鄞县人，举人，嘉靖八年任

匡　辅　湖广罗田人，嘉靖九年任

荀　儒　四川绵州人，举人，嘉靖十七年任

余大鹏　湖广平江人，举人，嘉靖二十一年任

陆　统　广西安禄人，嘉靖二十二年任

李　第　四川铜梁人，监生，嘉靖二十四年任

陈朝仪　四川茂州人，举人，嘉靖二十八年任

历任州同：

冯　善　宣德年任

吴　冕　正统年任

张以忠　正统年任

左添胜　四川巴县人，天顺年任

杨　淋　成化年任

胡　琏　南京应天府人，成化年任，于迷东北九里外筑胡琏塘

陶时旸　四川广安人，成化年任

周希旦　四川广安人，成化年任

陈　言　江西九江人，弘治年任

王　逵　湖广人，监生，弘治十七年降任

卢　方　湖广人，监生，正德年任

谢　敞　江西人，正德年任

吴彦旸　福建人，正德年任

林世登　四川人，正德年任

毕　宸　湖广人，嘉靖年任

何　珠　四川人，嘉靖年任

杜　琨　河南人，嘉靖年任

沈三畏　浙江人，嘉靖年任

历任学正：

段　缵　丁泰来　韦经邦　熊　化　李宗沅　耿　介

进士：

王廷表

举人：

李世英　蒲　庆　张友闻　张　宪　徐　瀚　李　义

李廷玠　王　鋐　王廷表　赵宪可　杨　番　刘　楷

贡生：

伍明伦　伍车书　伍时新　杨　学　王颖斌　李廷英

伍时鸣　王廷贵　杜显才　黄桂芳　胡　玺　伍　音

伍　迁　赵时中　伍一颜　吴　朝　张布孔　马龙图

杨　迁　马良臣　郑　明　赵人明　马图见　吴道隆

伍承祐　杨绍庵　杨士楷　钱嘉良　胡启义　张继哲

张昌嗣　马见衡

鸿胪寺丞：

王天锡

乡贤：

杨　昇　杨应登　李士英　张有光　王国恩　赵　昇

孝子：

赵文宿　杨世春　杨　宏　沈　瑜　李朝凤　戴　敏

节妇：

周　氏　范　氏　赵　氏　王　氏　万　氏　吴　氏

王　氏　汤　氏

……

一年又过去了，廷表拖着病体，断断续续将十三卷校完后，又接着校对十四卷，正校着，忽听门外有人叫喊，他开门一看，原来是邮差送信来。这是杨慎寄来的信，廷表拆信一看，不觉怒目圆睁，愤怒呐喊：

“混账东西！你们的人性哪里去了？这不是在糟蹋‘人之初，性本善’吗？”骂着，咳嗽不止。

原来，杨慎在临安住了半年后，就携周氏和同仁回到安宁。明嘉靖二十九年，已六十三岁的杨慎，因朝廷屡次大赦而不放过自己，早已心灰意冷。于是，他向安宁知州请求，依军政条例规定，允许其子同仁替役，自己欲回新都安度晚年。终于在有关方面和有头有脸人物的周旋下，他回乡的愿望得以实现，带着一妻两妾一子寓居泸州。然而好景不长，才一年多的时间，就被时人称为“欲戾人”的云南巡抚王昺派人将他从泸州押回永昌卫……

回想到杨慎悲惨的一生，王廷表义愤填膺，潸然泪下。想到自己无端被勒令致仕的冤屈，他只感到心中隐隐作痛。想到自己和升庵都能怀揣正义，仗义执言，镜破不改光，兰死不改香的气节，他又感到骄傲和自豪。想着，他又颤抖着双手，翻开《阿迷州志》稿，看着看着，咳了几声，竟伏在案上，闭上了眼睛……

王廷表醒来时，突然发现自己躺在床上，天锡、刘甸、天礼、天仪及次孙业大，外孙包雄、包杰，外孙女刘红玉等站在身边，老郎中尚贤坐在案桌边开处方。

“我……咋会睡在这里？记得，我坐在桃川庐……”

“爹！你吓死我们了！”

“几时了？”

“申时了。”天锡说，“我们添好饭，喊你来吃，却发现你趴在桌上，怎么也喊不醒，我轻轻摇你，你却差点倒在地上。吓死人了！”

这时，尚郎中走过来，缓缓道：“钝庵，你这是熬夜太多，用脑过度，劳累过度，饮食不均，饱餐饿餐，造成心力衰竭。要特别注意，好好保养身体，三个月内，不要再熬夜了，多喝点鸡汤，饭后适当散散步，决不能再喝酒了。我发现你脉象紊乱，心律不齐。建议你到昆明大医院好好诊断一番，才好对症下药。”

“我不会有酿大病吧？”廷表显出些无所谓，一笑置之。

“廷表，莫大意了！”尚郎中认真地说，“实不相瞒，你这病已延误多年，再不赶紧治疗，待病入膏肓，那就晚了！”说着，将处方递给天锡，“公子，先抓五服试试，若不见效，尽早上昆明。切记！切记！”

郎中走后，天锡叫刘甸赶快去药铺抓药。转对父亲说：“爹！郎中说得对，你不能再过度操劳、折磨自个了。俗话说：‘吃药不忌嘴，跑断太医腿。’酒也不能再喝了。最迟明后天，上省城，好好检查治疗。我们回家时间已太长，也该去看看生意做得怎样了！生意交给几个小伙计，总不放心。”

“你们去吧！我没事。别被尚医倌吓坏了！”廷表笑道。

见父亲固执的样子，天锡眼里的泪水不觉涌了出来，他哽咽着用恳求的口气说：“爹！还是多听听郎中的话吧！我娘走了，娘不就是太大意，才抛下我们吗？你一个人在这里，多寂寞孤独，就跟我们到昆明住吧！”

“等我将《阿迷州志》完成再说。”

“郎中说了，三个月内不能熬夜，你忘了？”天锡有些生气了，“你整天想的念的不是学宫，就是州志，还有酿人工湖。前些天，晋宁蒋虹泉来，你还带病与蒋游万象洞，写诗《代巡黄公兵宪蒋公招游万象洞》，又修改《游南明洞赋》，咋就不为自己的身体想想呢？”

“爹！你老人家就听我们一句劝吧！”天礼流着泪说，“我娘就是操劳过度才离开我们的，爹你再这样下去，我……我……”

“爹！去昆明吧！我们会孝顺你老人家的。”刘甸也哭起来。

“爷爷！……”“公公！……”孙男孙女们一齐喊起来。

“好了！爱妹们，别哭了！”王廷表突然笑起来，话语中饱含着多少对儿孙的慈爱，“我的病我知道，你们放心吧！等志书一完成，我二话不说，就上昆明！说真的，我也想念你们的杨伯父、杨爷爷了。到了昆明，我到安宁、到高峣，请状元公给你们讲有趣的故事！”

夜雨纷纷，雨停之后，天空晴朗。旭日东升，大地清亮，暖气洋洋。王廷表拄着手杖，身不由己地朝州府走去。将到大门口，忽听到鼓声“咚咚”响起。“又有人喊冤了！去看看吧。”大概是职业习惯的召唤，他自语一声，慢慢挪进刚开启的大堂。

“王老爷，您老来了？坐坐坐！”

廷表循声抬头一看，知州陈朝仪站在面前，正欲回话，陈朝仪已伸手将他扶坐在大堂边的一把椅子上。他正要开口说“谢谢”，陈朝仪抢先道：“王大人，年前您老帮晚辈所破几个案子，案案准确无误，谢谢大人了。今日，又不知是啥冤案，若晚辈疑难之处，尚请大人指点。对了，我安排个衙役在您老身旁，若晚辈言行有误，就请大人告知衙役，转予晚辈更正。”

“陈大人太谦恭了！在下听听而已，岂能乱言乱语。”廷表笑道。

“不！大人一定要帮下官。”陈朝仪说着匆匆步上大堂坐定后，即严肃地喊，“将喊冤人带上来！”

很快，两个妇女搀扶着一年轻女子跪伏于堂下，另有两男子将一个商人模样的年轻男人按倒地上。

“尔等有何冤情，慢慢道来。”陈朝仪道。

“大人，此女刘氏，丈夫前年病故，昨晚被人捅了一刀，伤着大腿。请大人捉拿凶手！”两妇人说。

“大人，杀刘氏的凶手也被我们捉来了，就是他！”两男人指着商人模样的人说。

“小人冤枉！”商人模样的人边哭边喊起来。

“你用刀捅小女子，还喊冤枉？”刘氏面带羞怯，却吼起来，“老爷，事到如今，我也不得不说了。昨天下午，那商人在我家门外见到我，知我守寡，要与我私通，还当场付我定金。可是，晚上他一进家，就捅了我一刀，跑了！”

“大人，是我们听到刘氏喊救人，顺着血迹追到泸江边，才将凶犯抓到。”一男人说完，另一男人补充道：“我们追到江北岸边，凶犯正要坐船逃走。”

“大人，小人叶念查，弥勒人，昨日到阿迷收购药材。”商人模样争辩，“我一时发昏，生出邪念，要与刘氏私通，并付了她十文宝钞，这是事实，但说我杀人，就冤枉小人了！”

“你没杀人，身后为何有血迹？你为何要连夜逃跑？”陈朝仪问。

“昨晚上，我去与刘氏相会，一进门，就被尸体绊倒了，还弄得一身污血。我正要看个究竟，刘氏叫喊起来，我突然听到不远处有脚步声。”叶念查苦诉，“我怕惹上官司，就慌忙逃跑了。小人所说，句句是实！”

正在此时，站在王廷表旁边的衙役走过来，与陈朝仪耳语几句。陈知州皱了皱眉，说："好吧！待本官亲到案发地点查看后再说。"路上，陈朝仪悄声问王廷表，"王大人，您老怎样看此案？"

廷表说："我看，杀人者未必是叶念查。他既也预先付了通奸费，尚未行奸，为何要杀人呢？这无论如何讲不通。看了现场再说罢。我想，现场可能会发现些蛛丝马迹。"

"前辈所言极是。"

进了刘氏家中，经衙役细心搜查，在墙角捡到一柄带血尖刀。尖刀极为精致，上篆刻一印：武氏刀行。

看了血刀，廷表说："阿迷有铸刀行三家，武氏刀行名声最大。我看刀崭新，铸成不久。顺藤摸瓜，到武行一查，必定能找到凶手。"

廷表和陈朝仪正要打道回府，一个五十开外的男子突然走过来，将王廷表、陈朝仪拉到僻静处，说他名叫袁元，家住仁者，老伴和儿女们在家务农，他在竹子巷做点小本生意，卖点盐巴、酱油、烟酒茶之类，近十多天，商铺里相继五次被盗，丢失大明宝钞十余贯，但门锁完好无损。廷表说："钱是否被你家人拿去了？"袁说："我老伴整天忙于料理家务，又喂养着两头猪，又要帮儿子领娃娃，很少进城来，只是农闲时节来几天，说钱被他们拿走，这不可能。"廷表问："被盗时间会是啥时候？"袁说："不晓得。"又问："你有何固定时间不在店里？"回答："小店酉时将尽关闭，关门后，我吃过晚饭，就到西门龙潭边朋友家打麻将，亥时后方归。对了，奇怪的是，每次被盗，我当天的营业款竟然没被全部拿走，总会留下一些，如昨天，营业款是三贯多，却只丢失了两贯。原先，我还默啦是我记错或数错了呢……"

"这是否被人配了钥匙？"陈朝仪问。

"这不可能！钥匙我时时带在身上。"

"那就怪了！"

“说怪也不怪！”廷表摇了摇头，笑道，“依我看，那不是配钥匙，而是换锁。”

“换锁？咋个换？”陈朝仪皱起了眉头。

“我在台州断过一案，就是换锁行窃。”廷表说着，讲了案情：

台州有个钱庄，钱庄又称钱铺、兑店、钱肆、钱摊，始于明英宗正统年间（1436—1449）。王廷表在台州时，有一天，有个钱庄庄主突然来报案，说钱庄连日被盗。经询问庄主，发现他停业后就回家帮女儿带孩子，辰时后方归。又经勘查现场，廷表发现，钱庄庄主早上开市时，就将未按紧的门锁挂在门上。廷表突发奇想：是否有人换锁行窃呢？为了解开这个谜，他派两衙役躲在远处观察。第三天夜里酉时，忽见一黑影晃到钱庄门口，掏钥匙打开门锁。说时迟那时快，两衙役立即冲上去，将窃贼逮了个正着……

“前辈，那窃贼是配钥匙吗？”陈朝仪问。

“非也！我刚才说过，是换锁。”廷表说。

“怎样换吗？”陈朝仪不解。

廷表笑了笑，讲述了窃贼换锁行窃的经过：

原来，窃贼发现庄主晚上有两个时辰不在店里，而且门锁不按紧，就买了一把与门锁一模一样的锁，待钱庄主开门营业后，找时机将门锁取走，而换上他买来的新锁。庄主关门时，将锁锁紧，就回家了。盗贼见庄主走了，就寻机会开门行窃。行窃之后，他又用庄主的旧锁将门锁好……

“哦！原来如此！长见识了。”陈朝仪恍然大悟，“我知道了，此贼就用反复换锁的方法，连连得手！”

“因此，我想，无独有偶，袁家被盗，用的也是这种方法。”

“好！试试看。我也学王大人，派两公差暗中观察。”

十多天后，陈朝仪登门拜访，告诉廷表，两案已破。前一案中的商人叶念查所述属实，杀人者是一个并无前科的年轻人。那天夜里，他从刘氏门前经过，正想着自己悄悄拿父母的钱到武氏刀行打了把尖刀，若被父母发现责怪怎么办？忽见刘寡妇门虚掩着，突生邪念，想弄点钱将父母的钱补上，就悄悄推门进去。没想到，刘氏正在门口等那嫖客，见有人进门，以为是嫖客来了，就迫不及待抱住进门的人。黑暗中，那青年惊得魂不附体，想挣脱逃跑，但被刘氏紧紧抱住，情急之下，就拔出刀子捅了刘氏一刀，忙不及将刀拔出，趁刘氏松手之机，匆匆逃走。

"凶犯逮着了？"

"已经收监了。"

"好！袁家被盗案呢？"

"正如前辈您所言：换锁行窃！"

"窃贼抓到了吗？"

"逮捕了！是一个头脑很聪明，但游手好闲、好吃懒做的人。"陈朝仪说，"谢谢王大人了！"

廷表点点头，感慨道："有生之年，能助陈大人破此二案，心满意足了！"

半年，王廷表在疾病缠身的痛苦折磨中度过，经尚贤等几位郎中联合诊治，其病情有所好转。几天来，他为杨慎写了《古音复字题辞》、为同年进士朱良炬《经义模范》作序。写完才拄着拐杖，在天礼、天仪和孙子孙女们的搀扶下，走进新学宫。看到学宫搬迁后，学子纷纷入学，到处传来琅琅读书声，他会心地笑了。回到家，他突然看到弟弟廷贵寄来的信，说他已告老还乡，即日携家眷启程，很快就能与兄长见面了。读完弟弟的信，廷表高兴得泪水盈眶，几年未见的亲弟弟就要回来了，他能不欣喜过望吗？

人逢喜事精神爽，几天来，刚吃过早饭，廷表就躲进桃川庐，翻开《阿迷州志》稿，认真校对起来。正在专心校稿，有人敲门，他拖着病体将门打开，天锡和刘甸站在面前。

“爹！你又偷偷地来忙碌了！医生不是说，要你好好养病吗？”天锡不满地说，“半年来，你一有空就悄悄躲进桃川，医生的忠告，你全抛之脑后。你可知道，做儿女的心疼吗？”

“爹！你不能再操劳，不爱惜自己的身体了。”刘甸说着，将一碗汤药递给廷表，深情地说，“爹！把药喝了，我牵您出去走走，逛逛街，好吗？爹长寿，是儿孙的福气，我们都祝福您老人家健康长寿，乐享天年！”

“亲情、友情、乡情，都是人间真情。”廷表咳几声，意味深长地说，“你们对我的关心、尊敬，我岂能不知。但已与书结下不解之缘，书之情岂能说不真！有生之年，编不好志书，有朝一日，撒手人寰，怎对得起后代儿孙？”

“等病痊愈，再来写书，也不为晚。”天锡说，“何必拖着病体硬撑呢？爹！快喝药，喝完，出去走走。”

“好！”廷表没再争执，顺从地喝完药，让刘甸搀扶着走出大门。

街上转了一圈，到升庵路休息了一会儿，到学宫、祖师殿看了看，又找到耿介了解了些情况，提了些建议，还和几个朋友、弟子见了面，拉了拉家常，才高高兴兴回到家中。天礼、天仪已将晚饭做好，廷表说：“今天看到学宫欣欣向荣，心里舒畅，要喝两口酒。”天锡不依，说：“郎中千叮万嘱，不能喝酒，还是拜喝了。”廷表露出些不高兴，说：“今天高兴，一定要喝两口，若不喝，恐怕今夜就难以入眠了！”天锡拗不过，只得倒了小半杯，叫爹慢慢喝。

王廷表眉飞色舞，异常欢欣，慢慢地品着小酒，又时而和孙男孙女们说笑几句。喝着笑着，似乎想到什么，身上一摸，掏出一把铜钱，摊在桌上，数了数，刚好十六文，不觉喜笑颜开，喃喃道：

“真是不巧不成书，在场的孙男孙女每人四文！来来来！拿去买糖吃！”说着，将铜钱分给王业大、刘红玉、包雄、包杰。

“外公！还有我哥和道大哥哥呢！”刘红玉噘起了小嘴。

“等哥哥们来了，外公再给，好不好？”

“好！外公一定要给，不能偏心！”刘红玉天真地说。

“天真无邪！”廷表笑了。全家人都笑了。过了一会儿，廷表想到什么，袖筒里一摸，摸出一本揉皱了的小册子，轻轻翻开，又将儿孙们叫到身边，意味深长地说，“这是我朝书画大家文徵明次子文嘉的诗集，诗写得很好，我一直带在身上。此书就交给天锡珍藏，并让子孙好好读一读。天锡，你将这首《今日歌》读一读吧！这是文嘉少年时代写的。”

天锡接书在手，一字一句读起来：

今日复今日，今日何其少！
今日又不为，此事何时了？
人生百年几今日，今日不为真可惜！
若言姑待明朝至，明朝又有明朝事。
为君聊赋今日诗，努力请从今日起。

“孩子们，此诗又名《州和歌》。记住了吗？”

“记住了！”

“记住就好！能珍惜今日更好！”廷表兴致勃勃又风趣地说，“还有一首《明日歌》，见于我大明钱福的《鹤滩集》，明日再好好学吧！好，我要喝我的‘猫尿’了！”

廷表喝完酒，吃了半碗饭，坐着和儿孙们聊天，聊着聊着，咳了几声，自觉胸口闷得慌，还隐隐作痛，就叫女儿扶他到桃川庐躺一会儿。刚躺下不久，又不停地咳起来。他边咳边顺手摸到《阿迷州志》稿，点亮油灯，又摸到笔，校改起来。正在清理账目的天锡听父亲咳嗽不止，赶忙放下账本，跑进房一看，只见父亲双目紧闭，嘴边沾着血迹，眼角淌着泪水。《阿迷州志》稿掉在地上，封面上写着几个醒目的墨迹未干的楷体字：梦耶？魂也！……

“爹！你整些酿？”天锡大吃一惊，急忙呼喊。

王廷表微微睁开眼睛，嗓子里发出微弱的声音：“天锡、天礼……天……天仪，刘……刘甸……我……不行了……我要和……你娘下……下棋，听……听你娘……弹……弹琴……克了……”

天锡唬得脸色苍白，心跳加剧，急忙大喊：“妹妹！妹妹！快来！”

天礼、天仪跑进房一看，惊呆了，急忙抱着父亲呼唤起来。

王廷表慢慢睁开眼睛，喃喃着：“我……我听到……你……你娘……喊……喊……我……走后，葬在北山……简……简单……操办……你们，搬到昆明……定居……房子……让给你廷贵……叔……爱妹们……要好好……读书，人生一世……可……不求……利禄，但不能不……取功名……人……要有……志气，要有……梦想，若无梦想，人虽活着，但……灵魂早已……不存在了……不能作……行尸……走肉……我……我……我想见……见你杨伯伯……州……州志……梅……梅花诗……学……学宫……人……人工……湖……要好好……培养，人才，人……人工湖……”说着，头一歪，永远闭上了双眼。

“爹！爹！……”儿女们号啕大哭，悲痛欲绝……

“当、当、当……”善觉寺子夜钟声响起来，如哭如诉……

“汪、汪、汪……”几声犬吠萦绕夜空……

“喔、喔、喔……”阿迷城里群鸡一齐长鸣，又戛然而止！

阿迷州历史上第一位进士、明代阿迷最有建树的才子之一、有识之士——王廷表钝庵与世长辞！

那天，是明嘉靖三十三年（1554）五月十二日。

王廷表享年六十五岁。

悲惨的号啕声，在王家大院回响；哭声随着凄凉的夏季风，在阿迷州上空回荡……

第二天一早，阿迷州知州陈朝仪来了；州同沈三畏来了；学正耿介来了；乡贤杨有光、李士英、杨应登等来了；廪长杜显才、王一心、黄桂芳来了；王廷表在阿迷的朋友、弟子们都来了；王氏家族的亲人们来了；廷表舅舅家的儿孙来了；伍瑶琴的弟弟、妹妹、妹夫、堂弟、堂妹及子女们都来了……人们戴上天礼、天仪递来的“孝”，纷纷向安静地躺在堂屋里、脚蹬后山墙、头朝大门的王廷表遗体跪拜叩礼，默祝英魂一路走好，早升天界。礼毕，天锡请大家就座喝茶，并请几位德高望重的前辈与家人一起，商议后事。王天锡哽咽不止，沉痛地说：

“我父亲、突然撒手人寰，承蒙各位屈驾、光临吊唁，天锡代表全家表示感激了！”

知州陈朝仪泪流满面，哽咽着说：“天锡兄，感激的话就不用说了。我来阿迷之前，就闻尊父乃德艺双馨、德高望重之名士。我到任时，知州李第又特别盛赞尊父飞好、不图安逸，为乡里的公益事业呕心沥血，日夜操劳，屡建功绩的高风亮节，怎不令下官无限钦佩、崇敬有加！我敢说，王大人是阿迷之魂，也是我大明民族之魂！这魂，其实就是一种无私无畏的精神！王大人的精神必将千秋彪炳，百姓讴歌！王大人如今走了，他未竟的事业，活着的人们一定会完成，他的梦想，他的夙愿，他的一切希望，也是阿迷人的梦想和希望，这美丽的梦想和希望，也一定能变成现实！各位，还是先商议怎样料理后事吧！”

天锡眼里泪光闪闪，泣不成声："家父弥留之际，念念不忘学宫，不忘人工湖，不忘我杨慎伯父。我准备马上出发，到安宁请杨伯父，并请他撰写墓铭志，以告慰家父亡灵。我还得去通知刘楷、包万殊前来奔丧守孝。"

"天锡，谁去泸州通知你廷贵叔呢？"耿介问。

"我叔前几日已来信，说他已辞官，很快就回阿迷，估计近一两日就会赶到。"天锡说，"若我叔来了，就请他主持，择吉日将家父遗体入殓。待我回来后，再商议出殡等事项。这几日，就请陈大人、耿叔及舅舅们操心了。"

"天锡放心！你走后，我和你伍迅舅、耿老弟商量，将诸事办妥。"伍迁说。

"外甥，你准备哪哈动身？"伍迅问。

"等不及了，立马出发！"天锡立即呼唤家院备马，和伍迅的儿子伍祓骑上快马，披着晨雾，向安宁方向飞驰而去。

王天锡走后才两个时辰，王廷贵领着妻子李氏、女儿凤大、凰大及小儿子龙大回来了。听说嫂嫂和哥哥已相继去世，廷贵悲痛不已，孝服还没穿好，就扑向廷表的遗体，禁不住捶胸顿足，号啕哭诉：

"哥，我的亲哥哥！弟弟来了，你为酿就走了呢？不让弟弟见一面，不和弟弟说一声，你就脚蹬后山墙，这也太无情了吧！哥！嫂子走时，你也不告诉弟弟，这又是为酿？你不想因家事影响公事，这我懂，但人间最重是亲情，小弟更懂呀！哥！小弟能有今日，全靠兄嫂教诲呀！你们要走，为些酿不预先说一声呢？哥！你要走，为酿不带小弟一起走呢……"廷贵抱着兄长的遗体，哭得死去活来。

廷贵悲痛万分，哭声凄厉，李氏也跟着痛哭不止。三个儿女见父母悲痛欲绝，唬得哇哇哭喊起来。见廷贵如此伤心，在场的人都被感染得泪流满面。耿介见廷贵越哭越伤心，赶忙起身劝说、开导：

“廷贵兄，节哀顺变！你哥并没忘记你，他走时，声声呼唤你的名字。你嫂子去世时，我曾问他派谁去请你？你哥说，你公务缠身，在为百姓办事，不能让你分心，就没有告诉你了。可见，你哥心里装的是老百姓，也可见，他对你是何等关心和爱护。廷贵兄，你是你哥心中的希望呀！”

陈朝仪也劝道：“王通判，耿学正说得对！你哥晓得忠孝不能两全，没喊你回来，是要你安心公务，不断立功，光宗耀祖。你哥如今走了，若他九泉有知，在天有灵，绝不会让你如此悲伤，而希望你振作起来，建功立业，以了却他一生的心愿。廷贵叔，节哀吧！”

“贵弟，听哥说一句。”伍迁也劝道，“依我看，人死如灯灭，哭也是无用了。现在最重要的，是处理老爷的后事，让老爷落土为安。天锡到安宁请杨状元来，并请他撰写墓铭志，临行嘱咐，等你归来，请你主持，先将老爷的遗体入殓。我觉得，这才是最重要的事。”

经大伙左劝右劝，廷贵才抹干眼泪，叫老家院王纪去请地师。伍音告诉他，地师早已请来，就等兄长发话。廷贵一听，立即在潘地师面前跪下，含泪道：“老先生，请为家兄择个吉日。廷贵感恩不尽！”

地师将廷贵扶起，问清王廷表的生辰八字，然后掐指一算，说：“夜里子时，即是黄道吉日，可以入殓盖棺。王大人生于庚戌年，今年是甲寅年，虎与犬相冲，不吉利，出殡下葬日期，必须到明年乙卯年十二月十八日。”

善觉寺子夜钟声敲响，王廷表的遗体静静地躺在了棺材里。随着地师“盖棺”“一锤金”“二锤银”的喊唱，盖棺师铁锤落下，棺盖钉好。

遗体入殓的第三天，刘楷、包万殊和天锡的长子道大、刘楷的长子刘靖相继赶回阿迷奔丧。廷贵不见天锡回来，不知发生了什么事，焦急万分，忙问刘楷：

“孩子的大舅为醎还不回来？”

刘楷说：“大舅将我岳父去世的噩耗告诉我，要我去找包万殊一起回家后，就急急忙忙赶往安宁。我找到包万殊，就急急忙忙连夜赶回来，大舅为何还不来，就不知了。哦，对了，他去请杨状元了。”

廷贵听罢，越发焦虑起来，想了想，就说：“我估计，杨慎可能住在高峣碧峣精舍，不在安宁。好了，你们在家守灵，我立即赶往高峣。”未等别人说话，他就不顾年迈，骑上快马，飞驰而去。

且说，王天锡到安宁后，遥岑楼大门上着锁。他到张素府一打听，才知杨慎住在毛沂为他建造的“碧峣精舍”里。他立即和伍被马不停蹄，赶往滇池边的高峣村。走进“碧峣精舍”，越过园中的“旷如亭”“会心亭”“云林茅屋”“一萍轩”，最后才在“萃芳亭”找到杨慎。一见杨慎，天锡就“扑通”一声跪倒在地，泪流满面，哽咽着哭诉：

“伯父，我爹……去世了！”

“什么？”杨慎一听，顿时惊得目瞪口呆，泣不成声，“廷表贤弟，你……你……”喊着，突然瘫倒在地。

天锡大吃一惊，赶忙和伍被将杨慎扶坐在椅子上，反而安慰起杨慎来：“伯父，侄儿明白，你和我爹虽是异姓，却情如手足。我爹驾鹤西去，你岂能不悲伤？但有啥子办法呢，人死不能复生，还望伯父节哀……”

“贤弟呀！你咋个说走就走，也不告诉我一声呢？”杨慎似乎忘记了世间的一切，捶胸顿足，痛哭涕零，“钝庵，你是我最亲的弟弟呀，怎么要先兄而去呢？廷表贤弟，你聪颖过人，求知勤奋，才华横溢，可谓当今才子，阎王竟将你收去，难道阎王爷也嫉贤妒能吗？民望贤弟，你为官清廉，刚正不阿，秉公执法，被百姓誉为青天，你这样的贤士清官，谁人不崇敬有加，天公为何不怜惜呢？难道真是好人不长寿，恶人活千秋吗？贤弟呀贤弟，你撒手而去，让愚兄怎得安生？贤弟，你我本是同命鸟，你既要走，愚兄岂能不与你携手同往！贤弟，等等我，我来了！”杨慎喊着，一头朝墙上砸去……

天锡一见，吓得魂不附体，赶忙跑到墙边。说时迟，那时快，天锡脚跟尚未站稳，杨慎就一头砸在他的胸口上，几乎将他撞倒。正在此时，王廷贵匆匆走进来，黄峨、周氏、曹氏及同仁、宁仁听到哭声，也跑进屋来，见杨慎又要用头撞木门，五人赶忙将他团团抱住。

廷贵、天锡和同仁、宁仁将杨慎扶坐在椅子上，百般劝解，杨慎才稍稍缓过气来。未等廷贵、天锡开口，他就自己取出纸笔，磨起墨来。同仁一见，赶忙从父亲手里取过墨条，轻轻研磨起来。

“伯父，你要整哪样？”天锡问。

“公子及尊叔此番来，除告知我尊父去世的消息外，不就是要我写墓铭吗？其实，贤弟、贤侄不说，我也得写。”杨慎的泪水又涌出来，他哽咽着问了问安葬日期、墓地等情况后，挽起长袖揩去泪水，颤抖的手提起笔，抽泣着，一字一字写起来：

王钝庵墓碣铭

公讳廷表，姓王氏，其上世自宋居通海。远祖讳道，蝉嫣实繁。洪武初，高祖楞媾婚阿迷，遂家焉。楞生善，善生宣，宣生封，刑部主事。逸翁颖斌，公父也。公生，祖感异梦，因命小字曰印。幼而警悟，读书过目成诵。随父官新都，受业于吾叔龙崖先生廷宣，而慎与弟惇得缔交焉。尝观武侯弥牟八阵，作诗吊之，见者以为奇。

正德庚午归滇应试，以“鸡既鸣矣”首章刺题。公疑传注失《诗》意，乃立新说，谓：“鸡鸣朝盈，君当出矣，不可诿，非鸡鸣，乃蝇声也。”其说甚奇，监试急取之，以戾经不置首选。岁甲戌，举于礼部殿试，赐进士出身，除台州推官，平反明恕，闾阎有青天之号。

徵入以年限，授刑部主事提监，禁断手取梏，至今称其仁。嘉靖改元，获貤封恩，奉诏旋家，里闬荣之。旋升员外、历郎中，擢四川按察司佥事。以任秋官时，勘总兵种勋赂中贵事，众御之，乃勒令致仕。公论惜之，归而杜门，不涉公庭。自庆父母兄弟俱存，乃敦行孝养；教弟廷贵成名；治桃川、乐云（耘）二，别业为逸翁颐老计。阿迷水少，公浚流，令可行舟。治书斋，焚香诵读如横经。时尝曰：“至乐在读书，至要在教子。”爱荀子“其为人也，多暇日，其出人也不远矣”之言，取为壁帖。读经不主一家，参汉人注疏，宋人议论，纂成数十百卷，皆有卓见。其有《皇统》及《钝庵读史》，最有发明。尝病文中子《续诗》已亡，乃取汉以至唐、宋关于敦典庸礼者，为《删后诗》，海内名流多称许焉。嗣后，御史大夫白崖刘公渠、御史剑门赵公炳然，抗章荐于朝，非公志也。

嘉靖甲寅五月十二日，以疾终于家，上距其生弘治庚戌三月五日，得年六十有五。配伍氏，封安人；男一天锡，阿迷学宫弟子；女二，长归举人刘楷；次归知县包万殊。孙男二：道大、业大。卜以乙卯年十二月十八日葬于北山，以祖兆也。

公生平以忠孝节义自持，笃于友谊。慎谪于滇，居安宁，形影相吊。公相慰者，凡六往返，迎慎于迷，建状元馆居慎者数月。逸翁吾师，公吾异姓兄弟，海内恩义无比。而于公之卒也，不克临哭悲悼。曷任公子天锡来求墓铭，公弟廷贵时判泸州，复泣以请。慎曷敢辞？乃收泪和墨，而铭之曰：

天之生才，良不易哉！倥侗颛蒙，穿隙不开。有值其开，自塞其恢。安陋就简，守残保煨。复有霸儒，高论喧豗。六经糟粕，诸子奴儓。为文之厄，实道之隤。公起南服，文焰焞焞。蒙精蘗萃，实天所栽。汲古尚友，维己之培。耳绝嫟声，口无菑催。师緗友素，古拔今该。冥搜朗击，舌有风雷。剔真驳伪，笔无埸壂。不究世周，秀挺众猜。藏修论著，爰起后来。天不能死，地不能埋。群儿谤伤，亦孔之哀。有索道德，视此窀台。

按本传，公生，州之善觉寺钟自鸣，及疾复然，间气所钟有如此者！

杨慎和泪泣书。

杨慎写好，将笔掷于地上，大吼一声："贤弟，一路走好！"

"伯父，天色尚早，是否启程，到阿迷住些日子？"天锡说。

杨慎叹了口气，缓缓道："前年，有两三个武弁带领一群如狼似虎的兵丁，借口修海口，到高峣围海占田，以谋私利自肥，与民众打斗起来，伤了好几个人。那天，我连夜写了《与巡按赵剑门论修海口书》，欲制止拉壮丁修海口，结果不了了之，百姓苦不堪言呀！后来，我复借奉戎役还蜀，寓泸州，复又被押回云南。几经奔波，自觉百病相缠，行步艰难。吾弟钝庵仙逝，理当亲往吊唁，但自觉身体不适，恐累及贤弟、贤侄。待明年出殡之日，我再和家人一起到阿迷，未知贤弟与贤侄意下如何？"

"好吧！"廷贵说，"兄贵体欠安，静养为宜。明年，我叫天锡来接兄长。就此告辞！"

诗曰：

日夜操劳惹病来，闻知谁不泪盈腮。
梦兮魂也思难尽，只恨天公毁异才。

第三十章
后人兴建钝庵亭　盛世出版梅花诗

唐代诗人杜甫《登高》诗有句：“无边落木萧萧下，不尽长江滚滚来。”宋代诗词大家苏轼《念奴娇》云：“大江东去，浪淘尽，千古风流人物。”明代状元杨慎《临江仙》吟道：“滚滚长江东逝水，浪花淘尽英雄。”……

长江滚滚，奔腾不息，气势磅礴，所向披靡！它真能“淘尽千古风流人物”吗？回答是肯定的。然而，淘尽的只是人物的躯体，而风流人物、英雄豪杰的名字，以及他们建树的丰功伟绩，早已铭刻于史册，千秋彪炳，万代讴歌！

王廷表是明代的风流人物，他忧国忧民的情怀，为官清廉刚正的气魄，为家乡做出的贡献，已载入汗青，被后人传颂。而他未竟的事业，自有后人完成，他未圆的梦，梦圆有期。读王廷表的一生，可知他有许多夙愿，有的已完成于他的实际行动，而有的则让他遗憾不已。他没有实现的愿望，主要有四：其一，《阿迷州志》半途而废；其二，新学宫竣工后人才之培养；其三，“双百梅花诗”未能汇成集子；其四，建人工湖的愿望尚未实现。

人生短暂，遗憾多多。可想而知，王廷表必然死不瞑目！

然而，四百六十余年后的今天，廷表可以含笑九泉了！

话说，王廷表去世后，王天锡在清理父亲遗物时发现：父亲遗留下的百十卷著述中，有《阿迷州志》十九卷，前十五卷已抄写得工工整整，后四卷却潦草混乱。显然，此志书尚未完成。“这可是父亲一生的心血呀！父亲未竟的事业，做儿子的能不完成吗？”天锡想着，下定了继续编纂《阿迷州志》的决心。

可是，一年多的时间过去了，王天锡的决心却化成了泡影。这是为什么？原来，天锡太忙了。

父亲走后，天锡留在阿迷，继续经营天锡酒店，整天忙得不可开交。他白天忙酒店的事，晚上则要辅导儿子道大、业大的功课，为乡试落榜、准备再考的道大和已取得生员资格、准备参加乡试的业大创造科举成名的条件。阿迷的赈灾馆虽将建成，但正在施工的昆明王家大院及赈灾馆，无人监工。天锡不得不使“分身术”，上下奔跑，“闯南走北”，常常累得身疲力竭。妻子刘甸在昆开商铺，生意兴隆，总是忙得两头摸黑。如此忙活，时间在哪里？为此，每当想起父亲的州志，天锡就感到十分内疚。

三年后的一天，学正耿介请几位朋友、弟子到天锡酒店饮酒，席间，耿介突然问：“天锡，尊父生前与杨状元同编《阿迷州志》，不知已付印否？”

天锡叹口气，一副无奈的表情：“父亲已完成大部分，但少部分还只是些零星资料。我本想继承父亲遗愿，可是，实在忙不过来呀！心有余而力不足，急死人了。”

“天锡，能否将这份美差交给我？”杨绍庵说，“我作为尊父弟子，完成师父未竟之事业，义不容辞呀！”

“哎呀！兄台，这可是求之不得呀。”天锡一听，真是大喜过望，立即表达感激之情，“那就先谢谢兄长了！”

当晚，王天锡就将州志稿郑重地交给杨绍庵，含笑说：“三‘庵’同编一‘志’，岂非天意？父亲若九泉有知，定能开怀大笑了！”

杨绍庵是廷表的得意门生，学友们公认的“书痴”，知识渊博，办事认真，究学严谨，对阿迷的历史、文化、政治、经济、风俗、风物风光等十分熟悉。本来，按他所掌握的知识，要中个举人，轻而易举，可他不愿步入仕途，只想耕种祖宗留下的十几亩田地，孝敬父母。因此，他十三岁时参加童试，取得个贡生就满足了。也因此，天锡和他很合得来，对他也很敬重。

杨绍庵接到天锡交来的资料后，就杜门谢客，将心思全部放在了编志上。他从头到尾，将志书资料看了几遍，改正了一些错误，删除了一些内容，增加了一些资料，又在核实原资料的同时，收集了不少新内容，将后四卷认真补上。经几年的努力，至明嘉靖四十五年（1566），终于将阿迷州第一部州志编纂完成，并自费付印，呈现在世人面前。

《阿迷州志》至清康熙年间，已光照阿迷七十余年，但由于历经动乱，饱经沧桑，“文献悉湮，有志之士欲求古文只字，于荒烟断碣中杳不可得。”然而，虽难觅明代“三庵”的《阿迷州志》“断编残简”，而被知州王民皞在清康熙《阿迷州志》跋（州庠刘世表撰）大加赞赏：“迷旧志创于王钝庵、杨升庵二先生，而绍庵杨公继修之，时当明之中盛，声教扬扢不遐遗焉。诸先生身任纂修之责，鼓吹休明，以故阿虽僻远，获与中邦比肩。人以地杰，地以人灵，讵不信然。”

“三庵”率先垂范编志之后，阿迷先后出现清康熙、雍正、嘉庆等“州志”，民国有《阿迷县志》，1996 年又完成新编《开远市志》，现又完成续编《开远市志》。“志书”频现，“三庵”功绩必将千秋彪炳。

王廷表去世前，文庙学宫搬迁。重建后培养人才的重任落到了耿介等人肩上。耿学正及后人不负廷表重托，不负邑人众望，经多年的努力，新学宫不但以“规模宏丽，焕然一新”的面貌展现在阿迷人面前，王廷表的《阿迷州迁学记》也经名书家、名雕刻家精心书凿，已立于学宫，而且，学风日盛，人才辈出。

新学宫经四十年的风风雨雨，到明万历二十一年（1593），又变得疮痍满目。阿迷州同知石榛看在眼里，痛在心头，他立即四方筹资，又将学宫重修，使之面目一新。

一晃又是六十年，其间，阿迷自明崇祯四年（1631）至清顺治四年（1647），长达十六年的“普名声之乱”和“沙定洲之乱”，学宫又遭浩劫，残破不堪。直到明亡清兴后的顺治九年（1652），知州方逢圣、学正王爱民又将学宫东迁重建。到清雍正二年（1724），知州元展成认为“学宫向东未妥”，打算迁入城中，经与王廷表的五世孙王逢浩与王廷贵孙王达浩协商，逢浩、达浩愿无偿献出住宅故址，全家搬迁入昆。元展成知州感动万分，对逢浩、达浩之义举，倍加赞赏，即拟将学宫迁入，但尚未动工，即被调走，愿望未能实现。到雍正六年（1728），知州毛振翧鸠工，至雍正八年，新学宫竣工于西北隅王廷表住宅故址。新学宫面南正殿五间，两庑各九间，大成门五间，崇圣祠五间，名宦祠三间，乡贤祠三间，大成门左右建棂星门三间，建“德配天地”“道贯古今”二坊，面竖照壁、中甃泮池，宫墙左侧建明伦堂三间，又重现“规模宏丽，焕然一新”面貌，而且，将学宫改为“万寿宫”。在此之前，毛振翧已将原土司所占守备分司衙署改设为“迷阳书院”，并将一条街道命名为“钝庵路”（现人民中路）。清乾隆三十五年（1770），知州李鹄将学宫改为“灵泉书院”，为感念王廷表兴学办教之功绩，又在藏书楼南侧，坐西朝东建“钝庵亭”，时人从邑人赵民顺手中觅得王廷表亲撰《阿迷州迁学记》抄本，重镌于石，立于“钝庵亭”前。

清嘉庆二年（1797），清代乾隆内阁学士、蒙自人尹壮图在“灵泉书院”楷书“灵”“泉”二字，分别刻石，镶于王廷表《阿迷州迁学记》石碑两侧壁上。石碑均为正方体，边长1.04米、厚0.14米，笔力苍劲、圆润，既有“颜柳”之骨力，又有“王赵”之丰厚，实为不可多得之墨宝。

岁月沧桑，清咸丰丙辰（1856）到清同治十二年（1873），长达十七年的“丙辰之乱”，阿迷文庙几乎化为灰烬，直到清光绪八年（1882）后，文庙才渐渐恢复元气。民国二十一年（1932）2月19日阿迷州改开远县后，县长蒋子孝紧跟文明，不法常可，成立教育馆，将“开远县立民众教育馆”悬挂于文庙，随后又改称“开远县立初级中学”。

1952年，“开远县立初级中学”改为“云南开远中学”。至1981年11月18日，经国务院批准，正式宣布开远撤县建市后，又改为“开远市第一中学”。从此，开远的教育事业遍及城乡、欣欣向荣、蓬勃发展、人才辈出。开远教育事业的春天，永驻于天地间……

王钝庵、杨升庵一夜之间各咏梅花诗百首后，钝庵曾将诗稿初步整理，准备汇成一卷付印传唱。后来，诗稿被众弟子借去品读，留下了不少抄本。而钝庵后来忙于扩东沟、迁学宫、纂州志，无暇顾及梅花诗，致使原诗稿散存于民间。

明末清初，阿迷相继发生“普酋之乱”“沙定洲乱滇”，以及清咸丰“丙辰之变”等事件，阿迷文化惨遭摧残，钝庵、升庵之梅花诗原稿已无法找到，手抄本也都几乎毁灭殆尽，幸存者亦残缺不全，破损难辨。

为使珍贵古籍能流芳百世，激励后人，民国年间，开远县教育局督学、代教育局局长万墉如（万崇，开远人）与弟弟万中山（万嵩），以及好友何席儒（字汝珍）四处奔波寻觅，幸得一卷较全的梅花诗手抄本。后经三人共同核实校正，抄誊成册。接着，万中山四处奔走，请石屏书法家丁兆冠先生题写书名《明杨升庵王钝庵先生梅花唱咏百首》；邀请全省知名人士腾冲李根源、石屏袁丕佑、宣威缪尔舒、季安叙等先生为该书写序；赵宗瀚题词；终于于民国三十二年（1943），由万墉如自费交大中印刷厂铅印成册。李根源在序中喜不自禁，赞道："梅之为物，载于诗书尔雅，咏于唐人之口，自宋以来，大腾于篇章。顾林逋、苏轼、高启之伦，少者仅一二首，多者亦十余首而止耳，未有若新都杨升庵、开远王钝庵两先生之唱和百首之为富焉也……"

民国铅印本从此流传于全滇文人墨客之中，影响极大。然而，随着岁月的流逝，梅花诗铅印本又难觅踪迹。值得庆幸的是，万崇、万嵩兄弟俩还珍藏着一册完整的铅印本，其后代并于 1987 年 5 月将珍藏本转交开远市图书馆长期保存。

新中国成立数十年功勋卓著，盛世清平，文化也随之大放光彩。2007 年 8 月，开远市委、市政府组织有关部门、有关人员，将《明杨升庵王钝庵先生梅花唱咏百首》进行认真核对后，署名《双百梅花诗》，由华夏文化艺术出版社出版发行。市长在该书《再序》中感慨地说：

"以梅为画为诗者，古今无数。而以梅为诗百首者，仅杨、王二先生也。梅花以其艳丽、质美、色彩多样、品格高尚、变化新奇，千百年来为人们所赞美。

"杨升庵、王钝庵两位先生，一夜之间，各作梅花诗百首，一韵到底，堪称文坛一绝。二先生以诗描述之梅花，千姿百态，充满灵气，意志坚强，催人奋进。双百梅花诗诞生于开远，有其独特的文化历史意义，是开远的一份文化瑰宝。此次编印杨升庵、王钝庵《双百梅花诗》，既弘扬优秀文化遗产，也推动开远文化发展。双百梅花诗已历经470多年的历史，但愿其思想性和艺术性更加熠熠生辉，启迪永远。仅以此言，表情达意。诚谢先辈，留言千古，后人受益。”

王廷表少年时代，感叹阿迷有水无湖，让南洞水白白流入大海，发誓要借丰富的水资源建一个人工湖，与新都桂湖媲美。然而，廷表却因为家乡兴修水利、搬迁学宫、培养人才、著书立说、编纂州志，半生忙碌，操劳过度，疾病缠身而离开人间，以致留下一大遗憾。可喜的是，先贤梦想后人圆，如今，廷表若在天之灵有知，当欣然笑慰了。

距廷表逝世460余年后的2016年8月，开远人敢为人先，劈荒山为景，汇流水为湖，拓湿地览胜，仅两年时间，就在白鸡坡及木花果、仁者、旧寨一带将“一山一湖一湿地”呈现在世人面前，美其名曰：开远凤凰生态公园。

此公园占地面积3500亩，其中，壮丽的凤凰山（白鸡坡）景区占地面积2150亩，绿化种植面积94万平方米，种植乔木七万余株，灌木六万余株，种有香樟、火焰木、凤凰木、风铃木、重阳木、蓝花楹、榕树、柳树、木棉、金竹、桂花、紫薇、玫瑰、叶子花、紫荆花、格桑花、小叶榄仁等无数种奇树仙葩异草，引来百鸟欢歌，群虫轻吟。还建有钟楼、凉亭、长廊、石桥、石壁瀑布、音乐喷泉、环山大道、登山石阶、题诗灯柱等设施，游人置身山中，顿觉“蝉噪林逾静，鸟鸣山更幽”，悟彻“山大多灵鸟，林深少浊风”的真韵味。典雅的凤凰湖景区占地930亩，建有宽敞平坦的环湖大道，大道两旁种植各种奇花异草嘉木，建设有栈道、驳岸、广场、沙滩、凉亭、享水栈道等设施。水面积700亩（46.69万平方米），一年四季经净化的南洞水汩汩流入，碧波荡漾、惠风和畅；凤凰山景及钟楼倒映水中，静影沉璧；蓝天白云飘忽水底，动静相宜；环湖彩灯辉映水面，天然成趣；有小岛两座，岛上及水面沙鸥翔集、白鹭欢舞、水葫芦时隐时现，各种水鸟闻风而动，纷纷从四面八方飞来，享用天人合一铸就的稀世乐园。凤凰湿地景区占地243亩（16.2公顷），湿地内外同样玉树高标、绿茵滴翠、群芳斗艳、香风飘逸，让人情梦依依、流连忘返。

此凤凰生态公园，规模之雄阔，风景之绮丽，远远超出王廷表、杨慎的想象。而白鸡坡真的变成凤凰山，三景区皆以“凤凰”冠名，就更令人遐思不断、浮想联翩了。这是历史和现实的巧合吗？是巧合，更是历史发展的必然，是人心所向，是人们美好的向往终将实现的诠释。

诗曰：

钝庵亭雅恋依依，品读梅诗手不离。
山色湖光齐笑慰，太平盛世建功奇。

遗韵悠悠（代后记）

以王廷表传奇故事为主要内容的长篇历史小说《明代王廷表传奇》终于完稿，焕文斋主抚卷凝思，耳畔忽闻遗韵悠悠，感动之余，草就一首赞颂“双百梅花诗”长诗和一首“颂王廷表”词以为后记，诗曰：

蜀人杨升庵，乃明代状元，因议大礼犯君，贬谪云南永昌。邑人王钝庵，乃明代进士，官居四品，因遭诬陷罢官故里。两庵情投意合，吟诗作对，一夜之间，各唱和梅花诗百首，传为诗坛千古佳话。时逢盛世，《双百梅花诗》得以出版面世。读罢，感慨系之，遂成此诗，题曰：

双百梅花诗浩歌

君不见，中华诗词特色鲜，震古烁今数千年。君不见，咏唱梅花多雅韵，人与梅花共娟娟。我读梅诗生敬慕，痴心欲将逸韵步。但愧才疏句难成，唯有心中留叹服。我尊师者难尽言，如今只欲唱两庵。两庵各谱诗百首，一夜之间誉如兰。升庵学名呼杨慎，生于四川新都镇。少时聪颖能诗文，一朝殿试肩大任。人人敬呼杨状元，刚正廉洁世称贤。因于君前议大礼，惨遭廷杖贬自滇。客居永昌卅余载，诗心不泯展风采。曲赋诗文著作丰，鼎鼎大名冠明代。钝庵明代生阿迷，才智过人世称奇。中罢举人中进士，官居高位性不移。秉公执法服民众，清正廉明浙江颂。贤名传至阿迷州，阿迷百姓皆感动。嘉靖提升四品官，专掌刑狱到四川。谁知福来祸也降，横遭诬陷含恨还。悲哉！两庵终成同命鸟，官场险恶令人恼。瓦釜长鸣哀怨多，黄钟毁弃欢声少。欢声少，少欢声，天理何在叹五更。叹罢忙将杨王访，当惊二人又登程。启程到哪里？何须揭谜底。同命鸟相连，艺苑又奋起。吁嗟乎！民望不悲不逢时，用修凝眉有所思。终因互慕会开远，探讨学问雄心驰。难忘那年一冬夜，寒风呼啸百花谢。为驱严寒两相邀，围炉而坐情切切。互表心迹笑不停，你言我语互恭听。促膝正在欢愉处，身旁忽觉香风萦。原来窗外梅绽放，朵朵艳丽天姿靓。梅花寓意彰吉祥，四清美名千古唱。你我何不咏梅花，诉吾心肠本无瑕？当即两人同开口，道罢抚掌笑哈哈。妙哉！说到须做到，诗在心中跳。磨墨铺华笺，笔下龙虎啸。你颂早梅开，他把古梅怀。月梅丹桂影，落梅乐结苔。神矣！一夜寒风不知紧，只缘心底装极品。梅花圣洁亮高风，你我岂能将德隐！互尝果实清泪流，千古兴亡记心头。人皆如梅多美好，世间何来烦与愁？嗟夫！双百梅诗一问世，多少赞誉标青史。人虽落魄莫悲伤，人生支柱是立志。人若无志真可怜，饱食终日犹如死！吁嗟乎！我读两庵百感升，梅韵助我长精神。我知寒梅报春晓，更知要做大写人。振我中华牢牢记，扬我特色更鼓气。中华诗词兮源远流长是家珍，龙的传人兮有责传承担道义！

《明代王廷表传奇》终于完稿，凝眉沉思，廷表之高风亮节突现眼前，一曲颂词又在心中草就，题曰：

沁园春·王廷表颂

冬夜深沉，抚卷凝眉，爱意浪掀。想钝庵贤士，清廉刚正；为官三地，誉饮青天。无故中伤，回归乡里，未泯情操魂梦牵。讴歌罢，有尊崇爱慕，鼓动心弦。　　当欣壮志弥坚，令慵懒昏庸总汗颜。为兴修水利，呕心沥血；搬迁学府，鬻地捐钱。无畏无私，千秋彪炳，激励吾侪不敢眠。应笑慰，仗十年辛苦，泪染长篇。

《明代王廷表传奇》即将面世。抚卷沉思，心翻浩浪。廷表功绩，已载汗青。但历史无痕，欲常吟之，艰难自见。余虽不才，然欲将廷表之荣辱沉浮、事业功绩变成铅字，让世人一目了然，如人饮水，冷暖自知。然而，文章千古事，得失寸心知，余懂“不忘初心，方得始终”，经披阅古籍、收集资料十载，潜心著述，终了夙愿，夙愿既了，能不心旷神怡乎？余特别欣慰者，乃自信《明代王廷表传奇》虽为小说，然不敢偏离历史，胡编乱造，不少章节，实可当资料存之。所虚构之故事情节，也须尽量合情合理，让读者不至于览罢，大倒口味、贻笑大方。廷表无私无畏，视金钱为粪土，其情操之高尚，吾当宝之、效之。在此，谨向多年来关心、支持、帮助我的卫汉骞、李春、崔体光、普定红、李立章、杨会国、曹定安等师友表示真诚的感谢！

2019年10月完稿于焕文斋